本书为国家社科基金项目"贾平凹小说的城乡想象
与中国城乡文化变迁关联性研究"（16BZW151）前期阶段性成果

文学城市
贾平凹小说的城市想象

储兆文 著

陕西师范大学出版总社

图书代号：ZZ20N1856

图书在版编目（CIP）数据

文学城市：贾平凹小说的城市想象 / 储兆文著. —西安：陕西师范大学出版总社有限公司, 2020.10
　ISBN 978-7-5695-1865-8

Ⅰ. ①文… Ⅱ. ①储… Ⅲ. ①贾平凹—小说研究 Ⅳ. ① I207.42

中国版本图书馆 CIP 数据核字（2020）第 176488 号

文学城市：贾平凹小说的城市想象
储兆文　著

责任编辑 /	张建明
责任校对 /	张俊胜
封面设计 /	鼎新设计
出版发行	陕西师范大学出版总社
	（西安市长安南路 199 号 邮编 710062）
网　　址 /	http://www.snupg.com
经　　销 /	新华书店
印　　刷 /	西安市建明工贸有限责任公司
开　　本 /	720mm × 1020mm 1/16
印　　张 /	15.25
字　　数 /	196 千
版　　次 /	2020 年 10 月第 1 版
印　　次 /	2020 年 10 月第 1 次印刷
书　　号 /	ISBN 978-7-5695-1865-8
定　　价 /	40.00 元

读者购书、书店添货或发现印装质量问题，请与本社高等教育出版中心联系。
电话：（029）85303622（传真） 85307864

自　序

　　本书主要采用现象学的研究方法重点考察文学作品中所描写的城市空间和生活场所及其所映射的人对城市的文化记忆和生存体验。城市是人类为自己创作的庞大、复杂而精巧的物质空间，人类创作并生活在这个空间里，这个空间便充满了人类的智慧、思想情感和审美倾向，其间必然弥漫着人类的生存体验和文化记忆，它们共同记录着城市演进的时代印痕和历史走向，构成城市文化的基本内涵。

　　本书以贾平凹的《废都》为基础样本，兼及《白夜》《土门》《高兴》等其他都市小说，梳理其中有关西京城的建筑空间描写、人物形象与建筑形象或建筑空间的关系、情节与空间的关系等内容，从具体的"城市生活空间"的角度，分析人的环境经历和环境意义的表达，探求城市物质空间、精神空间、社会空间的结构形态与场所精神，解析贾平凹四部都市小说的建筑文化内涵。

　　以《废都》为代表的四部都市小说，围绕西京城讲述城市故事，鲜活而真切地记录了在几千年农业文明基础上建立起来的"传统之城"——西京，在人类有史以来速度最快、规模最大的城市化进程中，所经历的新旧交替和并存时期的历史片段，表达了对"传统之城"没落的伤悼，对"现代之城"的迷茫和未来出路的思考。这四部都市小说在展现西京城外部空间的同时，对西京城的内部私人空间，即小说中主要人物的家宅，进行了一系列细致的描摹。西京城虽然是小说的虚构，但一切景观皆以西安城为原型。因此，从总体文化大格局来看，可以把以《废都》为代表的四部都市小说当作西安城在城市化进程中新旧交替时期的文字版模型。

城市发展首先是一个长期的物质环境的建设过程，同时也是一个长期的文化积淀的过程。像西安这样的老城，在近二三十年的快速巨变中，新城和旧城从空间上和文化上的交叉和重叠更为明显，可以说，它是一座古老农业文明的木石砖土和现代工业文明的钢筋水泥拼接而成的"双城"。《废都》《白夜》重点展现旧城的没落，《土门》《高兴》重点展现新城的扩张及异质群体的进城。因此，以《废都》为代表的四部都市小说，是以文学的方式为这二三十年间"双城"的拼接过程而立此存照。

城市的变革不断地改变着人们的城市记忆，不仅城市景观和空间发生了看得见的变化，而且城市文化也在新与旧的蜕变中发生着看不见的巨大变化。《废都》中，城市是一堆水泥，《白夜》中，西京城是一艘搁浅的船，《土门》中，西京城像一只巨大的蜘蛛网，城中村正在被织入网中，正经历最后的挣扎和阵痛，而《高兴》中，进城农民工则对西安城有着另一番期待和困惑。《废都》《白夜》侧重于新型城市文化对古老农业文明之都的"拔根"式的冲击，而《土门》《高兴》侧重于被城市吞没的乡村文化"拔根"后如何在城市"扎根"的探寻，在《土门》和《高兴》中还显示出对于构建城市"完美意象"的探索和期待，《土门》中"都市田园"和"神禾塬"的意象正是作者对理想城市的一种愿望表达和具体描摹。因此，以《废都》为代表的四部都市小说，是对看不见的城市文化的历史嬗变的具体化和显像化。

解析城市文化是为了突显城市个性和城市精神，进而把握城市未来空间的规划设计和形象的塑造。

文化具有整体性、模糊性和玄空性的特征，它似乎不能直接对具体的事物或事件产生现实的力量，而必须通过人的中介传导系统而发挥作用。建筑文化对规划或设计者的影响效果同样是间接性的，很难变成直接的可操作性的效果图，它的影响主要体现在观念和思维方式上，直接看得见的影响效果还需要经过复杂的内在转化和显现的过程。城市建筑及其文化与社会、政治、经济、技术等要素之间存在着相互联动的复杂关系，城市文化可以看作是隐藏在这些复杂关系背后的秩序。而随着中国城市发展战略重点从外延扩张到内涵提升的转换，城市规划关注的核心内容也必将迎来新的升级转化，对城市空间的使用主体（居民）心理、精神上认可和归依的关注，以及对城市精神、制度、风俗及社会文化背景的关注，必将越来越多，要抓住乱象背后的秩序，为城市未来的成长和个性特色保持，构建城市的"完美意象"，建立起诗意栖居的生存空间，在城市规划理念、编制方法的探索上，注重把握和运用城市文化的作用就显得尤为重要。贾平凹的四部都市小说所蕴含的建筑文化、城市文化内涵和思考，对中国当下城市（特别是西安城）的规划建设无疑具有很强的现实意义。

目　录

1　绪论 / 001
  1.1 研究背景、目的和意义 / 001
  1.2 国内外研究现状述评 / 003
    1.2.1 建筑文化研究的主要阵地、大事件及其成果 / 003
    1.2.2 文学与建筑文化（或城市文化）研究的现状及其成果 / 006
    1.2.3 贾平凹都市小说与建筑文化（或城市文化）研究的现状及其成果 / 007
    1.2.4 研究现状评价 / 009
  1.3 框架结构、主要内容及创新点 / 010
    1.3.1 框架结构 / 010
    1.3.2 主要内容 / 011
    1.3.3 创新点 / 013
  1.3 小结 / 014

2　城市以及相关名词在建筑文化中的含义 / 016
  2.1 城市、城市记忆及场所 / 016
  2.2 空间及城市空间 / 021

2.2.1 空间 / 021

　　2.2.2 城市空间 / 025

　2.3 空间体验 / 031

　2.4 小结 / 036

3　城市文学与文学城市 / 038

　3.1 城市与文学 / 038

　3.2 贾平凹之于西安 / 040

　3.3 西安这座城 / 045

　3.4 小结 / 050

4　贾平凹都市小说概述 / 052

　4.1《废都》——贾平凹首部都市小说，知识分子的城市体验 / 053

　　4.1.1 以文化名人的行踪展现城市景观 / 054

　　4.1.2 以文化名人的视角表现知识分子的城市体验 / 055

　4.2《白夜》——废都的姊妹篇，普通市民的城市记忆 / 058

　4.3《土门》——都市里的村庄，城中村民的城市理想 / 062

　4.4《高兴》——进城的农民工，民工群体的城市梦幻 / 066

　4.5 小结 / 071

5　现象学引入建筑学的路径 / 073

　5.1 从空间到场所——建筑意境的生成 / 076

　5.2 建筑物——从物象到意象 / 078

　5.3 小说场景——文学对场所的描写 / 079

　5.4 西京——西安城的现象学文本 / 081

　5.5 小结 / 083

6 废都：一座文字之城的现象学分析 / 085

6.1 西京的建筑物理空间、生活家园空间、精神信仰空间 / 085

6.1.1《废都》中西京城的外部公共空间 / 085
6.1.2《废都》主要人物的家宅——西京城的内部私人空间 / 113
6.1.3《废都》对寺院的描绘——西京城的信仰空间 / 124

6.2《废都》的建筑意象和空间场所解析 / 130

6.2.1 城市空间铭刻着人的精神颓废 / 130
6.2.2 建筑形象与人物形象的双向生成 / 133
6.2.3 建筑意象、空间场所的隐喻 / 136

6.3 小结 / 138

7 《白夜》《土门》《高兴》中的西京 / 141

7.1《白夜》中西京城的空间场所及建筑意象解析 / 141

7.1.1 西京：一艘搁浅的船 / 141
7.1.2 竹笆街七号：魔幻空间与现实空间的错位与对应 / 143
7.1.3 半园与荒园：俗与雅的分野 / 149

7.2《土门》中西京城的空间场所及建筑意象解析 / 154

7.2.1 蜘蛛把仁厚村织入西京城的网中 / 154
7.2.2 城市边缘：仁厚村的建筑格局和空间形态 / 157
7.2.3 城中村改造模式：两种对立思路的冲突 / 164

7.3《高兴》中西京城的生活空间解析 / 168

7.3.1 城市空间的陌生人 / 169
7.3.2 陌生人的城市空间感知 / 173
7.3.3 人与城的疏离 / 182

7.4 小结 / 185

8 贾平凹的城市思考与期待 / 189

8.1 贾平凹的城市观念 / 189
8.1.1 城市的由来和发展史 / 189
8.1.2 城市和城市病 / 191
8.1.3 如何看待城市的演变和城市化 / 193

8.2 评价与启示：城市化进程的选择和规避 / 195
8.2.1 "传统之城"与"现代之城"交错并存时代的城市记忆和体验 / 195
8.2.2 为城市物质空间的废毁与新变而立此存照 / 197
8.2.3 触摸城市文化拔根与扎根的脉动 / 200
8.2.4 构建城市"完美意象"的建筑理念与规划思路 / 203

8.3 小结 / 210

9 余论 / 213

9.1 文学的城市描写反映城市文化并构成城市文化的某些部分 / 213
9.2 贾平凹小说中的西京城的研究价值 / 214
9.3 《废都》之于西安城市 / 214
9.4 贾平凹都市小说的文化内涵及意义 / 218

参考文献 / 221

1 绪 论

1.1 研究背景、目的和意义

在目前中国快速城市化的进程中，城市个性逐渐失落，人们对城市文化认同感日益降低，抽象地规划历史城市，推倒重来式的改造城市和乡村，是许多城市面临的共同问题。这种脱离文化、不受约束的造城运动，摧毁了人的归属和家园感，城市的异化带来了人的异化，并且城市的发展与社会、政治、经济、文化、技术等要素之间的联动关系越来越复杂，而城市文化可以看作是隐藏在这些复杂关系背后的秩序。因此，面对着快速城市化过程中的新旧城转型期的城市建设和管理的复杂局面，试图抓住乱象背后的秩序，把握和运用城市文化的作用，就是本书写作的背景和出发点。

本书以《废都》为基础样本，兼及贾平凹的《白夜》《土门》《高兴》等其他都市小说，从建筑现象学的角度，解析贾平凹都市小说的建筑文化内涵及其对当下城市规划建设的现实意义。

城市是生活的容器。文学与建筑相互因借，用它们各自擅长的手法，共同记录着时代的印痕，人类生活在自己创作的空间里，这个空间便充满了人类的思想情感和审美倾向，城市无疑是人类为自己创作的最复杂、最精巧的物质和文化的空间，其间必然弥漫着人类的生存体验和文化记忆。

贾平凹以《废都》为代表的四部都市小说是有关西京的城市小说，小说中的西京城尽管是虚构的，但其蓝本是现实中的西安城，小说用文字所构建的城市空间，是身城（实有的西安城）与心城（虚构的西京城）的复合体，期间映射着人对于城的生存体验和文化记忆。

本书对小说中的西京城（或现实中的西安城）的现象学解析，最简单而直接的目的在于——揭示生活于这座城市中的人对其生活的城市的建筑实体和空间有着怎样的体验、记忆和想象。

这些体验、记忆和想象，表面上看是作家个人的，而实际上它交织着历史的和集体的记录，因为它积淀着无数同类型经验的集体无意识，所以，城市成了集体记忆的场所，而集体记忆是城市精神的内核。因此，以《废都》为代表的四部都市小说为西安城市历史和城市文化的嬗变留下了同步记录的具体可感的个人同时也是集体的记忆，以及在这个急剧变化时代的城市生活的体验，同时，这四部都市小说也成为西安城市文化的不可或缺的组成部分。

解析城市的集体记忆是为了突显城市精神，进而把握城市未来空间和形象的塑造。因而，本课题的深层目的和现实意义在于——透过作家关于城市和建筑空间的描述，来进入建筑体验的精神向度，为建筑师创作设计能够"锚固"于城市精神之上的建筑或建筑空间提供创作灵感和创作素材，进而在文学与建筑、文学家与建筑师之间建立一种主体间性的交流与对话，借以拓展各自的艺术创造视域。

贾平凹四部都市小说对研究城市文化的意义正在于，它们通过都市的外在物质形态和都市中人的生命状态和精神状态，来触摸这个时代的城市脉搏，有利于我们把握这个时代的城市脉象。因此，面对着快速城市化过程中的新旧城转型期的城市建设和管理的复杂局面，在避免或减少"城市病"的同时，需要在汲取发达国家城市化进程中的得失经验的基础上，深入研究和把握本国家、本地区、本城市的建筑文化和城市文化的内涵和个性特点，充分理解和掌握城市生活主体（市民）对城市的种种诉求，提高城市规划布局和建设管理的预见性，创造有归属感的社区交往环境，提高市民对城市的整体文化认同度，建立起诗意栖居的生存空间，而科学合理地筹划。

建筑文化（包括城市文化）不仅是作为物质形态的建筑构成了人类生存的环境，它在很大程度上决定着或影响着我们的生存状态。正是建筑文化同人类生存状态的这种深层的联系，赋予了建筑文化以无可替代的独特性和深厚的人文内涵，而这种联系在当下中国所表现出的种种变化和发展趋向又显示出了超越以往任何时代的特殊意义。

1.2 国内外研究现状述评

近年来，建筑文化的研究随着中国的城市化进程的加速而越来越热，中国传统建筑文化理论和成果的总结与阐释，国外建筑文化经典理论的引进、翻译与评介，建筑与各种相邻艺术之间的打通与交叉研究等，成为建筑文化研究领域的主要取向，其中，建筑与文学的打通与交叉研究取得了一些进展，形成了一批研究成果。

1.2.1 建筑文化研究的主要阵地、大事件及其成果

1988年联合国教科文组织提出开展"世界文化发展十年"活动，同年，国际建协将每年的7月1日定为"世界建筑节"，主题为"建筑与文化"。在此背景下，我国首届"建筑与文化"学术讨论会于1989年11月5日在湖南大学岳麓书院举办。此后，连续举办多期的"建筑与文化"学术讨论会成为开启建筑文化研究的重要事件和推动力量，已经成为国内最具学术影响的盛会之一。在上述活动的推动和影响下，建筑文化研究产生了一大批研究成果，其中，《中国建筑文化研究文库》是其代表性的成果，目前该文库共出版著作27种，是一套全面研究中国传统建筑文化的大型学术丛书。选题所涉范围从中国古代建

筑思想、理论，到建筑制度、建筑文化观、建筑艺术、建筑形制、中西建筑文化交融等各个层面，它们分别从建筑文化学到建筑思想的渊源、流变，从建筑的词源到典章制度的考录，从墓葬建筑到园林，从史前的聚落形态到历代城市的演变，从创作理论到形制的源流，从装饰艺术到建筑小品的文化观，从建筑的外部空间构成到环境生态观，从历代名作、名匠到军事、桥梁建筑艺术等方面来阐释中国建筑文化的特征。吴良镛先生在该文库的总序《论中国建筑文化的研究和创造》中，宏观地论述了"新时期的建筑文化危机""城市黄金时期与城市振兴的机遇""开拓性地、创造性地研究中国建筑文化遗产"等内容，为建筑文化的研究提出了许多方向性的真知灼见。

2004年，《建筑与文化》月刊创刊发行，它是中国第一份建筑文化类专业期刊，比较集中地发表了一系列具有公共价值、历史价值和长远价值的建筑文化领域的研究文章，从2007年第8期开始设立"城市文化建设"专栏，对城市文化的研究在广度和深度上、在理论性和实践性的结合上取得了积极成果。

除此之外，国内许多建筑类或文化类的专门学术期刊和部分综合类学术期刊，陆续开办了以发表研究"建筑文化"为主题的专门栏目，建筑文化的研究疆域和成果发表阵地得以进一步拓展和扩大。

在国外建筑文化理论书籍的翻译引进方面，中国建筑工业出版社陆续推出的《国外建筑理论译丛》《国外城市设计丛书》《国外建筑大师谈话录》《国外小区规划译丛》以及《国外景观设计译丛》等。这些丛书的推出是建筑文化研究领域的一件影响深远的大事。如《国外建筑理论译丛》这套丛书目前已遴选并出版国外经典建筑理论著作25种，其中，大部分内容属于或与建筑文化研究相关，如《文化特性与建筑设计》《建成环境的意义：非语言表达方法》《住屋形式与文化》《建筑形式的视觉动力》《建筑愉悦的起源》《塑成建筑的思想》《建筑体验》《人文主义建筑学：情趣史的研究》《建筑的意向》《建筑的复杂性和矛盾性》《符号·象征与建筑》《空间的语言》《建筑诗学》《建筑与个性——对文化和技术变化的回应》等等，涉及现代哲学、美学、心理学、文艺理论、社会学、人类学，以及现代技术、数学模型等等各种领域，尽管这些学说与我国的建筑文化有着巨大的时间、空间和文化背景上的差别，翻译水准和丛书的系统性也遭到众多诟病，但是在思维方式、认识角度、论述方法和表达方式等诸多方面，对我国的建筑文化研究工作的启迪、借鉴和参考意义依然是值得充分肯定的。

此外，特别值得一提的是宋俊岭等翻译、中国建筑工业出版社出版的美国学者刘易斯·芒福德的《城市文化》。芒福德认为：城市史就是文明史，城市凝聚了文明的力量与文化，保存了社会遗产。城市的建筑和形态规划、建筑的穹顶和塔楼、宽广的大街和庭院，都表达了人类的各种概念。城市的基本问题是城市是否满足人的基本需要，城市的设计是否促进人的步行交通和人与人的面对面交流。城市规划问题首先是价值问题。

在翻译引进的同时，还出现了一批评介或借鉴国外理论而写作的研究论著，如沈克宁的《建筑现象学》、陆邵明的《建筑体验——空间中的情节》、黄亚平的《城市空间理论与空间分析》、唐恢一的《城市学》等等。

此外还有刘合林著、东南大学出版社出版的《城市文化空间解读与利用——构建文化城市的新路径》。该书专注于文化城市议题的解读与探索，对文化城市的内涵、目标、构成框架、类型、评价指标作了理论分析，并根据文化城市的理论逻辑，提出了构建文化城市的内部指向性战略、外部指向性战略以及系统化战略等。其他散见于各种学术期刊上的评介或借鉴国外理论而写作的研究论文则更多。

1.2.2 文学与建筑文化（或城市文化）研究的现状及其成果

近年来，文学研究的边际不断被突破，文学与建筑或城市文化的交叉研究就是这种突破的重要方面，并取得了一些成果。代表性的研究成果有：

蒋述卓、王斌的《城市与文学关系初探》初步论述了"城市生活方式与文学""城市化与城市文学"的关系；①

王均的《现象与意象：近现代时期北京城市的文学感知》主要通过引用近现代北京城的文学描述，来对城市地理现象与城市意象进行了列举和分析；②

陈思和的《城市文化与文学功能》主要论述："作为国际化大都市的上海，必须建立属于自己的标志性的文学品牌。"③

张柠的《城市与文学的恩怨》主要梳理文学对城市的描写和中国历代城市文学的兴衰史；④

刘方的《独乐精神与诗意栖居——司马光的城市文学书写与洛阳城市意象的双向建构》论述司马光在洛阳建构起自己独乐、隐逸的都市家园与精神世界，以及他的文化活动与文学创作，自觉与非自觉地参与了洛阳城市文化的创造与城市意象的建构；⑤

陈平原的《文学的都市与都市的文学——中国文学史有待彰显的另一面相》主要论述借"文学的都市与都市的文学"来重构中国文学史的图景；⑥

汤黎的《城市空间下的知识分子体验——试析＜洪堡的礼物＞中

---

① 该文发表于《广东社会科学》2001 年第 1 期。
② 该文发表于《中国历史地理论丛》2002 年第 2 辑。
③ 该文发表于《同济大学学报（社会科学版）》2005 年第 2 期的《文学现代性研究》专栏。
④ 该文发表于《南方文坛》2008 年第 1 期。
⑤ 该文发表于《江西社会科学》2008 年第 1 期。
⑥ 该文发表于《社会科学论坛》2009 年第 3 期（上）。

的城市空间》主要以美国小说家索尔·贝娄的《洪堡的礼物》为例，论述主人公西特林以知识分子特有的敏锐视角，对芝加哥城进行了历时性和共时性的描述，反映其对城市空间的体验。[1]

此方面的研究，比较好的学位论文有李芸的《空间的改造、争夺和生产——"文本"叙述与作为社会主义城市的上海想象》，该文将上海作为研究中国现代性经验的突破口，在历史叙述脉络中重新凸现社会主义城市经验的重要意义。[2]

1.2.3 贾平凹都市小说与建筑文化（或城市文化）研究的现状及其成果

从文学本体的角度研究《废都》及贾平凹都市小说的研究成果极其丰富，但是，截至目前，严格意义上从建筑文化（或城市文化）的视角进行研究的几乎没有，然而，有些研究虽然总体上是对贾平凹及其小说的文学本体研究，不属于建筑文化的研究范畴，但已部分地触及建筑文化或城市文化研究的边缘。这类研究成果主要有：

姜波的《传统文化的审视与现代文化的重构——评贾平凹文化小说的创作困境》，文章认为《废都》《高老庄》《怀念狼》三部小说对现代及现代背后的传统进行了深刻的理性反思及内省，展现了贾平凹对两种文化选择的困境。[3]

杨景生的《城市文化中人文知识分子的沦落——贾平凹＜废都＞争鸣研究》，该文认为《废都》是一部表现社会转型时期城市文化中人文知识分子沦落的典型文本。[4]

邵宁宁的《转型期现象与无家可归的文人——关于＜废都＞的文化分析》该文通过对《废都》的文化分析，认为它反映了社会转型期

---

[1] 该文发表于《海外文坛》2012 年第 1 期。
[2] 该文为华东师范大学 2008 年硕士学位论文。
[3] 该文发表于《理论观察》2001 年第 1 期。
[4] 该文发表于《济宁师范专科学校学报》2003 年 6 期。

文人价值的失衡,"传统之城"的解体,以及知识分子无家可归的精神境遇。[1]

张喜田的《两都赋:经济的浮华与文化的废墟——贾平凹的＜废都＞与叶辛的＜华都＞的比较研究》,该文认为《废都》与《华都》均反映了商业化进程对文化的冲击以及人文精神的丧失,并试图在城乡的碰撞中寻找人的精神家园。[2]

刘瑜的《家之思——关于贾平凹90年代以来长篇小说的整体解读》,作者将《废都》《白夜》《土门》《高老庄》《怀念狼》等贾平凹进入20世纪90年代以来创作的一系列长篇小说,当作一个关于"家园"的巨大文本进行一种整体性解读,认为它们是作者关于精神家园的一次集中而彰显个性的思考,因而从中可以触摸到作者的心路历程、理性之思以及人文关怀。[3]

刘宁、李继凯的《文化名人与西安城市文化发展初探——以当代三位西安作家为中心》,该文认为:文化名人与名城西安结下了不解之缘,二者的文化互动产生了相得益彰的文化效应。贾平凹在深受西安文化生态浸润和影响的同时,通过杰出的文化创造以及名人效应对西安城市文化的发展做出了重要贡献,他以文学作品激活城市人生,以深邃的文化思想丰富城市文化内涵。[4]

郝世宁的《追寻的悲哀——读贾平凹的＜废都＞和＜白夜＞》,该文着重分析《废都》和《白夜》这两部城市小说在对当代中国的城市生活和现代城市文明进行价值批判的同时,深刻地揭示了当代人置身于现代消费社会中精神异化、无家可归的生存处境。[5]

---

[1] 该文发表于《甘肃社会科学》2004年第1期。
[2] 该文发表于《河南师范大学学报·哲学社会科学版》,2004年第5期。
[3] 该文发表于《西南民族大学学报·人文社科版》,2005年第4期。
[4] 该文发表于《人文杂志》2009年第6期。
[5] 该文发表于《文艺理论》2009年第7期。

北京大学出版社推出的《都市想象和文化记忆丛书》中，陈平原、王德威、陈学超三位教授主编的《西安：都市想象和文化记忆》国际学术会议论文集，从历史文献、文学作品乃至日常生活中搜寻有关古城长安（西安）的历史记忆，探寻关于西安的城市想象。[①]

此外，王蕊的学位论文《1990年代以来"农裔作家"的城市想象》较多地触及城市文化方面的研究内容。[②]

1.2.4 研究现状评价

以上这三方面研究，即建筑文化研究、建筑文化与文学研究、建筑文化与贾平凹都市小说研究，总体上为建筑学的研究拓展了新的疆域，建筑学的研究视野大大开阔，把建筑学从建筑史、工程技术、规划设计等传统的重点研究领域引向以建筑使用者的文化认同、个体和集体感知，以及历史文脉等方面为重点研究对象。

从这三方面的研究成果来看，建筑文化的宏观研究最为充分，涉及面最广，尤其是国外的一些研究开始比较早，从建筑哲学、建筑美学、心理学、想象学、人类文化学等视角研究建筑，为我国建筑文化的研究提供了新的视野和方法论上的借鉴，国内建筑文化研究有了专门的机构和刊物，发表的论文论著很多是基于西方的建筑文化理论，联系中国的建筑传统和现实，试图建立中国的建筑文化体系，但外国理论与中国实践以及两者的结合上，还有待于深入和融合。中国建筑艺术与其他相邻艺术之间的异同及因借关系的研究，还基本上停留在现象的罗列或一般性的描述上，学理层面的深入梳理和形而上的理论依据的研究还很欠缺。

建筑文化与文学的研究比宏观的建筑文化研究，在成果的数量和

[①] 该论文集第四辑专注于"当代西安的阅读与写作"，其中有王德威先生的《废都里的秦腔——贾平凹的小说》，李继凯、李春燕的《西安小说作家近期创作心态管窥》等。

[②] 该文为福建师范大学2009年硕士学位论文。

质量上都逊色得多，从现有的研究成果来看，大多数是以文学为本位，以建筑为论证材料的研究，真正以建筑为本位的研究很少，这种研究实际上是文学研究领域的拓展，而不是真正意义上的建筑文化研究。而一些建筑界的大家在学科建设、论坛或著述中的一些观点涉及建筑文化与文学的内容，其思路和观点具有宏观指导意义，有很多独到的见解，但详尽而深入的研究却未曾展开。

建筑文化与贾平凹都市小说的研究，属于建筑文化与文学范畴内的研究，从上一节的研究成果梳理来看，目前建筑文化与贾平凹都市小说的研究成果基本上都是站在文学本位上的研究，虽然已有部分研究触及建筑文化或城市文化研究的边缘，但总体上还是属于文学研究的延展，除了作者本人曾发表的《废都建筑意象的文化隐喻》之外，还没有发现以建筑学为本位的研究贾平凹都市小说的成果出现。

1.3 框架结构、主要内容及创新点

1.3.1 框架结构

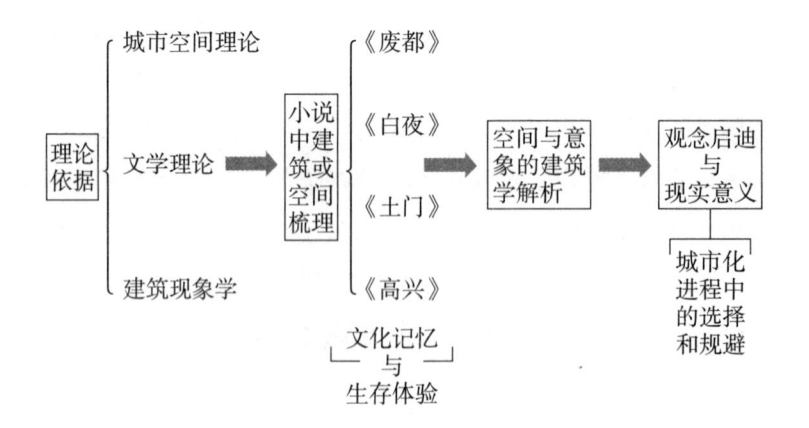

图 1-1　内容结构图

1.3.2 主要内容

（1）主要理论依据的阐释

本书是建筑学与文学的跨学科研究，首先需要解决的是理论依据问题。所以，本书首先从"城市""空间""场所""物象""意象"等术语的解析和界定入手，引入建筑与文学的相关理论。

本书涉及的主要理论有：建筑空间理论、文学理论、建筑现象学理论。"建筑空间理论"主要论述建筑和城市空间问题；"文学理论"主要论述文学和贾平凹都市小说问题；"建筑现象学理论"主要是把文学作品与建筑（或城市）空间连接起来的理论依据。通过些理论主要解决的问题是：

①城市空间研究哪些内容？——在"建筑空间理论"中论述；

②文学作品怎样作为建筑学的文本来分析？——在"文学理论"和"建筑现象学理论"中论述；

③《废都》等四部都市小说中的西京，何以能作为西安的城市空间（城市文化）来分析？——主要在"建筑现象学理论"中论述。

在以上三方面理论中，"建筑空间理论"主要讨论和界定建筑问题，"文学理论"主要讨论和界定文学问题，而"建筑现象学理论"是把建筑与文学勾连起来的关键，是建立此跨学科研究的最主要的理论依据。

（2）贾平凹都市小说概述和贾平凹及其创作与西安的关系

本部分对贾平凹的《废都》《白夜》《土门》《高兴》四部都市小说进行了宏观性的述评，从文学与城市的关系出发，论述贾平凹及其创作与西安城市文化的双向互动、互为助益之关系。为下文具体论述贾平凹都市小说的建筑文化内涵提供宏观背景方面的依据和支撑。

（3）贾平凹都市小说中建筑空间或建筑意象的梳理与归纳，并对《白夜》《土门》《高兴》的建筑文化内涵进行述评性解析

①《废都》中西京城的建筑物理空间、生活家园空间、精神信仰空间。在反复通读小说的基础上，把小说中凡是涉及西京城的建筑物、建筑空间、建筑意象或场所的部分进行归纳与梳理，然后主要从：a.外部公共空间——节点连缀：西京城外观轮廓的总勾勒；场所细描：西京城人文肌理的特殊营造；生活环境细描：西京城废败场景的客观展现。b.生活家园空间——家宅空间一：四大文化名人的家宅；家宅空间二：唐婉儿的家宅。c.精神信仰空间——清虚庵、孕璜寺等进行描述或论述。本节侧重描述，论述则专门另辟一节，即"《废都》的建筑或城市空间与意象的建筑学解析"。

②《白夜》《土门》《高兴》中西京城的建筑空间、场所、建筑意象及空间情节。通过对《白夜》《土门》《高兴》的反复研读，梳理其中有关西京城的建筑和空间及场所的内容，然后从：a.《白夜》——西京：一艘搁浅的船；竹笆街七号：魔幻空间与现实空间的错位与对应；半园与荒园：俗与雅的分野。b.《土门》——仁厚村：蜘蛛把它织入西京城的网中；城市边缘：仁厚村的建筑格局和空间形态；城中村改造模式：两种对立思路的冲突。c.《高兴》——城市空间的陌生人；陌生人的城市空间感知；人与城的疏离等几方面，并针对以上三部小说中的"空间场所、建筑意象及空间情节"进行述评和建筑文化内涵的解析。

（4）《废都》的建筑或城市空间与意象的建筑学解析

本部分是对前文"贾平凹都市小说中建筑空间或建筑意象的梳理与归纳"中有关《废都》内容的专门解析。主要论述三个方面的问题，即a.城市空间铭刻着人的精神颓废；b.建筑形象与人物形象的双向生成；c.建筑意象、空间场所的文化内涵或文化隐喻。

（5）贾平凹都市小说对城市文化和城市规划的观念启迪与现实意义

本部分主要包括以下几方面内容：贾平凹的城市思考与期待；贾平凹的城市观念；城市化进程的选择和规避；"传统之城"与"现代之城"交错并存时代的城市记忆和体验；为城市物质空间的废毁与新变而立此存照；触摸城市文化拔根与扎根的脉动；构建城市"完美意象"的建筑理念与规划思路。

1.3.3 创新点

本书的创新点主要体现在三个方面：

一是用现象学的理论和方法，把文学理论和建筑空间理论连接起来，使文学的城市描写被当作建筑学的论证资料成为可能。文学具有形象虚构性的特点，建筑学具有科学实证性的特点，从传统意义上来说，文学描写一般不能作为科学实证的材料，但是，引入现象学理论之后，通过对文学和建筑中一系列术语的分析和限定，文学描写和建筑文化之间的逻辑关系得以建立。

二是首次以建筑学为本位，系统地把贾平凹都市小说的描写当作建筑学的材料文本，分析小说文本所反映的西安城市文化的内涵和意义。过去对于贾平凹都市小说的研究，基本上都是以文学为本位，属于城市文学的研究范畴，本书则以建筑学为本位，第一次全面地研究贾平凹都市小说的建筑文化内涵，属于建筑学的研究范畴。本书虽然吸收了一些贾平凹都市小说的文学研究成果，但运用这些成果时，考察问题的视角和最终落脚点都归结到建筑学的领域内。因而，具有较大的突破性和创新意义。

三是把上述研究成果置于我国城市化进程中面临的现实实践来思考城市发展的建筑理念和规划思路。本书最后从本论题中延展出去，对发达国家的城市化道路及其在世界文学名著中的反映进行了简要概述，将之与我国的城市建设现实及贾平凹小说所反映的内容相互对照，提出我国城市化进程要避免或减少"城市病"的发生，需在汲取发达国家城市化进程中的得失经验和提高城市规划布局和建设管理的预见性的基础上，应特别重视各阶层市民对城市整体文化的认同度，中国城市发展战略重点应从外延扩张转变到到内涵提升和个性特色的保持上。

1.3 小结

本章阐明了本书的研究背景、目的和意义，对相关的国内外研究现状进行综述和评价，绘制了本书的框架结构图，并对主要内容及创新点进行了简要说明。

在目前中国快速城市化的进程中，面对着新旧城转型期的城市建设和管理的复杂局面，试图抓住乱象背后的秩序，把握和运用城市文化的作用，是本书写作的背景和出发点。本书对小说中的西京城（或现实中的西安城）的现象学解析，最直接的目的在于——揭示生活于这座城市中的人对其生活的城市的建筑实体和空间有着怎样的体验、记忆和想象。本课题的深层目的和现实意义在于——透过作家关于城市和建筑空间的描述，来进入建筑体验的精神向度，为建筑师创作设计能够"锚固"于城市精神之上的建筑或建筑空间提供创作灵感和创作素材，进而在文学与建筑、文学家与建筑师之间建立一种主体间性的交流与对话，借以拓展各自的艺术创造视域。

近年来，建筑文化的研究随着中国城市化进程的加速越来越热，建筑文化研究、建筑文化与文学研究、建筑文化与贾平凹都市小说研究取得了一些进展，形成了一批研究成果。其中，建筑文化的宏观研究最为充分，尤其是国外学者在此方面的研究；建筑文化与文学的研究，在成果的数量和质量上都逊色得多，从现有的研究成果来看，大多数是以文学为本位，以建筑为论证材料的研究；建筑文化与贾平凹都市小说的研究基本上都是站在文学本位上的研究，虽然已有部分研究触及建筑文化或城市文化研究的边缘，但总体上还是属于文学研究的延展，真正以建筑学为本位的贾平凹都市小说的系统研究基本上没有。这恰恰是本书的研究重点。

本书是建筑学与文学的跨学科研究，主要内容包括：主要理论依据的阐释，贾平凹都市小说概述和贾平凹及其创作与西安的关系，贾平凹都市小说中建筑空间、建筑意象、空间情节等的梳理与归纳以及对其建筑文化内涵的解析，贾平凹都市小说对城市文化和城市规划的观念启迪与现实意义。

本书的创新点主要体现在三个方面：一是用现象学的理论和方法，把文学理论和建筑空间理论连接起来，使文学的城市描写被当作建筑学的论证资料成为可能；二是把上述理论和方法运用到建筑文化的具体分析研究中，首次以建筑学为本位，系统地把贾平凹都市小说的描写当作建筑学的材料文本，分析西安城市文化的内涵和意义。三是把上述研究成果置于我国城市化进程所面临的现实实践来思考城市发展的建筑理念和规划思路，提出我国城市化进程要避免或减少"城市病"的发生，需在汲取发达国家城市化进程中的得失经验和提高城市规划布局和建设管理的预见性的基础上，应特别重视各阶层市民对城市整体文化的认同度，中国城市发展战略重点应从外延扩张转变到到内涵提升和个性特色的保持上。

2

城市以及相关名词在建筑文化中的含义

2.1 城市、城市记忆及场所

城市，似乎是一个不言自明的名词，但是，在不同的场合其指向却不尽相同。这在翻译过程中表现得更为明显，如：同样是中文的"城市文化"，在英文中就有两种不同的翻译方法：Urban culture, city culture。因此，有必要首先厘清与本研究相关的重要术语的基本含义和特殊指向。

由中国"全国科学技术名词审定委员会"审定公布的"城市"一词的解释是："具有一定人口规模、以非农业人口为主的居民点。"它主要适用于"建筑与园林及城市规划"和"地理学"学科及其子学科"城市建设总论"和"城市地理学"。而"文化"和"城市文化"则从"全国科学技术名词审定委员会"审定公布的名词中无法查到，也就是说它们不属于科学技术名词。那么，本研究课题中的关键词"城市文化"理应超出科学技术名词的范畴。

不同国家对"城市"的定义不同，总体来说，各个国家确定城市的标准与人口规模和人口密度有关。据175个国家（或地区）的统计城市定义（城市人口划分标准）大致可分两类，一类没有明确的人口下限指标，一类有明确的人口下限指标，另外还有几个国家没有城市定义（或有城市定义而未公布）。单从城市定义中包含有人口下限指标的 80 个国家和地区来看，标准最低的是乌干达，只要 100 人以上的居民点就算城市，标准最高的是日本需 5 万人以上才算城市。

我国居民点的系列为：小村（自然村）—村（行政村）—镇—城市，城市的等级分为特大城市、大城市、中等城市、小城市四个等级。中华人民共和国成立初期，规定人口在 5 万以上的城市可以准予设市；1951 年底政务院在《关于调整机构和紧缩编制的决定》中，规定人口在 9 万以上可以设市；1955 年 6 月 9 日，国务院第一次颁布《关于设置市镇建制的决定》规定聚居人口 10 万以上的城镇可以设市，聚居人口不足 10 万，但属重工矿基地、省级地方国家机关所在地、规模较大的物资集散地或边远地区的重要城镇，并确有必需时，可以设市。1993 年 5 月 17 日国务院批转民政部《关于调整设市标准的报告》中，为较均衡地布局城镇体系，按人口密度确立了三个市镇设置标准，对中西部地区适当降低了要求。按行政建制进行的城市人口统计也采取两个统计范围的双轨制，一个是反映城市建成区和郊区的市区人口，另一个是反映整个行政区域内的地区人口。而对城市的最低人口规模的下限没有具体规定。①

以上主要是对城市"量"的方面的考察，而对城市"质"的方面的考察，则是本课题关注的重点。

关于城市的本质，学术界有各种界定。如："城市最本质的特征是它的集聚性。它集聚了人类的两大文明——物质文明与精神文明，这在城市结构和形态上，便呈现为城市空间的疏密特征。"[1]

"我认为城市的本质是文化，这里所说的文化，是广义的概念，既有物质文化，又有精神文化，它是人类社会的独特创造，是城市之所以为城市，人之所以为人的根本特征……城市本身就是一件杰出的

---

① 资料来源于维基百科：《中华人民共和国城市建制》。

文化产品，是文化的最高境界。"[2]

"城市的本质，乃是人类本质的一个延伸和物化。城市是人类自身内在品格外化而成的物质环境构造体系。城市是文明人类的存在形式，是人类文明的主要载体……城市状况既反映当地社会人群的量和质，又制约着其发展水平。"[3]

"如果说在过去许多世纪中，一些名都大邑……成功地支配各自国家历史的话，那只是因为这些城市始终能够代表他们民族的文化，并把绝大部分流传给后代。"[4]

以上四种观点代表着关于城市本质的基本看法，综合这四种说法可以看出，城市的本质具有以下几方面的内涵：a. 城市具有聚集性特点；b. 聚集的对象是人类的物质文明与精神文明；c. 物质文明与精神文明的聚集不是简单地几何学的相加，而是有机地整合，整合的方式和结果是文化；d. 这种文化既是人类创造的结果，又是人类本质的延伸、物化和体现；e. 这种文化具有民族性，绝大部分流传给后代。

城市是物质文明与精神文明有机结合的文化载体，它承载着一座城市的人类的和民族的记忆，既有物质遗产，也有非物质遗产。物质遗产如城市建筑、地域景观、历史街区、遗址、老街、老字号店铺、名人故居等等，非物质遗产如历史文化名人、名著、传统技能等所反映的城市体验和城市记忆。

记忆是在头脑中积累和保存个体经验的心理过程，用信息加工的术语讲，就是人脑对外界输入的信息进行编码、存储和提取的过程。但是，城市自身不会记忆，城市记忆的塑造、维持和开发需要城市活动的主体——人的力量。每一座城市在其形成、变迁和发展的过程当中都有自己独特的记忆。城市记忆的建构过程，体现了城市市民集体的力量、集体的智慧，城市记忆是一种集体记忆，而本身城市只是集体记忆的场所。

场所，场所是人类在自然环境和广袤的空间中生存，对自然环境和空间进行选择、适应、调节和改造，而形成的一种环境氛围。类似于中国诗词中"意境"。场所与空间关联但又不同。场所有空间特性，而空间并不都具有场所性。场所有界，空间无限。空间无处不在，场所则不是。

段义孚（Yi-Fu Tuan）①在讨论空间与场所的关系时认为，从经验上讲，空间的意义通常是与场所的意义覆盖和交合的。"空间"比"场所"更为抽象。当人们开始面对一个新的和陌生的地方时，周围的环境是没有区别的，都是没有特征的空间，当人们逐渐认识它并赋予其价值后，它便成为"场所"。段义孚认为："场所就是一切能够引起人们注意的固定物体的地方"[4]，场所是组织起来的意义世界。人们需要多少时间去了解一个场所呢？对一个场所的真正感受是需较长时间才能获得的，它是长时间重复性的声音、气味，以及独特的自然和人造韵律的综合。对一个场所的感觉似乎注入了人类的肌肉和骨骼的构造中。空间和场所是生活世界的两个基本组成部分。场所需要经营、培养和创造，那些具有悠久历史和鲜明特征的城市都处在一个十分独特的场所中，而且这些城市中的空间的存在有赖于那个独特的场所的存在。一个地点和空间是否能够成为场所还需要与"家"或"家园"的营造活动联系起来。从场所所具有的"安全感"和"稳定性"的角度讲，人们得以感觉到空间所具有的那种开放、自由和威胁等特征。如果人们在空间中活动，那么场所就是得以使人停顿的地点。运动中的每一个停顿都使得地点转化为场所成为可能。人们经常见到的城镇大多发生在河流的交汇处、贸易的集散地、交通枢纽、水口等就是很好的说明。

---

① 段义孚，美国当代华裔地理学家，1930年生于天津。他的人本主义地理学思想在西方影响极大，主要讨论人与环境的问题。他的《经验透视中的空间与地方》一书对"空间与场所"论述颇多。

美国莱斯大学（Rice University）的李若普（Lars Lerup）教授[①]在他的 *After the City* 一书中认为：美国与欧洲在城市和建筑上的不同在于美国城市建筑中总是保持着"一定距离"。他认为在美国"美式距离"无处不在，无论是在主体上，还是在客体上，物理上还是心理上，心际还是人际间。它就像基因密码，这些密码是通过与住宅、实物等具体物件的互动在社会层次上构筑的。在欧洲，"距离"是变化、模糊的，甚或根本就不存在。而在美国的城市建筑中，"距离"的存在是特定和肯定的。那种主导欧洲城市生活的整体、统一、凝聚、向心的"城市性"虽然在美国城市中也存在着，但却是那样的虚无缥缈。有机、紧凑、具有历史的社会通常是城市性的保障，而离散的社会必然产生有"距离"的城市空间和组织。美国城市中的"距离感"实际上表现了美式城市所具有的空间和空旷性，它具有空间感，但缺少场所感。而欧洲城市的尺度表现出它的文化性和强烈的场所感。

对场所的体验，尤其是城市的体验不仅有赖于在该场所中生活时间的长短，而且有赖于在其中生活的人的生活方式和态度。在一个城市中，生活和旅游是完全不同的。总之，人们有关建筑的感情和在建

图 2-1 空间与场所（来源：百度图片）

[①] 李若普（Lars Lerup），或译为拉尔斯·莱勒普，美国莱斯大学建筑学院院长，中国建筑工业出版社曾出版他与别人的合著《住宅设计》。

筑中所感受到的定居和居住感觉对于人们有关建筑的体验比之于建筑所提供的信息要更为本质[5]。

2.2 空间及城市空间

2.2.1 空间

空间是一个抽象而多义的概念。其"抽象"体现在"空"的特性，即空间在现实中是所有事物内外的虚空，我们无法直观感受具体的形象与状态，但可以理性认知其存在；而"多义"则主要体现在"间"的方面，即世间事物相互关系的多样性决定了空间可以在各种领域存在，如坐标关系对应了数学空间，方位关系对应了地理空间，等级关系对应了政治空间，感知关系对应了心理空间等。

对于空间概念的实在意义，舒尔茨曾经说："人对空间感兴趣，其根源在于存在。它是由于人抓住了在环境中生活的关系，要为充满事件和行为的世界提出意义或秩序的要求而产生的"[6]。从根本上说，空间就是用来描述与显现"关系"的概念，因此哲学将空间定义为"运动的存在与表现"，把空间看作物质和事件的相互关系。

具体的学科领域都对"空间"概念有着具体的规定。

数学与物理学科是"空间"研究的主要阵营。最早的空间研究源于对土地的丈量，人们在寻找简便易行的丈量方法的过程中建立起了简单的度量几何学，以计算距离、面积、体积来描述空间的特征。

以现实中丰富的数学经验为基础，欧几里得创立了欧氏几何学，并运用数学的方式描述了空间——他将空间定义为"无限、等质，并为世界的基本次元之一"，这一概念在17世纪被笛卡儿创建的直角坐标系发扬光大，三维直角坐标系也因此成为欧氏空间的数学代名词，并作为研究空间的重要工具，在数学、地理学、物理学等领域普及开来。在19世纪之前，人们对空间的认识以及各种科学理论主要建立在三维的知觉经验之上,空间也因此一直扮演着三维定位的角色,这一时期最具代表性的空间概念当属牛顿提出的"绝对空间",他认为空间"与一切外在事物无关,它处处均匀,永不迁移",是世界永恒的背景[7]。

随着天文学、物理学的进步,欧氏空间在解释复杂空间现象时开始显示出它的局限性和不足,描述宇宙空间特性的"双曲几何"、描述非固态空间特性的"椭圆几何"、描述空间连续变幻的"拓扑空间"等研究扩展了空间的概念。爱因斯坦的相对论继而揭示了物质与运动、空间与时间的统一性,提出了"四维空间"与"相对空间"的概念,将空间解释为"时空连续体"与"事物关系的集合"。虽然这些空间概念和形态在现实生活中难以被理解,但随着科学技术发展而出现的如"全球化空间"与"赛博空间"(Cyberspace)①从一定程度上证明了时间维度上空间存在的多样性。小说文本中描述的空间类似于"赛博空间"。

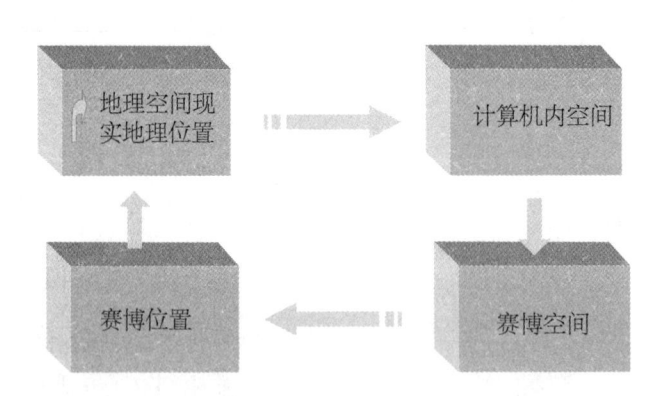

图 2-2 空间就是用来描述与显现"关系"的概念
(此为赛博空间的关系图)

---

① "赛博空间"(Cyberspace):是哲学和计算机领域中的一个抽象概念,指在计算机以及计算机网络里的虚拟现实。

在心理学领域，研究者们从实证主义角度出发，致力于对主观"空间"概念的建构。心理学通过对个人空间知觉的实验研究，建构人类心理反应与主观意识中空间的存在状态与特征。在早期的研究中，柏格森通过生理心理学中关于记忆与大脑相对独立关系的实验，证明了物质空间与心灵空间的存在，贝克莱则试图通过分析视觉的缺陷建构"经验空间"。梅洛·庞蒂在此基础上提出了心理空间的三种存在状态：第一种空间是身体空间，是自然存在的物理空间，在其中，空间规定身体；第二种是理智空间，是人们对空间的知性的、抽象的分析，是理智对空间的规定；第三种是知觉空间，是（常人心中）生动的知觉世界，是主客观相互作用的结果[8]。20世纪初文化概念的兴起，则将空间推向了更深层次人类精神的探讨，艺术、信仰、道德等心理"图式"都成了建构"空间"的心理途径，意象空间、场所、神化空间、理想空间也因此被纳入心理空间的概念范畴。

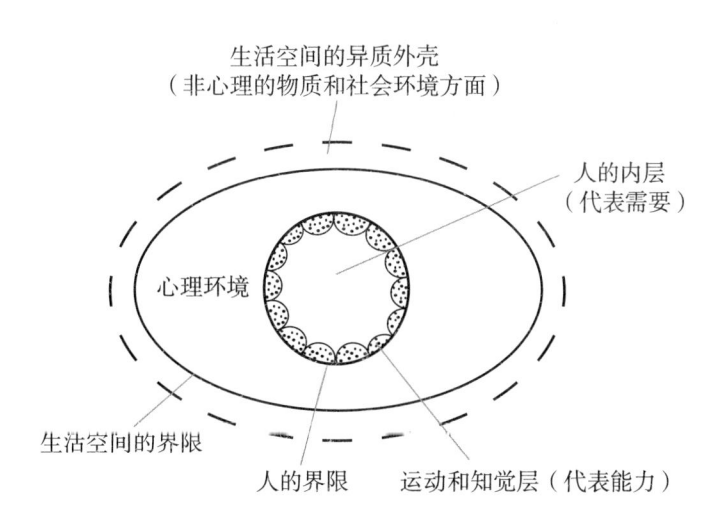

图 2-3　空间的心理途径（来源：中国百科网，章益著，《认知理论》）

另一种对空间的探讨则来源于"中间地带"的学科，其中对"空间"的探讨并非集中于纯粹的物理世界或心理世界，而是出于自身的专业需求对空间的概念进行限定。这里的"空间"可以被分为"抽象空间"与"具象空间"两类。"抽象空间"主要出现在以阐述社会现象及其发展规律为研究任务的社会科学研究中，研究者将"空间"作为社会现象的运动状态与发展规律存在的形式，如经济学研究中的"空间"是资本流通的场所，社会学研究中的"空间"代表人类发展的环境与社会群体的相对关系，政治学研究中的"空间"则表示权力的施展方向与控制范围等。在以自然环境与自然现象为主要研究对象的自然地理学中，空间概念基本等同于欧氏空间，地理学也被解释为专门研究现实空间问题的学科，用于解释"空间相互作用"。

以上的空间概念就是对"空间"特殊矛盾性的讨论，它们立足于各自的研究领域。鉴于空间概念在各专业研究中的不同，空间是一个必须首先被拆解与界定后才可以运用到具体专业研究中的概念。

传统意义上的建筑学以"具象空间"为主要研究对象的。建筑学是研究建筑物及其环境的学科，其中的空间概念必然是与建筑、与环境密切相关的物质存在。对于空间的概念，有如下种种解释："空间的塑造是通过它周围的东西及其内的物体被我们感知，至少是当那儿有光时"[9]，"空间，就是那些阻碍视线的事物，那些吸引视线的东西及障碍物：砖块、一个角落、一个尽头"[10]，从中我们能够看出，在建筑学领域中，空间的概念是实在的、具象的、形式化的，是物质在空间中的表现与空间的物质表现。

但是，当心理学、社会学、人类文化学、现象学等学科引入建筑学之后，建筑学所研究的"空间"概念的范围显然已不单纯是"具象空间"。这些讨论为本课题的"城市空间"的理解和阐释拓展了思路。

2.2.2 城市空间

城市空间，是一个跨学科概念，也是建筑界研究的热门话题，但由于立足点不同，对他的界定和运用比较多元和混乱。城市空间研究的先驱富利（L. D. Foley）把城市空间分为物质环境、功能活动、文化价值三个层面，并具有空间和非空间两重属性，它始终处于动态的变化过程。见图2.4、图2.5、图2.6。

物质环境　功能活动
文化价值

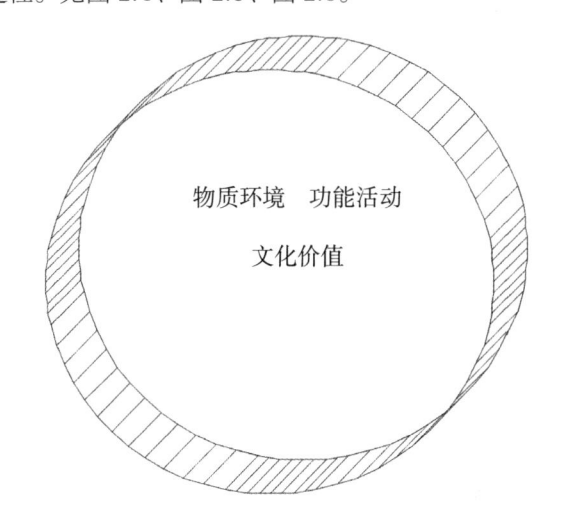

图 2-4　富利：城市空间的三个层面

空间性	非空间性
体现为物质环境、功能活动、文化价值在地理上的分布	在空间中进行的各类文化、社交活动和现象

图 2-5　富利：城市空间的属性——空间性与非空间性

图 2-6 富利：城市空间演变——共时与历时

"城市空间"一词中，"城市"主要规定了"空间"的两方面特征，首先，在外在表现上，"空间"是城市市界内的空间，其空间范围与物理特征都受到了"城市"的限定；而后，在内在性质上，"空间"是服务于人类聚居的空间，其空间功能与内部运行状态也具有"城市"的特有特征。

意大利学者布鲁诺·赛维[①]把城市空间分为四个层面，即：a.物质空间——街道、街区、广场、公园；b.文化空间——符号、象征、美学形象、生命印记；c.行为空间——工作场所、生活场所、实用对象组织的空间；d.表现空间——人们的相互作用场所等等。

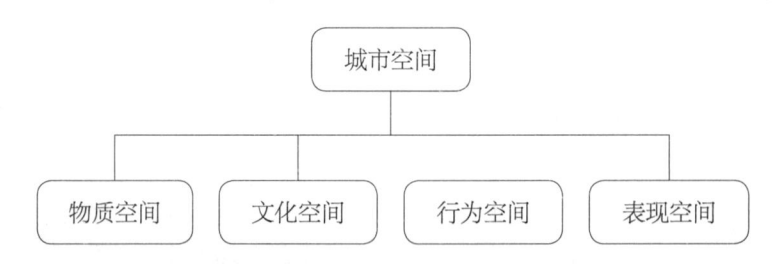

图 2-7 布鲁诺·赛维：城市空间的四个层面

英国学者 A. Colquhoun 在此基础上提出了"建成空间"与"社会空间"的概念，"建成空间"指物质层面的空间，包括其形态特征、感知特征与功能特征；"社会空间"指社会规律的空间含义，包括建

---

① 布鲁诺·赛维：意大利有机建筑学派理论家，《建筑空间论》为其建筑理论名著。

成空间的成因、发展规律与空间中的社会经济结构等内容。城市空间包括"建成空间"与"社会空间"两个层面的内涵。[11]"社会空间"引入，使城市空间的疆域大大扩展，上述富利和布鲁诺·赛维所言的城市空间都总体上只是"建成空间"的范畴，都是空间的物质特征及其延伸，仅仅是城市空间的浅层表象与研究变量之一。

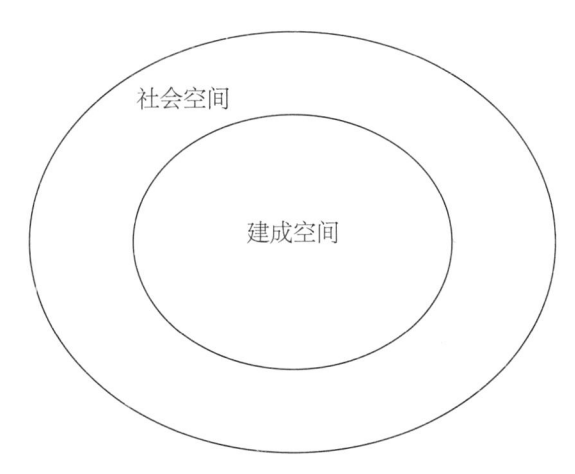

图 2-8 "建成空间"与"社会空间"

在人文地理学领域，关于城市空间的研究则更为宽泛。与建筑学这种工程类学科不同，人文地理学出于自身"理学"的定位，从不同视角关注同一个问题，即城市空间运行的基本规律及空间形态形成的基本动因，而他们所具有的社会科学属性，也决定了他们所建构的各种学说一般属于意识形态和上层建筑的范畴，其研究对象是抽象了的人与人或人与物。由此，城市空间被理解为城市社会关系的存在与表现，其中不仅包括社会规律的空间运转原理，如市场经济、利益纷争等内容，也包括社会规律的空间表现形式，如社会结构、竞租曲线等，而城市中的具体空间形态仅仅作为城市空间的"浅层现象"存在。

由此可知，在这一类研究中，城市空间主要作为抽象的社会形态而存在，较少涉及具体的物质形态。这种过于抽象的空间研究在当代也受到了不同程度的批评，有学者就曾经比喻说："当开启许多朝向同一处景观的窗户时，社会学者将这些景致截取下来并按照不同角度形成序列——按照窗户的形状和光线的种类——并持续专注于这些片段"[12]，借此来说明相关研究中对城市空间外在表象本身的漠视。这些批评也推动了人文地理学中以微观、具体城市环境为对象的研究。

图2-9 "城市空间"：空间范围与特征不断扩展和充实；空间是服务于人类聚居的空间（来源：百度空间）

总体来看，无论是建筑学领域，还是人文地理学领域，城市空间的概念都随着研究的深入在不断地被扩展与充实——专注于外在具象形态的建筑学城市空间研究开始更多地关注内在的社会发展，而以研究城市发展规律为己任的人文地理学科也开始尝试建构抽象社会空间与具体物质空间之间的关系。城市空间所具有的"社会属性"与"物质属性"被逐步等同视之，城市空间概念的"社会—空间"辩证统一思想逐步实现。

而昂利·列斐伏尔[①]超越形塑的物质空间，提出了空间三元论，并区分抽象空间与社会空间的对立关系。"空间三元论"由"空间实践、空间再现、再现空间"三者组成。"空间实践"指的是发生在空间并跨越空间的相互作用，是作为经济生产和社会再生产基本过程的一部分，它首先是人的活动的成果，表现为可感知的物理意义上的环境；"空间再现"指的是一个概念化的、想象的空间，这一空间往往带有某种象征权力持有者的符号、编码和"行话"；"再现空间"指的是日常生活的实际空间，与大众的生活密切关联的空间，指被图形与符号以及生活在空间里的人们赋予生命力的空间。[13]

"三元论"从物质空间、精神空间和生活空间三方面建构了"空间"的概念，充分表达了现实角度下物质、精神、社会三元辩证统一的空间认识。在此基础之上，爱德华·W·苏贾（Edward W Soja）[②]继而提出了城市空间的"社会—空间"辩证观，即认为城市中存在一种物质空间与社会发展双向连续的过程——一方面人们在物质空间中工作、生活，他们将自身的特性施加于空间环境，并不断地改变与塑造着人化的物质空间，以满足人类的需要；同时，物质空间作为人类生

---

① 昂利·列斐伏尔（Henri Lefebvre，1901~1991）：法国现代思想家，西方学界公认为"日常生活批判理论之父"。《空间的生产》是其社会空间理论的主要著作。

② 爱德华·索亚（Edward W.Soja）：美国加州大学洛杉矶分校教授，世界著名城市思想家，著有《后现代地理学》《第三空间》《后大都市》《寻找空间正义》等著作。

活的载体，也持续地影响与控制着社会生活与人类发展——城市空间正是形成变化于这一过程之中。[14]

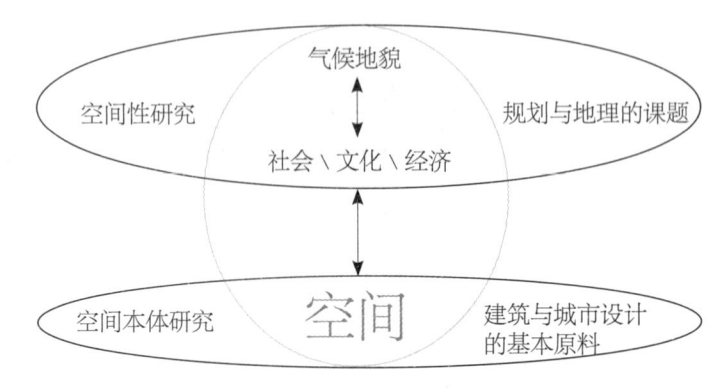

图2-10　城市空间研究范围（来源：空间句法《北京规划建设》2008年第1期）

基于以上观点，我们可以这样概括：

第一，城市空间的形成是社会性的，而且作为生活于其中的人受制于这个特殊空间，这个空间既给予又限定。

第二，这个限定不是消极的，在终极价值意义上说总是积极的，因为这个空间所中介和承载以及储存着的人类文明与它的使用者一同行走。这既是文明的生长，更是人走向文明的阶梯和基础。

第三，城市空间总是立体的、多元的。不论是纯粹生产性空间还是居住空间以及公共交流的场所，都具有多值性。一所厂房可以因为它的特殊历史事件而成为时代与历史的象征物；一所重要的仪式性场所也可以因为相应的民族事件而转变性质。城市空间特别是历史演化意义上的审美空间更具有这种多值性。

第四，城市空间的发展特征截至目前是趋向于价值专属性，也就是说，不同的功能空间涉及人们对人性化的关怀的不同方面，既注重功能上对人的关爱也从价值上体现对人的关怀。

总之，城市空间是"社会—空间"的辩证统一体，是主观与客观的同一、物质与精神的同一、物理空间与社会空间的同一，城市空间的概念是多种空间的有机整合，对城市空间的认识应该持有整体性的视野与辩证的思维方式。城市是在事件、场所中与人类特定生活紧密相关的现实形态，其中包含着历史与文化。城市空间是人类生活的固定的舞台布景，充满着代代相传的情感与事件。每一个城市都会有由古老传统形成的"灵魂"——城市精神，充满着生命活力的感觉以及美好憧憬。

以上关于城市空间的种种探讨，为分析贾平凹小说的城市空间和现实中西安的城市空间提供了广阔的理论视野，在作品具体分析中所涉及的物质空间、外部空间、内部空间、精神空间、社会空间等概念均是由此而生发的。

2.3 空间体验

人类与城市空间关系的连接首先通过体验，体验是人类认知城市空间最便捷有效的途径。所谓体验，即"以身体之，以心验之"。本书所指的体验，是指个体对于处于关联域中的聚居空间的独特感觉，不是如现代旅游观光那样走马观花、蜻蜓点水，也不是寻求娱乐刺激，而是指以个体的全身心去溶入、参与、共鸣、升华，去感受并且去参与那应当和可能参与的生活。

不同的哲学家对体验有不同的观点，其中弗洛伊德认为，体验是一种瞬间的幻想：是对过去的回忆——对过去曾经实现的东西的追忆；也是对现在的感受——早年储存下来的意象显现；是对未来的期待——以回忆为原型之瞻望未来、创造美景，通过瞬间幻想来唤回过去乐境，以便掩盖现时的焦虑。[15] 马斯洛认为：体验是体验主体"人"与体验客体"存在世界"（对象、环境、自我）之间同一性关系的瞬间生成及其存在价值的终极境界。由此可见,从体验心理学角度来看,"体验作为活动,既由外部行为,也由内部行为来实现"。[16]

空间体验行为绝大多数既是主体内部心理活动的结果,也是外部空间环境刺激的反应,二者是同一过程的两个不同环节或方面,不是截然分开的。因此,空间体验有其个性的一方面,即主观性、开放性、自主性;同时空间体验也有其共同性的一面——如集体表象、文脉等——潜意识地映射着历史上典型的生活图景。从空间意义的生成与审美价值取向来看,空间体验既是一种历史场所的深渊型回忆,也是对聚居生活的一种理性认识;既是一种空间审美价值实现的途径,也是一种空间意义与场所精神的审美升华,即填补创作主体与空间使用者之间的空白。

人类对场所、空间和城市的体验是通过视觉、听觉、嗅觉、味觉和触觉五种知觉来进行的。五种感知不时地互相印证和强调,这五种感知既是主动也是被动的。有些知觉主动成分占得较多,如视觉和触觉,有些则是被动成分占得较多,如听觉、嗅觉和味觉。

意大利建筑师罗西(Aldo Rossi)说:"城市不仅仅是一个空间,更是一个意义场所,城市体现了一种场所精神。"[17]

图2-11 空间体验:通过瞬间幻想来唤回过去乐境,以便掩盖现时的焦虑。空间体验行为绝大多数既是主体内部心理活动的结果,也是外部空间环境刺激的反应(来源:百度图片)

空间的场所感往往是在空间体验中获得的，而空间情节是空间体验的内容、对象、过程、表现媒介。可以说，体验一座城市，便是体验这座城市的空间情节。

印度大诗人泰戈尔曾写道："我访问过世界很多地方，听到和看到了很多事情，但是，很遗憾的是，十分重要的事情都已记不清楚了，不过在住所的附近小草的叶子上附着的一滴露水让人难以忘却。"[18]那就是一种场所记忆，一种对生活情节的记忆：有事件、有场景、有情感、有体验。

中国山水绘画通常在散点透视的空间描绘中展现情节，而这所有的一切均牵连着一个隐匿的代言人——一个小小的隐士及其隐约出现在云雾中的一间茅草屋，向后来者讲述着一系列自己的生活情节，是过去的，现在的，也是未来的。久而久之这种个体的认同成为一种集体的认同，成为集体无意识在个体中的文化积淀。这样的画全然不是景物的纪实描写，而是一

图 2-12 中国山水绘画：不是景物的纪实描写，而是一种个人对于生活场景的主观感受，是一种空间记忆，期间隐含了一种现实可感的生活情节（来源：中国古代山水画二十讲）

种个人对于生活场景的主观感受，是一种空间记忆，期间隐含了一种现实可感的生活情节。

虽然聚居空间本身既无时间范畴又无运动，不可能有着同文学剧作一样的故事情节，但是空间承载的是生活，也就是承载着生活情节。如果说文学故事情节是一个种族、一个阶层、一个家庭、一个村落对文化传统的一种传承，那么生活情节便是一个城市、一个集镇、一个空间、一个场所记忆的一种具体体现。一旦当歌谣和传说已经泯灭，一个消亡的民族已经没有任何痕迹的时候，人们曾聚居的场所空间常常能述说一切。一个建筑一个场所包含了许许多多发生在其中的生活事件；同时一个公园乃至一个城市吸引人的魅力往往首先是来自它的情节。这是因为聚居空间与其承载的生活情节是一个集合体，他能述说生活中的故事，给人以遐想，并给人以艺术感染力。

空间情节是一种非凡的强有力的记载，它将象征性的三维空间、日常生活情节以及主观体验与寄托，融为一个整体的场所来表述，将空间与其承载的生活情节作为一个整体来考察。空间要素与要素之间存在一种共生关系，一种建构在空间体验之上的有艺术感染力的空间秩序。这种空间秩序是基于一定的内容题材及其主题（如文学故事、历史文脉、宗教礼仪、情感历程、工艺过程、生活习惯等）来安排组织空间要素，是建立在同一主题的重复出现上的一种逻辑关系，可以通过心理描绘、联想等途径来体验感受的场所感，而不是基于视觉形式（色彩、材质、形状等）上的视线呼应与连续而编排的关系。

空间情节是场所与场所精神之间的介质，事实上，空间情节给予人的就是一种可感触体验的有感染力的场所感，这种场所感由两部分组成：空间要拥有一定意味的内容题材与主题，同时还要有一种编排的关联结构。通常，空间的趣味性与艺术感染力往往来自与体验相关的物及过程中关联的生活情节，通过实践与空间，成为自己对场所感的一种记忆，从而在不知不觉中建立了一种场所感。就如同我们的城市本身并不表现它的过去，而是把历史写在诸如街角、窗格、台阶的栏杆上、电车的触角上、旗杆上及片段所组成的一种意象，就像人额头上的皱纹记载着人的年龄一样，这是基于城市历史进程中的情节。我们自身对空间的记忆和希望往往产生于空间中承载的一系列事与物。

从时空观来看，空间情节是建立在爱因斯坦相对论的基础上的，存在于生活历史与内心世界的相对坐标中。时间有两种，一种是主观性时间，另一种是客观性时间。与体验相关联的更多的是主观性时间，无论钟表怎么指示，用我们体验心理感受到的长与短来衡量来判断时间的快与慢，是较为质的状态，而非量的状态，正如托马斯·沃尔夫（Thomas Wolfe）所说，时间是寓言，"它有一万个面貌，它孵出了地球上所有的映像。然而它用奇异而神秘的光芒把它们变形。时间开始并结束每一个人的生命，然而每一个人有他自己的，一种不同的时间"[19]。

空间情节的主观性时间中隐藏着客观性时间，同时也是建立在客观性时间之中。主体在体验中感受空间与自然的对话，在体验中情节转化为一种时间空间结构，具体表现为：现在是一种深度的复杂的质的体验（润滑剂），是感受中的情节；过去是一种量的原始深渊体验（麻醉剂），是封闭的记忆中的情节；未来是一种量的创造性的高峰体验（兴奋剂），是开放的预想的情节。[20]

事实上，无论是共有的体验，还是个体的体验，无论是集体或个体生活中的空间情节，过去有，现在有，将来还会有，就如同一面镜子，发射过去，镜像现在，折向未来。空间承载的是一种功能，一种生活，一种情感，情节存在于并隐藏在空间结构之中，这种存在于空间结构之中的情节通过体验使许多时空要素连在一起，让我们感动不已。[21]

图 2-13 空间情节（来源：胡武功摄《爬城墙的孩子》（1996））

2.4 小结

"城市"按照科学技术名词的解释是："具有一定人口规模、以非农业人口为主的居民点。"它主要适用于"建筑与园林及城市规划"和"地理学"学科及其子学科"城市建设总论"和"城市地理学"。而"文化"和"城市文化"则不属于科学技术名词。所以，本书中的关键词"城市文化"超出科学技术名词的范畴。

对城市的考察可以从"量"和"质"两方面入手，但"质"的考察更为重要，城市的本质是城市文化，它承载着人类的和民族的记忆，城市记忆的建构过程，体现了城市市民集体的力量、集体的智慧，城市记忆是一种集体记忆，而城市本身只是集体记忆的场所。场所，类似于中国诗词中"意境"。场所有空间特性，而空间并不都具有场所性。人们有关建筑的感情和在建筑中所感受到的定居和居住感觉对于人们有关建筑的体验比之于建筑所提供的信息要更为本质。

空间是一个抽象而多义的概念。具体的学科领域都对"空间"概念有着具体的规定，传统意义上的建筑学以"具象空间"为主要研究对象，但是，当心理学、社会学、人类文化学、现象学等学科引入建筑学之后，建筑学所研究的"空间"概念的范围已不单纯是"具象空间"。这在"城市空间"的研究中表现得更为突出，无论是建筑学领域，还是人文地理学领域，城市空间的概念都随着研究的深入在不断地被扩展与充实——开始更多地关注内在的社会发展空间，城市空间是"社会—空间"的辩证统一体，是主观与客观的同一、物质与精神的同一、物理空间与社会空间的同一，城市空间的概念是多种空间的有机整合，而城市精神是城市空间的灵魂，对城市空间的认识应该持有整体性的视野与辩证的思维方式。

人类与城市空间关系的连接首先通过体验，体验是人类认知城市空间最便捷有效的途径。空间体验有其个性的一方面，即主观性、开放性、自主性；同时空间体验也有其共同性的一面——如集体表象、文脉等——潜意识地映射着历史上典型的生活图景。

空间情节是一种非凡的强有力的记载，它将象征性的三维空间、日常生活情节以及主观体验与寄托，融为一个整体的场所来表述，它是场所与场所精神之间的介质，体验把空间情节的过去、现在和未来连接在一起，体验也把建筑和文学连接在一起。

3

城市文学与文学城市

3.1 城市与文学

　　城市与文学都是人类的创造，都是文化的载体和成果。文学创作是一种特殊的精神活动，但它不能脱离外部世界与外在关系而独立地生发和存续，城市就是它与外部世界多种关系中的一种，文学描绘城市，城市不仅仅是作为情节背景而呈现出的一种客观的地理场景，更是被人物主观思想所建立和叙述的一种意识形态式的主观存在。作为主体的人对于城市空间的体验不仅仅是被动的感受，更有主动的建构，并以自身的文化背景和生活经历叙述着城市的面貌和精神。

　　正如前文"城市空间"一节所述，城市空间不仅是一种客观的物质范畴，而且是一种文化社会关系。文学的长处正在于捕捉并微妙地表达这种关系。而城市生活中的细节、某种建筑模式、交通工具或消费方式都为作家的捕捉和表达提供了一种赖以依托的感觉实体。

　　从时间维度上看，文学与城市之间的关系越往后联系越密切。在城市产生的初期，乃至于整个古典时期，城市功能和内部关系相对单纯，文学与城市之间的关系相对疏远，而到了近现代，城市量的扩张和质的丰富复杂以及人们对城市的认识大为提升，城市与文学的关系则越来越密切。在西方城市迅猛发展和向近现代转型时，城市文学同步发展和转型。在长期以农业为基础的中国，近现代意义上的城市和城市文学的发展相对滞后。但这种状况随着中国城市化进程的提速和步入城市化国家而后来居上。20世纪80年代以后的中国，城市日渐成为整个社会生活的中心，并在20世纪90年代以后占据主导地位。在此种局面下，当代城市文学在20世纪80年代开始崭露头角，出现了大量的反映城市生活文学作品，如《乔厂长上任记》《沉重的翅膀》《花园街五号》《那五》《小贩世家》等等。此后，城市与文学日益向纵深发展，并在20世纪90年代形成了对城市生活的全面观照。[22]

但是，不管先来还是后到，在城市史和文学史上，城市与文学的双向互动与生发，从来就不乏经典的案例。在近代以来的西方一批文学大师，如狄更斯、萨克雷、巴尔扎克、左拉、德莱塞、陀思妥耶夫斯基等，与他们所生活和描绘的一批国际名城伦敦、巴黎、纽约、莫斯科等相互成就，交相辉映。同样，在中国，老舍之于北京，张爱玲之于上海，贾平凹之于西安等，都具有相互因借、彼此生发的意义。

北京大学陈平原教授说："同一座城市，有好几种面貌：有用刀剑刻出来的，那是政治的城市；有用石头垒起来的，那是建筑的城市；有用金钱堆起来的，那是经济的城市；还有用文字描出来的，那是文学的城市。这些文字建构起来的都市，至少丰富了我们的历史想象与文化记忆。""在某种程度上，我们所极力理解并欣然接受的'北京'或'长安'，同样也是城市历史与文学想象的混合物。""我一再坚持，必须把'记忆'与'想象'带进来，这样，这座城市才有生气，才可能真正'活起来'。"[23]

文学是城市文化中的一个组成部分，而且是更高层次的精神现象。美国学者理查德·利罕（Richard Lehan）建议将"文学想象"作为"城市演进"利弊得失之"编年史"来阅读。"这种阅读还关系到理智的以及文化的历史：它既丰富了城市本身，也丰富了城市被文学想象所描述的方式。"[24]

3.2 贾平凹之于西安

然而，具体到作家、作品与特定的城市来说，不是所有的文学作品都保留了城市的记忆和想象，都能让城市活起来并当作城市的编年史来阅读。那么，什么样的作家、作品才具有这样的担当和禀赋呢？

复旦大学陈思和教授说："一般来说，能够成为某座城市文化的标志性品牌的作家，要具备三种条件：其一，必须长期居住在一个城市里，并且留下许多实在的事迹可以供人瞻仰；其二，他的创作风格必须与这座城市的文化风俗、美学风格相吻合，并且仅止于这座城市的风格；其三，必须经过较长时间的检验而在公众中获得信任，如老舍的创作于北京的城市文化；张爱玲的创作于上海的城市文化。作家与城市的关系是无法人为地在短时间内建立起来的。"[25]

任何时代的人们，都无法脱离具体的物质空间和文化空间而生存。无论是古代还是现代知识分子，都是生活和活动于一定具体的空间关系之中。现代知识分子与传统知识分子的最大的区别之一，是他们从乡村走向了城市，在现代城市空间中聚集在一起，以城市的公共空间和文化权力网络作为背景，展开自身的文化生产、社会交往和公共影响。[26]贾平凹曾说："自一九七二年进入西安城市以来，我赞美和诅咒过它，期望和失望过它，但我可能今生将不得离开西安，成为西安的一部分，如城墙上的一块砖，街道上的一块路牌。我生不在此，死却必定在此，当百年之后躯体焚烧于火葬场，我的灵魂随同黑烟爬出了高高的烟囱，我也会变成一朵云游荡在这座城的上空的。"[27]

2006 年 9 月，"贾平凹文学艺术馆"在西安建筑科技大学落成并对外开放，是以全面收集、整理、展示、研究贾平凹的文学、书画、收藏等艺术成就及其成长经历为主旨的非营利性的文化场馆。该馆的建筑获得"中国建筑传媒奖——最佳提名奖"。

图 3-1　贾平凹文学艺术馆（来源：贾平凹文学艺术馆官方网站）

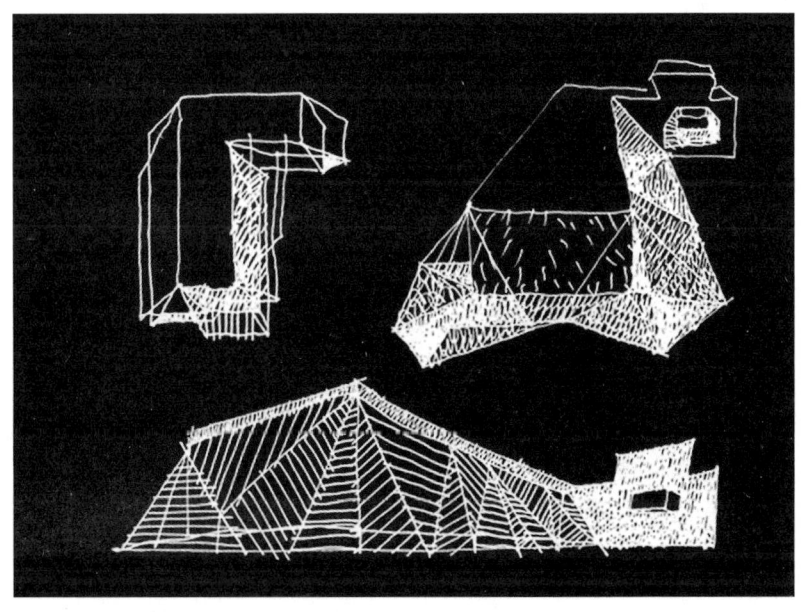

图 3-2　贾平凹文学艺术馆设计草图——变化的光影体积（来源：贾平凹文学艺术馆官方网站，刘克成绘）

2010年10月,位于西安曲江新区大唐芙蓉园旁的"贾平凹文学馆"建成开馆。该馆是西安打造"博物馆之城"的重要场馆之一。2013年,一座规模更为宏大的"贾平凹文化艺术馆"在国家级旅游度假区临潼建成。这些实体场馆的建成开放,把贾平凹及其创作当作西安的城市文化景观锚固在古都的肌体上,成为西安城市文脉的一部分和人们触摸西安历史的具体可感的场所精神。

刘宁、李继凯认为,贾平凹在当代西安作家中对西安城市文化发展做出的贡献是最大的。在其创作生涯中,仅专门为西安而撰写的长篇小说就有四部,从最早的《废都》到后来的《白夜》《土门》《高兴》四部作品皆展现西安特有的城市景观、日常生活以及文化特色。散文《老西安》则直接以西安为题,将近现代以来西安人事变迁、历史名人如数家珍一并道来,此外,还有像小说《怀念狼》、散文《<游在西安>序》《都市与都市报》《十字街菜市》《人病》《看人》《闲人》等均属于书写西安城市生活的作品。这是一位西安文人生前死后对西安这座城的挚爱,不仅爱城、爱城里的人、城里的建筑、城里的生活,更重要的是,痴迷于这座城与生俱来的文化。[28] 他们对贾平凹为西安城市文化所做出的贡献概括为以下几点:

一是努力传承长安传统文化。尽管其散文《老西安》里着意描摹一个"老"字,但是,贾平凹骨子里眷恋着的仍是盛世长安的辉煌;尽管他不止一次称西安为"废都",但是在《西安这座城》散文里却不无自豪地夸耀:现代的西安当然不仅仅是个保留着过去的城,它有着其他城市所具有的最现代的东西,但是,它区别于别的城市,是无言的上帝把中国文化的大印放置在西安,西安永远是中国文化魂魄的所在地。毋庸置疑,在西安充盈着一种浑然、厚重、苍凉的气韵,这气度就是在贾平凹诸多作品里竭力彰显的汉唐时期西安的恢宏壮大气象,在其审美趣味追求上所表现的是秦汉审美风范。贾平凹散文《卧虎说》所倡导的雄浑、大气、自然、浑厚之美，长篇小说《浮躁》营造的阔大、雄伟的艺术风格，这一切都昭示人们：贾平凹对以长安为中心形成的中国传统文化的挚爱。在这个意义上，我们就不难理解，长篇小说《废都》为什么称西安为废都？废都之所废者在于汉唐气象的衰败。当然，人们提及《废都》，都会指斥其中流露出的浓郁颓废意识，但是，无论如何研究现代西安它是绕不过去的，因为在整个20世纪少有人写它。它营造了一个以西安为城市象征意味的世界，展现了大量的西安都市景观、都市文人生活。尤其是，四大文化名人的引入自觉将文化名人与西安城市文化联系起来，在这个意义上，《废都》当之无愧是第一部最为详尽、完整的有关西安城市以及城市文化叙述的文学作品。废都、废人是作家对西安这座城市的隐喻，也是其所理解的人与城的关系，它的出现激活了都市的文化记忆、文学想象。作家居于城，灵魂却无法安妥于城，这本身就是悖论。不言而喻，《废都》的颓废气息带给西安城颓败的声誉，也使作家自己赢得了暮气的名声。名人是城市的文化名片，《废都》却成为名片上的斑点，然而，无论如何我们却不能否认，它在西安都市文化研究中的重要价值。

　　二是艺术展示的民间鬼巫文化。同样是写西安这座城市，《白夜》展示的是民间鬼文化。韦伯认为，科学的进步是理智化过程的一部分，理智化和个性化并不意味着人对生存条件的一般知识也随之增加。但这里含有另一层意义，那就是：只要人们想知道，他任何时候都能够知道；从原则上说，再也没有什么神秘莫测、无法计算的力量在起作用，人们可以通过计算掌握一切，而这就意味着为世界祛魅。与此相反，贾平凹在其西京类小说中，尤其是《白夜》里目连救母"鬼戏"的引入，夜郎亦人亦鬼的生存状态，无不是一种返魅的艺术手法，体现的是一种最为人文化、艺术性的思维。所以，从这个层面上讲，贾平凹所展示的西京文化不仅是中国传统的，而且也是最具有艺术气质的文化。这是贾平凹对西安这一带有浓郁乡土气息的城市文化的特有贡献，也是其对中国当代文学的贡献，而长期以来，贾平凹作品的这种特有的文化价值没有得到深入挖掘和充分肯定。

图 3-3　西安街头的民间鬼巫文化（八仙庵院墙外）

三是深入反思现代西安城市文化。城市体现着整个国家和地区的综合实力，随着人类社会的发展，城市的拥挤、嘈杂、污染使城市在体量上庞大而在质量上异化了。长篇小说《废都》《土门》《白夜》《秦腔》都流露出浓郁的颓废思想，这不仅仅是缘于汉唐盛世已经逝去，而且更为关键的是，现代化致使西安城越来越丧失旺盛宜居的生命力。所以从《废都》到《白夜》《土门》《怀念狼》，作家都在呼唤原始野性。然而，贾平凹的思想并非如此单纯，在现代与传统、城市与乡村之间他徘徊不定，从《废都》到《白夜》《土门》以及《高兴》他都在思考西安现代化进程中农民的命运、乡村的命运。贾平凹用他的"西京"

系列小说昭示了西安城市现代化过程中出现的种种弊病，表达了一位知识分子对城市走向甚至人类命运的忧虑。尽管作家并没有开出一剂良方，但是以牺牲农业、生态平衡、生命本真为代价的城市发展之路，这是作家不愿意看到的。

四是独立观照西安人的文化人格。提及城市当然离不开人的活动，什么是西安人？吴宓说他们的性格是倔、犟、硬、碰，贾平凹作品里的西安人是闲散的人。这种闲人既是都市中的文化闲人，也是城市里的流氓无产阶级——流浪汉。前者如长篇小说《废都》里塑造了一批以庄之蝶为代表的文化闲人，他们处于社会的边缘，精神颓废、心情郁闷，漫步、张望于拥挤的大都市，从而展开了他们与城市和他人的全部关系。后者如《高兴》中的刘高兴、五福等，他们像庄之蝶一样也在城市漫步，但是，这种漫步不是为了浪漫休闲而是为了谋求生计。由此可见，尽管贾平凹文本里没有时尚的都市景观展现，但是，他却描摹了一幅西安人与西安城两相恰合、独一无二的城市生活画卷。[29]

3.3 西安这座城

《老西安》是贾平凹以文化学者身份透析历史名城所做的人类学方式的长篇散文报告。关于西安，贾平凹在他的散文——《西安这座城》中这样写道："整个西安城，充溢着中国历史的古意，表现的是一种东方的神秘，囫囫囵囵是一个旧的文物，又鲜活活是一个新的象征。"[30]

每一座城市都有自己独特的记忆，每一座城市都曾绽放过独特的风情。西安的记忆中一定有一个词语——古韵。

西安，坐落于中国西部的关中平原上。渭、泾、沣、涝、潏、滈、浐、灞八条河流，穿流在西安城四周，形成"八水绕长安"的地理风水。

西安，在西周时称为"丰镐"。丰镐是周文王和周武王分别修建的丰京和镐京的合称。至西汉初年，刘邦定都关中，取当地长安乡之含意，立名"长安"，意即"长治久安"。隋时，隋文帝杨坚曾被周明帝封为"大兴都公"，因而将新都命名为"大兴城"。唐时，恢复长安之名。元代，易名为"奉元城"。明朝，朝廷改奉元为西安府，取义"安定西北"。由此定名至今。

图 3-4　西安的记忆中一定有一个词语——古韵（来源：胡武功《四方城》）

西安，是中国建都最早，建都最久（1200多年），建都朝代最多的城市。西安浓缩了中国历史的精华：从奴隶制社会的顶峰西周王朝、中国第一个大一统帝国秦、中国第一个盛世王朝西汉到中国封建社会的顶峰唐朝，从成康之治、文景之治、汉武盛世、昭宣中兴、贞观之治、到开元盛世……，西安书写了中国历史最华彩的篇章。

人们常说，二十年中国看深圳，一百年中国看上海，一千年中国看北京，而五千年中国则看西安。西安与雅典、罗马、开罗并称为世界四大古都，从公元前11世纪到公元10世纪左右，先后有13个朝代或政权在西安建都及建立政权，历时1200余年，所以西安有极为

图3-5 20世纪70年代的西安钟楼（来源：我与古城西安的缘，陕西旅游网）

丰富的历史遗存。1981年联合国教科文组织把西安确定为世界历史名城。

八仙宫古玩城、西安古玩城、中国式伊斯兰寺院——化觉巷大清真寺、书院门古文化一条街、书画三学街是这座城市的文化印痕；西安碑林、西安城墙、西安钟鼓楼、大雁塔、小雁塔、兴庆宫、大唐芙蓉园，步步风景、满山故事的骊山，帝王垂爱的华清池是这座城市的浪漫本色；北院门、大皮院、西羊市、北广济街、大麦市的钟鼓楼饮食圈，东大街、东新街夜市的东大街饮食圈，西安风情小吃一条街——南门，西安咖啡一条街——德福巷，雁塔西路酒吧一条街使这座城市唇齿留香；唐风唐韵西大街、炭市街、南院门、木头市、竹笆市、湘子庙街、七贤庄、杨公馆、张公馆、下马陵记载着这座城市的民风民俗；

a. 钟楼 　　　　　　　　　　b. 鼓楼

c. 南门 　　　　　　　　　　d. 城墙东南角

图 3-6　西安城市景观

大唐不夜城、骡马市、小寨是这座城市时尚的标志。

这一点，正如贾平凹在他的散文——《西安这座城》里面所描述的：

> 是的，没必要夸耀曾经是13个王朝国都的历史，也不自得八水环绕的地理风水，承认中国的政治、经济、文化的中心已不在这里，对于显赫的汉唐，它只能称为"废都"。但可爱的是，时至今日，气派不倒的，风范犹存的，在全世界的范围内最具古都魅力的，也只有西安了。它的城墙赫然完整，独身站定在护城河上的吊桥板上，仰观那城楼、角楼、女墙垛口，再怯懦的人也要豪情长啸了。大街小巷方正对称，排列有序的四合院砖雕门楼下已经黝黑如铁的花石门墩，让你可以立即坠入了古昔里高头大马驾驶了木制的大车喧喧喧开过来的

境界里去。如果有机会收集一下全城的数千个街巷名称：贡院门、书院门、竹笆市、琉璃市、教场门、端履门、炭市街、麦苋街、车巷、油巷……你突然感到历史并不遥远，以至眼前飞过一只不卫生的苍蝇，也忍不住怀疑这苍蝇的身上有着汉时的模样或者有唐时的标记。

现代的艺术在大型的豪华的剧院、影院、歌舞厅日夜上演着，但爬满青苔的古钱一样的城根下，总是有人在观赏着中国最古老的属于这个地方的秦腔，或者皮影木偶。这不是正规的演艺人，他们是工余的娱乐，有人演，就有人看，演和看都宣泄的是一种自豪，生命里涌动的是一种历史的追忆，所以你也明白了街头饭馆里的餐具，碗是那么的粗的瓷，大的称之为海碗。逢年过节，你见过哪里的城市的街巷表演着社戏，踩起了高跷，扛着杏黄色的幡旗放火铳，敲纯粹的鼓乐？最是那土得掉渣的土话里，如果依音笔写出来，竟然是文言文中的极典雅的词语，抱孩子不说抱，说"携"，口中没味不说没味，说"寡"，即使骂人滚开也不说滚，说"避"。你随便走进一条巷的一户人家吧，是艺术家或者是公人、小职员、个体的商贩，他们的客厅必是悬挂了

图 3-7　西安城市雕塑：张骞通西域

装裱考究的字画，桌柜上必是摆设了几件古陶旧瓷。对于书法绘画的理解，对于文物古董的理解的珍存，成为他们生活的基本要求。男人们崇尚的是黑与白的色调，女人们则喜欢穿大红大绿的衣裳，质朴大方，悲喜分明。他们少以言辞，多以行动；喜欢沉默，善于思考；崇拜的是智慧，鄙夷的是油滑；又整体雄浑，无琐碎甜腻。

西安的科技人才云集，产生了众多的全球也著名的数学家、物理学家，但民家却大量涌现着《易经》的研究家，观天象，搞预测，作遥控。你不敢轻视了静坐于酒馆一角独饮的老翁或巷头鸡皮鹤首的老妪，他们说不定就是身怀绝技的奇人异才。清晨的菜市场上，你会见到托着豆腐，三个两个地立在那里谈论着国内的新闻。在公共厕所蹲坑，你也会听到最及时的关于联合国的一次会议的内容。关心国事，放眼全球，似乎对于他们是一种多余，但他们就是有这种古都赋予的秉性。"杞人忧天"从来不是他们讥笑的名词。甚至有人庄严地提议，在城中造一尊大的杞人雕塑，与那巍然树立的丝绸之路的开创人张骞塑像相映生辉，成为一种城标。[31]

关于西安的文化，西安的建筑，西安这座城中的人，关于这座城的记忆与城市空间，贾平凹在他的都市小说中都有深深的印记。

3.4 小结

城市与文学都是人类的创造，都是文化的载体和成果。文学描绘城市，城市不仅仅是作为情节背景而呈现出的一种客观的地理场景，更是被人物主观思想所建立和叙述的一种意识形态式的主观存在。作为主体的人对于城市空间的体验不仅仅是被动的感受，更有主动的建构，并以自身的文化背景和生活经历叙述着城市的面貌和精神。

文学是城市文化中的一个组成部分，而且是更高层次的精神现象。

从时间维度上看，文学与城市之间的关系越往后联系越为密切。但是，不管先来还是后到，在城市史和文学史上，城市与文学的双向互动与生发，从来就不乏经典的案例。在中国，老舍之于北京，张爱玲之于上海，贾平凹之于西安等，都具有相互因借、彼此生发的意义。用文字建构起来的都市，丰富了我们的历史想象与文化记忆。想象与记忆使城市有生气，让城市真正活起来。

文学作品保留了城市的记忆和想象，可以把它们当作城市的编年史来阅读。一般来说，能够当作城市编年史来阅读的作家及其作品，要具备三种条件：即必须长期居住在一个城市里，并且留下许多实在的事迹可以供人瞻仰；他的创作风格必须与这座城市的文化风俗、美学风格相吻合；必须经过较长时间的检验而在公众中获得信任。

贾平凹具备了这些条件：一批以贾平凹命名的实体场馆的建成开放，把贾平凹及其创作当作西安的城市文化景观锚固在古都的肌体上，成为西安城市文脉的一部分和人们触摸西安历史的具体可感的场所精神。贾平凹的都市小说和散文对西安的城市景观和城市文化进行了大量描写和阐发，他是一位挚爱着西安这座城的西安文人，不仅爱城、爱城里的人、城里的建筑、城里的生活，更重要的是，痴迷于这座城与生俱来的文化。

西安，是中国建都最早，建都最久，建都朝代最多的城市，浓缩了中国历史的精华。关于西安的文化，西安的建筑，西安这座城中的人，关于这座城的记忆与城市空间，贾平凹在他的都市小说中都有深深的印记。

4
贾平凹都市小说概述

仰望贾平凹用文字建构的文学大厦，给人一个最深的印象就是：他只写自己最熟悉的生活，他的文学空间的基础牢固地建立在他所生活的土地上，这片土地就是他早年生长的商州和现在生活的西安。正如他自己所说："长期以来，商州的乡下和西安的城镇一直是我写作的根据地，我不会写历史演义的故事，也写不出未来的科学幻想，那样的小说属于别人去写，我的情绪始终在现当代。"[32]

贾平凹从1952年到1972年在故乡商州20年的生活，是他和他的文学生命的根，而从1972年至今的近40年，他生活在省城西安，西安是他和他的文学生命的第二故乡。

贾平凹从1973年开始在文学期刊上发表作品，1977年出版第一部小说，目前已出版各类版本的作品300余种，其中长篇小说16部，包括《商州》(1987年)、《浮躁》(1988年)、《妊娠》(1989年)、《废都》(1993年)、《白夜》(1995年)、《土门》(1996年)、《高老庄》(1998年)、《怀念狼》(2000年)、《病相报告》(2002年)、《秦腔》(2005年)、《高兴》(2007年)、《古炉》(2011年)、《带灯》(2013年)、《老生》(2014年)、《极花》(2016年)、《山本》(2018年)。从他的16部长篇小说来看，其中11部是以商州的乡下为背景的，被评论界划归为"乡土文学"或"寻根文学"，其中4部是以西安的城镇为背景的，可以划归为"城市文学"或"都市文学"，这四部长篇小说分别是《废都》《白夜》《土门》《高兴》。

　　以《废都》为代表的四部长篇都市小说，是贾平凹在西安生活了20年后才动笔触及的题材。贾平凹从1972进城以来，很长一段时间都以一个乡下人的身份生活在西安城里，这20年他虽然生活在城市，但他文学想象的空间却全是乡村的，在这些乡村文学的空间里，城市至多是一个模糊的概念，并未真正关心和审视过它。虽然贾平凹头20年城市生活没有同步表现在他这20年的文学创作中，但这20年的城市生活并不是一片空白，而是成了他后来创作都市文学的文化记忆和生命体验。当他回过头来用文字来构建都市小说的文学空间时，这些文化记忆和生命体验就一下子被激活，成了他构建都市小说的文学空间的主要素材。

　　贾平凹带着乡村的记忆走进城市，审视城市，生活在城市，慢慢熟悉城市，体验城市，渐次融入城市，又带着城市的记忆和体验来表现城市，将他所生活的现实城市构建为都市小说中的文学城市。这样，他都市小说中的文学城市就不再是模糊渺茫的海市蜃楼和缺乏根基的空中楼阁。

　　贾平凹四部长篇都市小说中的城市故事都是围绕着一个叫做"西京"的城市展开的，这个"西京"是贾平凹长期生活的现实中的"西安"的文字版，因此，很多时候这两者是二而为一的。从这个意义上来说，贾平凹小说中的西京城就是研究现实中的西安城的一个难得的现象学的样本。

4.1《废都》——贾平凹首部都市小说，知识分子的城市体验

　　《废都》是贾平凹1993年出版的第一部都市小说，先在《十月》杂志上连载，后由北京出版社出版。《废都》一出版，立即引起社会

各界的广泛关注和巨大争议，不久被禁。但民间和知识界关于《废都》的话题一直没有中断，1997 年《废都》获法国费米娜文学奖。2010 年被禁 17 年之后，《废都》再度出版。

4.1.1 以文化名人的行踪展现城市景观

《废都》以记述西京城里的四大文化名人（作家庄之蝶、书法家龚靖元、画家汪希眠、演艺家阮知非）的物欲生活和精神困顿为主要内容，以庄之蝶与几位女性（牛月清、唐宛儿、柳月、阿灿、景雪荫）的情感纠葛为主线，展现了西京城里形形色色的被浓缩了的"废都"景观。

诚然，《废都》是一部描写当代社会转型时期知识分子生活的世情小说，也是一部 20 世纪八九十年代中国社会的风俗史。然而，从建筑文化的视角来看，它既已成为西安的城市文化的组成部分，也是解读西安城市文化的一个内容丰赡的文本。

西京城是十三朝古都，悠久深厚的历史文化积淀是它最大的特点，但历史文化积淀对于生活在其间当代人来说，大部分是一种无形的存在，它保留在人们的想象中，是一种个人的记忆和集体无意识充盈在城市的整体氛围中，而城市历史文化积淀有形的物质载体首当其冲的就是各个时期残存或承续下来的建筑、符号、名称、风俗和人的行为方式等。

《废都》的主要人物是庄之蝶，"废都"的城市景观主要通过庄之蝶的活动路线渐次展开的。《废都》尽管故事情节头绪繁杂，人物众多，反映生活面积广，但是对于西京城市景观文化的反映，主要是通过庄之蝶的活动路线展开的，庄之蝶骑着那辆女式"木兰"摩托，穿梭往来于西京城的大街小巷，在情节的推进中，西京城的一道道风景不时穿插期间，钟楼鼓楼、城墙护城河、商场酒店、寺庙道观、富人豪宅、平民陋室、东城鬼市、西仓鸟市、道北棚户、城南客栈……如此等等，一一展现出来。

图 4-1　20 世纪 90 年代的西安骡马市（胡武功摄）

庄之蝶是西京四大文化名人之首，与之交往的有各色人等，但交往的缘由或多或少都与文化有一定关系，通过这个以文化为核心层的复杂而庞大的交往面，把庄之蝶与这座城市的角角落落勾连在一起。

4.1.2 以文化名人的视角表现知识分子的城市体验

《废都》故事情节所赖以发生的空间场所主要是历史文化悠久的古都西京城，小说中的这座古城有着深深的西安城的印痕，而小说的核心人物庄之蝶身上投射了深深的作者本人的印痕，他集合了 20 世纪 90 年代初期生活在古老而现代都市中的知识分子复杂多面的性格特征：学识渊博、精神丰富、不喜拘束、洒脱放浪、豪饮畅谈、大俗大雅，颇具"魏晋风度"，聚合了一个独立而自由的文化人的优点和缺点、欢乐和痛苦。西京城是他的栖身之所，他时而融入其中，时而又游离其外，在虚无与物欲的交织中挣扎，表露出浓重而又轻佻的压抑、孤独与颓废情绪。

《废都》是作者的第一部关于城市的长篇小说，是他第一次用文字和心灵直面城市、把自己对城市及城市文化的体悟和盘托出，反映出他对承载着几千年古老文化的一座古城的所有爱与恨的纠结，道出了 20 世纪末一代知识分子内心深处对城市生活和城市文化的集体焦虑和理性反思，包含着知识分子社会批判、文化批判和自我批判的严肃内容。

庄之蝶在未入城之前和入城之初，是一个单纯、朴实、上进，甚至是颇具野心的青年，他第一次看到那座金碧辉煌的钟楼时，就发誓要征服这座城市，要"活出个名堂来"。一番卧薪尝胆的奋斗之后，他果然功成名就，挤入老少皆知的名人行列。但当庄之蝶得到了梦寐以求的一切以后，却沮丧地发现自己除了一个虚名以外，什么也没有了！久而久之，他为显赫的声名所累，为官场的、家庭的、朋友的、情人的各种纠纷所累，也为自己的情欲所累。他感染上种种可怕的都市病：周旋于各种无聊的场合，卷入官场的权力争斗，乘人之危廉价收买朋友的名画，为打赢官司将自己的女佣兼情妇柳月送给市长的瘸腿儿子做媳妇，还利用自己的影响让作家学者教授们作伪证。而女人们呢，如今大作家也有了充分的魅力和手段，让她们一个个乖乖地投入自己的怀抱。

庄之蝶的所有困惑几乎都来自都市，他患上都市综合征。庄之蝶意识到自己的堕落，却又理不胜情，情不胜欲，久久不能自拔。城，这个令庄之蝶着迷而又困惑的城，成了他难以逾越的迷津。他觉得自己在西京城实实在在地被什么东西异化了，所做的并非是自己所愿的，而所愿的又非自己所能做的，只得行尸走肉般地活着，终日靠发泄情欲，在女人的肉体慰藉下度日。在都市的氛围中，庄之蝶从生理到心理都患上了阳痿，肉体的阳痿要靠乡村女子的温情来拯救，而精神的阳痿——失去写作能力，又只能通过躲到乡下远离都市，才得以暂时的功能恢复。他常常想:"这么大个西京城,于我又有什么关系呢?这里的什么真正是属于我的?只有庄之蝶这三个字吧。"[33]

如果说,《废都》里迷失在西京城中的庄之蝶及文化名人的生活代表着作者贾平凹对城市文化的感性体验的话,那么,书中的那个寓言般的角色:一头不会说话、但却能像哲学家一样思考的奶牛,则代表着作者对城市文化的理性思考。

这头牛与庄之蝶可谓难兄难弟,唇齿相依,是作者特意安排的一个清醒的旁观者,代作者立言。它是托庄之蝶的福来到西京,走街串巷送奶入城。而庄之蝶不喝这头牛的奶就生活不顺畅,写作也有障碍。而且堂堂京城大作家喝奶时仍然不改先前的乡村本色:钻到牛的肚皮底下就着奶头吮。

这头富有哲理、思考深邃的牛像庄子蝶一样,"虽然来到这个古都为时不短,但对于这都市的一切依然陌生"。借助旁观者的特殊身份,它以一种超越人世的独特目光,发现了常人未能察觉的种种都市病症。在它看来,城市不过是"一堆水泥","人建造了城市,而城市却将他们的种族退化,心胸自私,度量狭小,指甲软弱只能掏掏耳屎,肠子也缩短了,一截成为没用的盲肠"。[34]

牛忆起早年在终南山的欢乐时光,那起着蓝雾的山头上的梢林和河畔水草丛里的新鲜空气,它很后悔到这个城市里来了。当初在众牛中被选中出线时,招来了多少同伴的妒忌目光!如今才发现这份荣耀实际是最大的惩罚。它恨自己不能说话,否则它要大声疾呼:"让我纯粹去吃草吧!去喝生水吧!我宁愿在山地里饿死,或者宁愿让可怕的牛虻叮死,我不愿再在这里,这城市不是牛能待的!"[35]

显然,作者在这里借助牛的声音直抒胸臆。这样的声音我们并不陌生。在现代化的历史进程中,都市的每一步发展,都意味着对原先乡村田园生活的深刻颠覆。都市中形成的新的人际关系、新的道德价

图4-2 从牛的视角看城市:"我宁愿在山地里饿死,或者宁愿让可怕的牛虻叮死,我不愿再在这里,这城市不是牛能待的!"(来源:新华网,王妍摄)

值观、新的生活方式无论其合理与否,都会在传统知识分子的心理中引起激烈的抵抗。

在《废都》中承担着这种形而上的精神使命的还有唱民谣的老者以及以棺材为床、阴阳不分的牛老太太,他们与那头哲学奶牛一起共同表现着作者冷静、理性、超越生活表层的创作意图,尽情展现了城市文化生态的种种弊端,以及知识分子精神家园的失落等等。从三者的隐喻中我们可以看到现实城市的真实与作者理想之城的碰撞,隐喻着城市文化和城市精神的颓废与坍塌。

4.2《白夜》——废都的姊妹篇,普通市民的城市记忆

《白夜》是贾平凹在《废都》出版两年之后,于1995年推出的一部长篇小说,这部小说依然以城市生活为背景,作者将笔触从城市知识分子投向了普通市民。'白夜'一个既非白日也非黑夜的充满悖

论无以名之的东西。由魔方、面具、霓虹灯和化妆术组构而成的城市，人鬼不分，真假难辨，失去了历史，也没有了真实，没有了秩序，从某种意义上说来，城市就是抹去了白天和黑夜的界线的颠倒混乱的白夜。从《废都》到《白夜》，尽管人物形象发生了变化，从知识精英变成了普通市民，但作品的主题是一以贯之的，这就是充分揭示商品经济大潮中当代中国城市人的精神异化状况。《白夜》中的城依然叫西京，可以在一定程度上看作是《废都》的续曲或姊妹篇，是作家"废都"心态的延续。

《白夜》被称作是"社会闲人"的肖像图。主人公夜郎来自社会底层，近乎无业游民，他一直在努力寻找城市中的生存空间，——"他隔三岔五地做同样的梦，梦境都是他在一所房子里，房子的四堵墙壁很白，白的像是装了玻璃，也好像看上去什么也没有，可他就是不得出去，几次以为那是什么也没有，走过去，砰，脑袋就碰上了。后来那墙又平铺开来，他往出走，走出来了，脚下的墙却软如浮桥，一脚踩下去，再提起，墙又随脚而下随脚而起使他迈不开步。"[36]——这样的梦境折射出他的现实生活：他走进城市，如陷入迷宫，惶惑迷离，漂浮其中。

小说中反复出现的那把神秘的钥匙，寓意着漂浮在城市中的人们希望找到自己的家，启开自己的家门，也希望启开相互熟悉又相互陌生的都市人之间彼此的心门。

然而，他白天的生活像是在城市的现实中夜游，晚上的夜游又像是在白天的生活中找寻。当他把"一个男人的得意之作，更是一个纯真处女的证明"——颜铭的带血的毛巾带回，晾在自己借居的大杂院中时，他"宣布在这个城市里，他什么也没有，但他拥有了爱情；一切都肮脏了，而他的女人是干净的！"[37]但他立即发现那个"纯真处女的证明"是假的，他的爱情被欺骗，他的女人不干净，他在这个城市里依旧什么也没有。他的那把钥匙没有启开城市的家门,也没有启开爱着的人的心门。

于是,那把神秘的钥匙从颜铭的脖子上挂到了虞白的胸前。内艳外素的虞白,激起了夜郎无穷的关于城市生活和精神世界的想象,然而,他们之间若即若离的鸿沟同样无法弥合,虞白的清高自处、小资幽独,又屡屡让夜郎蠢蠢欲动的心在自惭形秽中偃旗息鼓,两个孤独的心始终漂浮在偌大的城市中而不能交融,那把希冀启开彼此心门的钥匙再一次失效。

在小说所描绘的市井生活中,都市像一面打碎的镜子,生活的碎片以及碎片一样的生活充斥其间,几乎所有的人都无一例外地在自我欲望与生活迷茫中挣扎,呈现出不同程度的病态,揭示了或游走在城市边缘或置身于现代城市生活之中的人们,既画地为牢,又无家可归的生存处境。

图4-3 城市——人造的迷宫(来源:《走出城市迷宫》,小小建筑师之艺穗节剧场游戏作品)

在《废都》中，城市是一堆水泥，在《白夜》中，西京城是一艘搁浅的船，这座城"原本是一条河从中分开的，后来河水却干涸了，河面上修成一条大街，而为了纪念这段历史，城的围墙修建成了一个船形，这钟楼就筑成塔的模样，来象征船的桅杆了。"[38]这是夜郎从一段碑文上看到的西京城的历史，而在他眼里，西京城"哪里又像现代都市呢？十足是个县城，简直更是个大的农贸市场嘛！"[39]

然而，这个因水而建、以农而成的西京，土气里却隐藏着脱俗的大雅，滑稽的外形却建在悲壮的故事之上。竹笆街上的平仄堡宾馆，是从抱琴自焚的再生人的骸骨上建起的，"建筑师别出心裁，将楼盖成仲尼琴形"，"一段残酷的悲剧衍变成了美丽的音乐境界。"[40]

《白夜》让人们看到更为成熟的现实性与神秘性、现代性与民俗性的结合，其诗性的特征表现得更为圆融。

在现实性与神秘性上，《白夜》对当代中国的城市生活和现代城市文明的价值批判，更多地深入到人的精神层面和心理体验。极其微妙地展示了在白天的明朗中潜伏着黑夜的惶惑和无助，在如"夜"的男人内心深处渴望着如"昼"的光辉人生；光天化日之下的城市和生活，其实像在黑夜和梦境中一般迷离，而黑夜和梦境的漫步却是白天现实生活被挤压后变形的偷安。一群生活在城市底层、被划作边缘人的浮躁和落寞、惆怅和辛酸在城市的昼夜交替中起伏沉浮，亦真亦幻。不时突兀而出的诡异乖戾的情节，如再生人自焚、夜郎梦游、祝一鹤变奔、目连戏等，使小说弥漫着一种阴郁迷离的神秘气息，但这种神秘直达人心，形外神内的象喻性，比起《废都》中老牛的直白议论和牛老太太的鬼话，更加晦涩荒诞，然而也更具诗意，更为深邃。

在现代性与民俗性上，《白夜》将之落实到城市建筑或景观的"雅俗"上，更镌刻到人物的行为举止和生活方式上。西京是一座老城，也是一座土城、俗城。

然而，这俗气中却隐藏着大雅，土气中蕴含着现代。正如这小说中的夜郎，力图在城市找寻自己的生存空间，又无法忘记固有的乡下血统。他善良、达观，却又暴躁、偏执；嘻嘻哈哈却又深沉忧郁，性格的多面缘于复杂而又敏感的心态。夜郎身上有着一种执著的劣根和"痞"性，表现在行动上也是乖张和张狂的；但在其人格构成里，还有一分有别于草莽的"清狷"之气，这也许正是吸引虞白的地方。这种双重人格不断挤压着夜郎的心灵真实，无论他皈依了哪一个意义上的"真我"（或者放弃选择），其结果都无一例外是悲剧性的（弥合本身便是一种悲剧性的历程）。这种冲突的实质是"雅"与"俗"的分庭抗礼，"雅"欣羡"俗"的放荡不羁，"俗"又仰望"雅"的风采独立，"雅"与"俗"的交接缠绵必定要以一方的牺牲为代价，而在牺牲的过程中所造成的自我戕害又是很难愈合的。这一切都源于在这部承接性的以城市为背景的小说里，作者依旧没有走出地域的迷茫与偏见。乡下的记忆是一生难以忘怀的，当作者临照生活之镜时，看到的永远是依稀在童年里的商州、存活于魂灵中的故土。现代化，在作家的眼中，只是一个虚幻的影子。如菜市场一般的琐碎平凡但又有些夸张的市民的生活是小说氛围的铺垫，作者多少秉承了传统世情小说的路子，但与此同时，又不合时宜地呈现出与整体氛围并不相称的文人情调。

如果说《废都》中弥漫的是作者对城市现代化进程中人的颓废气息的描写，那么《白夜》则是对城市现代化进程中人的进退两难的尴尬状态的描写。

4.3《土门》——都市里的村庄，城中村民的城市理想

《土门》是贾平凹长篇小说中较薄的一本，也是最有特色的一本。小说的主题是乡村的城市化问题。乡村的城市化问题，是一个世界性

的问题，世界上许多有远见卓识的文化人都注意到了这个问题，池田大作和汤因比在对话中就讲到了城市向乡村的回归。池田大作就讲城市建筑的高层化，是违反自然、违反人性的，它使人陷入不幸之中。[①]乡村的城市化问题，也是一个世界性的题材，从全国主要表现此类题材的长篇创作格局来看，纯粹写农村的当然很多，主要写城市的也出现了不少，但主要反映乡村的城市化过程、乡村如何走向城市以及怎样被城市侵吞这个角度来写的长篇，《土门》是颇值得关注的一部。

从《废都》到《土门》，作者以自己的立场和视角一直在写城市，写西京，写这个城市的边缘和跟这个城市有关的东西。

新时期文学，作家创作的立场最早的是救世主立场、英雄立场，民间化立场是后来才出现的。一些作家看问题时所持的立场，开始注重从民间、从底层平民的立场来看，以别于主流的眼光来看。这其实和人们的历史观有关，人类的历史大多是英雄们的历史，千百万人用血构筑了英雄的形象。这种英雄史观也影响了中国人的人生观，使我们缺乏公民意识，它忽略了许多平民的合理要求，打碎了许多平民的正常梦想。

《土门》作者采用的是民间化立场。小说从梅梅的视角来写仁厚村的故事就表明了这一点。作家在写乡村都市化过程时，没有关注那些属于城市和乡村的焦点性的主体性的最核心的问题，没有选择最能代表城市和乡村的典型化的人物。无论是村长成义，还是神医云林爷，函授牛梅梅，似乎都不是典型的乡村文化的代表；至于那个城里的写小说的范景全，更不足以代表城市。《土门》也不是正面写乡村怎样被城市吞没，基本上没有写直接的冲突，城市化仅仅是一个背景，它不像《白鹿原》，《白鹿原》虽然说是写民族的秘史，但它实际上有

---

① 池田大作：日本创价学会名誉会长、国际创价学会会长。1974 年在美国加利福尼亚大学洛杉矶学院发表《成为人道的世纪——对 21 世纪的建议》讲演，对城市高层建筑提出尖锐批评。

一种正史的史书意识，史诗意识，《土门》更像稗官野史，向民间靠拢，街谈巷议，杂以民间故事和笑话，是社会重大主题的边缘化写法。

作者没有只站在农业文明的立场，他对乡村和城市是双向批判的，他的立场是双向批判的立场，认为城市和乡村都是残缺的世界，小说中仁厚村的人物都是残缺的，如成义的阴阳手，云林爷的瘫，梅梅的尾骨等，就体现了这一点。作者似乎在呼唤着健全的乡村文明和都市文明并列的图景。当然作者更多的是倾向于农业文明。

a. 西安仁厚庄村　　　　　　b. 土门附近改造效果图

图 4-4　西安仁厚庄村与土门改造效果图（来源：E 都市 – 西安黄页）

《土门》以女性人物梅梅第一人称的视角，借助女性细腻情感逐层剥落，反映乡村城市化进程中，各色人物的不同表现。由于现代化、城市化的触角不断延伸，乡村的没落不可避免。乡村中固有的家园正在逐渐消失，村民们随即也失去了精神支柱，漂泊感骤生，因此人们本能地去抵抗城市化的进程。而现代化的生产方式，带来了高效的生产率，传统的小农生产、自然经济脱离了社会运行的轨道，被丢弃在历史的角落。所谓的机器大工业，一方面带来的是城镇一体化的加速实现，生产资料的极度充盈，物质生活的日益丰富多彩，人们消费水平的不断提高以及后工业时代的快速来临，人们的生活质量提到了前所未有的水平，面对如此诱惑，乡村人在家园与物质的取舍上产生了动摇；而另一方面，城市人在享受高度物质文明的同时，逐渐被异化，开始呈现出道德感的缺失，价值观念的沦丧等病症。《土门》既否定落后的农业文明，也否定喧嚣的杂乱无章的城市文明。作品对梅梅这个人物的态度是两方面的，既有赞赏、同情，理性上又有批判，为她安上个小尾巴，有着现代人的返祖即向传统的农业文明倒退的象征意义。

小说的主人公成义是一个有魄力、豪爽肯干的乡村干部，但他的思想是极为保守的，他惧怕城市将自己生活的村子吞没，惧怕过上一种离开土地的没有根的日子。他并没有真正思考如何处理城市和乡村之间的关系，而是用自己的方式为保存最后一块即将被城市吸纳的土地而努力着。一方面想保留旧有的生活方式，另一方面不断地被周围的城市所同化，生活在夹缝中的人们无疑是最痛苦的，反抗的力量亦是弱小的。不论是成义最后为筹钱而去盗兵马俑的荒唐行为，还是最后被枪毙的结局都是这种夹缝中的人左冲右突、误入歧途的悲剧。

作者在"后记"中写道：

我喜欢土门这片街市，一是因为我出生在乡下，是十九岁后从乡下来到西安城里的。乡下人要劳作，饭菜不好，经见又少，相貌粗糙，我进城二十多年了还常常被一些城里人讥笑。他们不承认我是城市人，就像他们总认为毛泽东是农民一样，似乎城市是他们的，是他们祖先的。但查一查他们的历史，他们只是父亲辈，最多是爷爷辈才从乡下到城的。所以，我进城后加紧着要生孩子，我想我孩子就可以正儿八经地做城里人了。第二个原因，是他们不承认我是城里人，我也不同他们论这个名分，但我毕竟不在土地上耕作已是二十多年了，在这么大的一座现代化城市里竟有街市叫土门，真够勇敢，也有诗意，我又是有着玩弄文字欲的作家，就油然而生亲切感了。[41]

　　作者有十九年的乡村生活体验，又有二十多年的城市生活体验，而城中村这个奇特的空间恰好把城与乡叠加错综成一体，因此，作者在双向批判的同时又在进行双向探索。《土门》像一个多层套叠的象牙球，既写了城市的文明也写了城市的文明病，也写了乡村传统文化的魅力和传统文化的丑陋，城乡的先进与落后咬合在一起。作者把这四个侧面展示出来，思考如何构建一种新的城市文明。作者在寻找人类最理想的文明形态，既有城市现代文明的优良成分，又有乡村传统文明的优良成分。作者在探索城市和乡村怎样克服自身的局限，取长补短，向更完美的方向发展，探索城市化进程中城市中村民的生存状态。范景全听说的神禾原上城乡相结合的图景似乎就是一种理想的展示。实际上，乡村的城市化和城市的乡村化这两种理想并行同在，而目前中国城市化的进程是历史发展的大趋势，而在这个大趋势中，如何兼顾这两种理想的合理诉求，才是作者最终想表达和试图探索的意图。

4.4《高兴》——进城的农民工，民工群体的城市梦幻

　　如果说《土门》写的是城市化进程中农民无家可归的悲哀，那么《高兴》则是写农民工对城市生活的期待。

　　《高兴》是贾平凹继《废都》《白夜》和《土门》之后的又一部都市长篇小说，依旧是在写乡村的城市化进程中都市边缘人的生存状态，依旧是在写西安，作者却采取了不同于以往的全新的写作手法。贾平凹以往的小说都或多或少的带有"玄秘"色彩，都有很大的含蓄性。这篇却一改以前的风格，小说非常直白、直接，是现实得不能再现实了的现实主义。作者选择了当前极为敏感而又颇受人们关注的农民工

的题材，他写的是农民工的遭遇，农民工的追求和一部分新乡下人的生活和生存方式。小说中的刘高兴和孟夷纯在生活中确有其人。刘高兴是贾平凹老家丹凤县棣花镇同村的伙伴，从小学到中学的同学。贾平凹大学毕业后就留在西安当了文学编辑，后来成为作家。而"刘高兴"当兵复员后回到农村，做过泥瓦匠、吊过挂面、磨过豆腐、摆过油条摊子，但干什么都没干出名堂，年过半百只好进城打工，拾破烂、给人送煤。孟夷纯则是贾平凹在西安"拾荒村"调查时了解的一个故事。这个女孩子的哥哥被人杀害，警察追凶没有经费，让受害人家属出钱。迫于无奈，她只能卖淫挣钱。

《高兴》以小说主人公刘高兴的名字命名，描写了以刘高兴、五富为代表的一群农民工在城市中的拾荒生活。刘高兴和五富等几个农民工朋友在城里捡破烂过活，捡破烂是进城站住脚的第一步，捡破烂也是有着不少的说道的，也是分等分级的。这就好像旧时代的丐帮。不同的是刘高兴们并没有参与什么不轨，而是老老实实地在分给自己的地盘里捡拾破烂。捡破烂必要走街串巷，必要接触到各色人等，这也使得刘高兴和五富他们一点一点地了解了什么是"城市"。小说波澜起处在于刘高兴捡破烂时认识了一位叫孟夷纯的女子，这个年轻女子不是个一般女子，她向刘高兴坦诚地公开了自己的身份：妓女。孟夷纯的哥哥被人杀死，凶手潜逃，当地公安机关没有缉凶费用，孟夷纯就靠身体挣钱给当地公安机关做缉凶费。两个人相爱了，刘高兴把自己挣的为数不多的钱送给小孟，想让她早日凑足办案费；小孟也把刘高兴介绍给自己认识的"有脸面"的人物，为的是让他早一点脱离捡破烂的境地，真正地在城里站住脚跟。结果是，小孟不但没有凑齐那笔办案费反而因卖身被公安劳教，刘高兴也没有去小孟介绍的那人那里，还是在一个工地干苦力。小说是以五富的惨死结束，以刘高兴背五富尸体还乡为开头，虽给主人公起了一个"高兴"的名字，然小说却是一个真正的悲剧故事。

《高兴》中主角和中心人群虽然在身份上都是拾荒者，但是作家绝不是单纯地以展现这个特殊群体的鲜为人知的生活为目的，而是以此为切入点，通过大量意象的营造，举重若轻地为我们揭示了城市化进程中农民工的精神进程以及他们的一套生存哲学，进而思考整个人类的生存状态。可以说，整个小说中充满了丰富的意象。所谓意象，就是客观物象经过创作主体独特的情感活动而创造出来的一种艺术形象。早在《周易·系辞》已有"观物取象""立象以尽意"之说。简单地说，意象就是寓"意"之"象"，就是用来寄托主观情思的客观物象，往往有言外之意、弦外之音、味外之旨。《高兴》中的意象很多，如：肾、高跟鞋、箫、草根、锁骨菩萨塔等。

高跟鞋是小说中反复出现和强调的一个最自觉不过的意象。在农村的刘高兴，用卖肾的钱把新房盖了起来，相好亲的女人却嫁了别人。他自我宽慰地特意买了一双女式高跟尖头皮鞋，农村的女人是大脚骨，他的老婆是穿高跟尖头皮鞋的！在刘高兴的城市拾垃圾生涯中，高跟鞋是一个举足轻重的东西。在他"床上的墙上钉着一个架板，架板上放着一双女式的高跟尖头皮鞋，灯照得皮鞋光亮。"五富说："一双鞋放得那么高，是毛主席像呀？"[42]可见它在刘高兴心目中的地位。高跟尖头皮鞋是刘高兴为城市女人准备的，是为美女的秀脚准备的，是生活高品质的追求，是刘高兴追逐城市美好爱情的寄托，粗鄙的五富怎么能知道鸿鹄之大志。所以，高跟鞋隐含了刘高兴所代表的农民对高贵的向往或者说是对现代文明的追求。刘高兴最大的愿望就是能成为名副其实的城里人。这也是贾平凹对中国当代农民精神世界的深入探索。如果说中国城市化的进程在客观上召唤着农民进城，那么，对现代文明的强烈向往和践行则是他们精神上自觉开始城市化的标志。正如吹箫能使刘高兴忘却清风镇的贫瘠与落后，忘却城市生活的单调乏味，在最肮脏的生活底层寻求自我精神上的愉悦。吹箫不仅仅是刘高兴精神的需求，也是一种超脱的方式，是刘高兴希冀成为有文化有素养的城市人的高境界的理想的追求。别人误以为他是音乐学院毕业的，因变故才出来拾破烂，而他也乐得保持神秘，表现出很有文化的样子。正是因为这些文化素质的加入，使得刘高兴的艰难地生存的城市欲望得以精神的升华，吹箫也就不仅仅是吹箫，而是对生活困境与生存平庸的超越；这是一种生活的诗化和诗化生活境界的获得，进而将拾荒者从维持生存的形而下的意义拓展至"出污泥而不染"的形而上境界。因此衡量一个人是否真正的城市人并不在于户口是否在城市而在于精神上是否文明。

a. 电影《高兴》中的刘高兴与孟夷纯　　b. 刘高兴原型与刘高兴演员（右）

图 4-5　城与人——在城里拾破烂的刘高兴（来源：华商网）

"草根"这个形象在很多作家的笔下，皆与弱小、低贱、非专业等对象相联系。《高兴》中写到这种形象时有两处：一次写的是苞谷苗，这本不是种苞谷的季节，三天前还什么也没有的土堆上怎么就长了嫩嫩的苞谷苗呢？我当然由苞谷苗想到了我们。一次写的是小草：在我们前面一百米的地方是一家公寓大门，门口的草坪上有三棵雪松，枝条一层一层像塔一样，雪松下的草绿茵茵的，风在其中，草尖儿就摇得生欢。我说：少说话！不是要你这一脸呆相，自卑着啥呀，你瞧那草，大树长它的大树，小草长它的小草，小草不自卑。贾平凹赋予草根以更深邃的意味，即草根作为生命的尊严感和平等意识以及它对环境的无所苛求和知足常乐的特性。它们只要有了土有了水有了温度就要生根发芽的。所谓一切生命都有存活的权利，大树长它的大树，小草长它的小草；不但要活，而且要活得有尊严，你是生命，我也是生命。城里人与乡下人在精神上是平等的。正如刘高兴所说，城市人不比我们智慧高而是经见多，尧舜皆可为，贵在自立；将相本无种，我视同仁。尽管社会资源和机遇的不平等，导致了农民或者农村之落后，但是农民并不愚蠢和低贱。刘高兴就是凭借这种自尊和智慧，化解了一个又一个困难。

"肾"是农民工对城市的向往；"高跟鞋"寄托了农民工对美丽爱情的渴望；"箫"表现了农民工的精神需求；"草根"象征了农民工的生存哲学……《高兴》超越了众多写作底层民众生活的作家拘于表现苦难的局限，观照这一群体从生活自救到精神自救的乐观与顽强韧性，它不侧重写农民工的苦难而写他们的精神历程，重在写农民工灵魂的伟大、精神的自立与人格的尊严。然而，在这部小说中是丝毫也无法回避的要素。比如，面对个人根本无法抵御的灾难时，再高兴、再智慧也无济于事。当五富突患脑梗，无钱住院时，对刘高兴不知所措、无能为力的描写。当刘高兴眼睁睁地看着五富因为无钱治疗而死在医院时，对刘高兴复杂心理的描写。贾平凹极其智慧的批判着当时社会制度和政策的缺失。作家的高明之处就在于他在写到苦难时的态度和手法并不过分地夸张、渲染，而是巧妙地把苦难作为坚强与乐观的底色进行了轻轻涂抹。

《高兴》这部小说，作者没有一味地张扬主人公的理想和不屈的意志，也没有单纯描写生活的苦难，夸张、强调现实的严峻，而是在具体的表达之中以一个成熟作家的淡定和沉着把这两方面加以整体的描摹，这才有我们在厚重、广阔的苦难底色上所看到的鲜亮的涂抹人的乐观与机智的笑容。正如作者所说：在写作的过程中，我有时不由得替农民工抱不平、站在他们的立场仇恨城市，但后来觉得这样写不行，不能太狭隘，所以就改写农民工如何想融入城市，甚至理解城市、自责的情形。这些改变马上使作品的气象恢宏起来。

4.5 小结

一座城市，四种体验。贾平凹带着乡村的记忆走进城市，审视城市，生活在城市，慢慢熟悉城市，体验城市，渐次融入城市，又带着城市的记忆和体验来表现城市，将他所生活的现实城市构建为都市小说中的文学城市。贾平凹四部长篇都市小说中的城市故事都是围绕着一个叫做"西京"的城市展开的，这个"西京"是贾平凹长期生活的现实中的"西安"的文字版，因此，很多时候这两者是二而为一的。从这个意义上来说，贾平凹小说中的西京城就是研究现实中的西安城的一个难得的现象学的样本。

从《废都》到《高兴》，贾平凹笔下的城市虽然同是西安这座城市，但是由于体验主体的变化，体验主体眼中的城市也在变化。《废都》是以城市中知识分子的身份体验这座城市；《白夜》是以普通市民的身份体验这座城市；《土门》是以城中村村民的身份来体验这座城市；《高兴》是以农民工的身份体验这座城市。实际上，作者是从不同的角度来审视这座城市，体验这座城市，上至城市中的精英，下至城市中的农民工；上至文物古迹，下至每一条小巷；上至五星级饭店的鲍鱼鱼翅，下至农民工日常生活中的一碗面条……作家从方方面面，角角落落建构着这座城市的空间，展现着这座城市的传统与废败，展现着这座城市的包容与博大，展现着这座城市的现代与时尚，更为主要的是展现了这座城在新旧交替时期的变迁和乱象，以及人对城市的感知、记忆和体验。

5
现象学引入建筑学的路径

现象学是 20 世纪后一场规模宏大的世界性哲学思潮。德国的埃德蒙德·胡塞尔（Edmund Husserl 1859-1938）、马丁·海德格尔（Martin Heidegger 1889-1976）、法国的莫里斯·梅洛·庞蒂（Maurice Merleau-Ponty, 1908-1961）是最重要的现象学大师，其中胡塞尔被誉为现象学之父。

什么是现象学？现象学的基本特征是什么？要圆满地回答这个问题是十分困难的。连现象学大师梅洛·庞蒂都说："什么是现象学？在胡塞尔的最初著作出版后的半个世纪，还要提出这个问题，似乎是离奇的。然而，这个问题远没有解决。"[43] 因为现象学不是一种统一的学说，而是一场"浪推浪"的哲学思潮，其内容除胡塞尔哲学外，还包括直接和间接受其影响而产生的种种哲学理论以及 20 世纪以来东西方人文学科中所运用的现象学原则和方法的复杂而庞大的体系。

现象学只能被一种现象学方法所理解，这正如中国道家的"道可道，非常道"一样，能说出来的都不是其本意。"问题在于描述，而不在于解释和分析。胡塞尔给初生的现象学的第一道命令——使之成为一门'描述心理学'或重返'事物本身'"。[44] 因此，排除一切科学和理性的解释或分析，通过追根溯源的描述，"回到事实本身"，就成为理解现象学最接近、然而又不能自圆其说的途径或方法。

这种玄学色彩很浓的现象学，其独特的追求和异于科学的思维范式，开放而不求定论的姿态，为其避开科学而进入人文学科洞开了毫无阻隔的大门。五花八门的现象学分支旁逸斜出，层出不穷。建筑现象学便应运而生。

建筑现象学起步较晚，20世纪70年代末有关论著陆续出版，最初是关于环境和人地关系的研究，后来逐渐扩展到人文环境、区域规划、城市规划、景观、建筑等领域。

挪威建筑历史和理论学家诺伯格·舒尔兹（C. Norberg-Schulz）以海德格尔"此在"的早期思想和"诗意地栖居"的晚期思想为源泉，展开建筑现象学的探讨，着重描述了"存在空间""场所""场所精神"等概念，《场所精神——迈向建筑现象学》《居住的概念》《建筑中的意象》《存在·建筑·空间》是他最重要的建筑现象学著作。

美国城市建筑学家凯文·林奇（Kevin Lynch（1918-1984））的 Managing the Sense of a Region、《城市形态》（Good City Form）、《城市意象》（The Image of the City）等一系列著作，强调环境对"直接感觉"的影响，他把城市空间的"意象"看作由道路（path）、边缘（edge）、区域（district）、节点（node）和标志（landmark）五种元素构成，以此揭示城市空间的本质。

此外，查尔斯·摩尔（Charles W.Moor）的《身体·记忆和建筑》（Body, Memory, and architecture），拉斯姆森（Steen E. Rasmussen）的《体验建筑》（Experiencing Architecture），史蒂文·霍尔（Steven Holl）的《锚固》（Anchoring）、《知觉的问题——建筑的现象学》，帕拉斯玛（Juhani Palasmma）的《建筑七感》（An Architecture of the Seven Senses）、《肌肤之目——建筑与感觉》，以及彼得·卒姆托（Peter Zumthor）的《氛围》（Atmosphere）和《冥想建筑》（Thinking Architecture）等都是讨论建筑现象学的经典著作。[45]

虽然建筑现象学各家的侧重点各不相同，但把现象学的方法引入建筑学，建筑物不再是讨论的中心。一方面，建筑的疆域被无限度的打开，"空间""场所""场所精神""情节"等成为主要的建筑对象；另一方面，也是最重要的方面，建筑关注的中心由物变成了人，人对建筑对象的感觉、知觉、体验、冥想、记忆等心理层面和精神维度的因素，成为探究的中心。另外，探究的方法不再是逻辑推理或科学实证，而是散漫的描述和个性化的体悟。

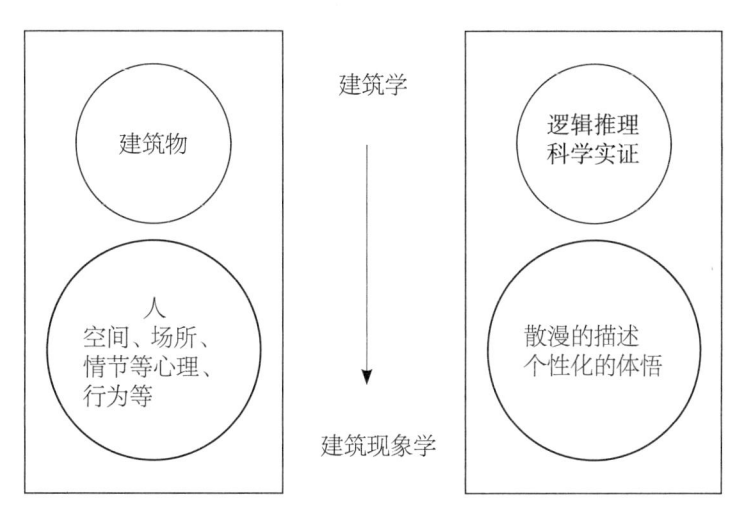

图 5-1 现象学方法引入建筑学，建筑物不再是讨论的中心，关注的中心由物变成人；探究方法由逻辑推理或科学实证，变成散漫的描述和个性化的体悟。

众所周知，文学是用语言表现人的生活世界和情感世界的艺术，语言是人类交往中最纯粹、最少物质束缚的手段，文学也是艺术门类中最精纯、最直接触及人性本质的门类之一。

因此，通过胡塞尔"回到事实本身"现象学的大门，从海德格尔的"语言是存在的家"和"人诗意地栖居"以及梅洛·庞蒂"知觉"

和"被感知的世界"的路径，经过舒尔兹、林奇、摩尔、拉斯姆森、帕拉斯玛、卒姆托等大师经典引路，建筑与文学被一步步导入到还原人的生活世界和情感世界的同一地平线，为通过文学作品研究建筑提供了坚实的理论依据、有效的方法论指引和宽广的研究疆域与前景。

5.1 从空间到场所——建筑意境的生成

如果说轮廓是建筑的形体，材料是建筑的生命，光影是建筑的表情，细节是建筑的品位，那么意境，便是建筑的思想和灵魂。"意境"一词的含义，根据《辞海》（1989年版，上海辞书出版社出版）诠释，即"文学作品中所描述的客观图景和所表现的思想感情融合一致而形成的一种艺术境界，能使读者通过想象和联想，如身临其境，在思想感情上受到感染。"建筑意境即指建筑不仅是通过形象，更是通过它所形成的一种总体环境氛围来使人受到感染。通过与周围环境的水乳交融，建筑与其周围的环境一道，带给人或雄浑或雅致或悲壮或温馨或苍凉或宁静或壮丽或隽永的情绪氛围，让在其中产生莫名的感动，亦随着这一氛围或悲或喜，或嗔或痴，陶醉其间的艺术境界。

建筑意境的生成，实际上就是从无限的空间形式到有限的场所精神的生成过程，即空间是开敞、空旷的，没有标识，没有路径，没有已建立起来的人类意义的固定模式，场所是已建立起价值的宁静的中心，而场所精神使得建筑的空间超越了几何的空间，有了人的思想情感。

正如王夫之在诗学理论中提出的"情景说"，"情景名为二，而实不可离。神于诗者，妙合无垠。巧者则有情中景，景中情。""不能作景语，又何能作情语邪？""景中生情，情中含景，故曰，景者情之景，情者景之情也。"[46] 所谓"景语"，也就是对象化的语言；而"情语"则是情感共鸣之语言，即传情之语。直到王国维提出"一切景语皆情语也"。[47] 在建筑学中，场所精神的营造，就是建筑师在场所创造中将过去体验之记忆加入当下的场所和氛围中，在心理和意识中重现和重建体验之现象，使空间的表现力更为丰富，使建筑具有"景外之景""象外之象"。

"场所"是质量上的"整体"环境，我们不应将整体场所简化为所谓的空间关系、功能、结构组织和系统等各种抽象的分析范畴。这些空间关系、功能分析和组织结构都不是事物的本质。采用这些简单还原的方法将会失去场所和环境的可见、实在和具体的性质。诺伯格·舒尔茨认为日常生活经验告诉人们不同的活动需要不同的环境和场所以利于该种活动在其中发生和进行，因此，住宅和城镇是由多种特殊的场所构成的。

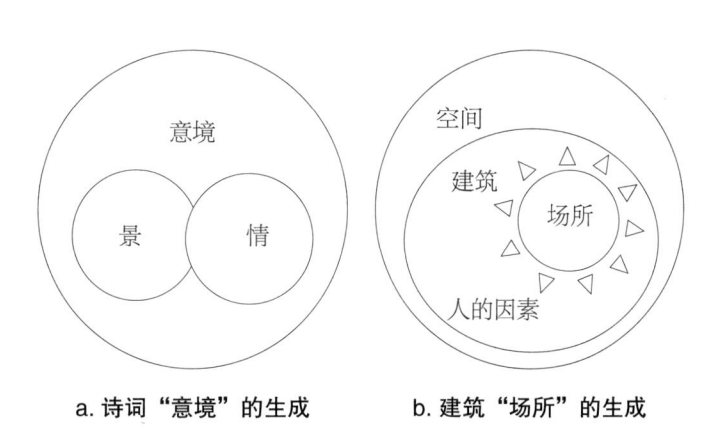

a. 诗词"意境"的生成　　b. 建筑"场所"的生成

图 5-2　建筑中的"场所"类似于诗词中的"意境"

"场所精神"是古罗马的概念，古罗马人认为每个"存在"均具有其精神，这种精神赋予人和场所以生命，场所精神伴随着人与场所的整个生命旅程。一座房子和一个场所，当其具有欢乐、庆祝、悲伤、容纳私密和公共活动的内容时，它就具有了场所精神。诺伯格·舒尔茨认为从古代起，场所精神就被人们当作具体的现实并与自己的日常生活息息相关，而人们生活的世界是由具体的现象组成，它是由人、动物、花草树木、水、城市、街道、住宅、门窗、家具等组成。它包括日月星辰、流云、昼与夜、四季与感觉，因此场所在质上具有整体特质而又十分复杂。由于建筑将场所精神视觉化，因此建筑师的任务就是去创造富有意义的场所。

5.2 建筑物——从物象到意象

物象，重在写物；意象，重在达意。物以象明，意以象传，两者都离不开象。但物象如画桥碧荫，容易绮丽；意象却如悠悠花香，追求蕴藉。正如在文学作品中，象是通过语言文字来呈现的，而在建筑学中，象是通过建筑物来呈现的。

意象营造是人们在进行作品构思、创作过程中，一项重要的形象思维活动。在文学作品中，经过诗人的挑选和判定而写入的，附着了诗人的主观认识和情感（即"意"）的物象，称为意象。而在建筑学领域中，经过建筑师挑选和判定，融入了建筑师主观情感的建筑物便是意象。如在江南园林的营造中，建筑物往往反映了造园主的个性化内容，是一种个人生活的喜好与思想。而这种个体无意识的文化往往蕴含了集体无意识的文化积淀，是一种对于自然、人文感受记忆的意象再现。正是这种个体与集体的文化意识赋予江南园林无限遐想的意味和一种超越时空的文化特质与自然景观，使得园子具有了自己的精神内涵。正是这些包含着文化积淀、生活方式以及思潮体验的建筑物，体现了场所精神。

远如英国伦敦的白金汉宫、法国巴黎的埃菲尔铁塔和卢浮宫、澳大利亚悉尼歌剧院、希腊雅典卫城以及印度泰姬陵，近如北京的天安门、长城和鸟巢，上海的东方明珠塔，拉萨的布达拉宫，杭州的雷峰塔以及西安钟楼和大雁塔，这些建筑物成为一个国家或者城市的标志，代表了该城市的公共形象。而说到大雁塔、钟楼、城墙、碑林人们不能不联想到西安，这些建筑物如同文学作品中的"柳"代表送别、留恋，"竹"代表气节，"牡丹"代表高贵，"兰"代表高洁一样，本身已经超越了植物或建筑物本身的界限，成为一种精神或城市的象征。

a. 竹子：生物——禾草类植物（物象）；
艺术——气节、虚心（意象）

b. 大雁塔：建筑技术——砖砌成的上大下小的柱状物（物象）；
建筑文化——宗教、西安、唐朝（意象）

图 5-3　物象与意象：同样一个物体，既是物象又是意象，从物象到意象的关键是文化积淀的过程

同样，城市中的某一区域中的建筑物也具有这样的特性，它或它们成为一个区域区别于另一区域的外观显现，而即便是两个一模一样的建筑物，由于它各自所处的位置和周边环境的不同，这两个建筑物都成为各自区域中的建筑意象，而不再是一个建筑工程上的纯客观的建筑物。

5.3 小说场景——文学对场所的描写

场景描写在小说中扮演着非常重要的角色，它起着交代故事发生

的时间、地点，揭示小说的时代背景，渲染气氛，烘托人物心情，决定着故事情节的发展，是形成人物性格、驱使其行动的特定场所。

在戏剧、电影、电视中，场景是指由布景、音乐、出场人物组合成的境况；在叙事性文学作品中，场景是指人物在一定场所相互发生关系而构成的生活情景，小说就是由一个接一个的场景描写接续而成的。

场景可以分为大场景与小场景，公共场景与私人场景。大小场景连缀而下，可使小说情节曲折有致，异彩纷呈。公私场景交替描写，能全面立体地揭示人物性格，展开故事情节和反映社会生活。

场景描写在小说中起着重要的作用，它可以确定小说基调，导引全篇，使小说进入叙事更舒缓、自然；它可以塑造人物，表现主题；它可以营造意境，烘托事物，渲染或喜悦恬静，或悲怆紧张的气氛，让人物在一定环境中真实地展开活动；它可以明示、暗点主题，让人物在活动中完成自己的使命，将作者的倾向在具体的场景中自然流露出来；它可以推动小说情节向前发展；它可以作为象征。

场景描写与单纯的环境描写不同，环境描写是指对人物所处的具体的社会环境和自然环境的描写。其中，社会环境是指能反映社会、时代特征的建筑、场所、陈设等景物以及民俗民风等。自然环境是指自然界的景物，如季节变化、风霜雨雪、山川湖海、森林原野等。场景描写是指对人物（往往是众多人物）在一定时间和环境中的活动所构成的画面的描写，一般由人物、事件和环境组成，是某一时间段内社会生活的横截面。场景描写要做到有条不紊，主次明晰；既有全景的描写，也有细致的特写；要写出特定场所的气氛。环境描写是描写人物活动的客观环境，是静态描写；而场景描写是以人物活动为中心的动态描写。也就是说，小说场景就是用文学的手法对建筑学中场所的描写。

5.4 西京——西安城的现象学文本

西京是贾平凹都市小说中虚构的城市，但是这座城市并不是完全虚幻的，现实生活中是有其原型的，这个原型就是西安。西安城是在现实中客观存在的城市，也是作家生活的城市。

文学作品作为创作主体对社会生活中的能动反映，它一方面反映着客观的社会生活；一方面又体现着作家主观的思想感情。因此，文学作品中所表现的社会生活已不再是纯粹的客观的社会真实，而是一种心灵化了的现实，是主观化的客观，是主客观的统一体。在文学创作的过程当中，作家并不局限于生活中的真人真事，而是包含着主体的审美理想和创造，作家以现实为基础，进行概括、提炼和集中，进行合情合理的虚构，以便能比原生态的生活更深刻、更真实、更集中地反映出社会、人生的本质规律。

每一座现实中的城市都拥有自己的空间、历史、建筑、文化、精神以及生活在其中的人，贾平凹小说中的城市也一样，这座城市中的一切都以西安城为蓝本，融入了作家独特的生活体验与空间记忆，经过作家文字的建构，永远留存在人们的记忆之中，是一座文字之城。

西京城的每个建筑、每个场所，人们无法身临其境，但是可以通过感觉西安城来想象。西安城的文化传统、城市精神、生活方式，人们身处其中感受至深，但是缺乏有形的物质来留住这一切，而作家用文字将这些变为现实，使这些无形的精神变为文字，并流传下去。

西京城中的村子、街道、文物古迹在西安城中都能找到原型，如城墙、城隍庙、双仁府、西仓、正学街、仁厚村、炭市街等等。西京城中的民俗民习、人们的生活方式，都是那个时代西安人的反应。在实际生活中，人与事、场与景都是"个别"的存在。文学创作就是从感受、体验、认识和理解这些"个别"现象开始的，并以它们为创造的原料。虽然，这些"个别"现象都在不同程度、不同范围上与"一般"相联系，但是任何"个别"现象所体现的"一般"都是不完全、不充分的。因此，优秀的文学作品往往运用艺术概括，通过对具体的、特殊的、典型的事物的把握和描述来反映一般。如歌德所言，是"在特殊中显出一般"。

因此，从这座文字之城里，我们看到的是西安城的物质空间与精神空间，看到的是作家个人对于这座城市的体验与记忆，是个体的城市记忆，但是这种个体的记忆蕴含了集体无意识的文化积淀，承续着西安的历史文脉。因此，作家的个体记忆既有来源于集体记忆的共同成分，也有自己独特的个人感知和记忆，它增减了西安城的集体记忆，又总体上增强了记忆的印痕和丰富性。

按照以上文学理论的基本原理的简要分析和前几节关于现象学引入建筑学的路径的详细分析来考察西京城，我们可以得出以下的基本结论：

一是，从文学的角度来看，西京是作家小说中一座虚构的城市，它是故事展开的背景，是小说人物活动的典型环境，它由现实的西安城作为原型基础，但又不等同于西安城，它与纪实性的或史料性的文字材料介绍的西安城存在着较大的差别，它移植或综合了许多其他城市或地方的素材，在作家的想象世界里，通过典型化的手法构成小说里一个完整的背景或环境体系。从这个角度来看，贾平凹以《废都》为代表的四部都市中的西京城，既不同于纪实性或史料性的文字材料介绍的西安城，也不同于现实存在的西安城。它是作家想象世界里的一座虚构的文字之城。从传统的建筑学角度来看，科学研究是必须建立在确实可靠的材料或证据基础上的，而小说中的西京城——这样一座虚构的文字之城，是不能作为科学实证意义上的建筑学的研究对象或材料的。

二是，从现象学的角度来看，西京城是一个作者生活的空间，而且是有情节的空间；是一个场所，具有"场所精神"；是作者经过对西安城的体验、感知、记忆描述出来的文字之城，而不是经过对现实中西安城的科学和理性的解释或分析，抽象概括出来的城市。现象学排斥一切科学和理性的解释或分析，要求通过追根溯源的描述，"回到事实本身"，建筑现象学不再把建筑物作为讨论的中心，"空间""场所""场所精神""情节"等成为主要的研究对象，把人对建筑的感觉、知觉、体验、冥想、记忆等心理层面和精神维度的因素，作为探究的中心。这样的一座文字之城，恰恰符合现象学对建筑的研究。因此，从现象学的角度来讲，西京城无疑可以作为一个建筑学的研究对象和材料，而且只有依赖于这现象级的西京，才能更深入地进入城市的精神层面和城市人的心灵层面。

5.5 小结

现象学是 20 世纪后一场规模宏大的世界性哲学思潮。现象学排除一切科学和理性的解释或分析，通过追根溯源的描述，已达到"回到事实本身"的目的，其独特的追求和异于科学的思维范式，开放而不求定论的姿态，为其避开科学而进入人文学科洞开了毫无阻隔的大门，建筑现象学便应运而生。

建筑学家凯文·林奇、查尔斯·摩尔、拉斯姆森、史蒂文·霍尔、帕拉斯玛等纷纷用现象学的理论和方法研究建筑或城市，虽然建筑现象学各家的侧重点各不相同，但把现象学的方法引入建筑学，建筑物不再是讨论的中心。一方面，建筑的疆域被无限度地打开，"空间""场所""场所精神""情节"等成为主要的建筑对象；另一方面，建筑关注的中心由物变成了人，人对建筑对象的感觉、知觉、体验、冥想、记忆等心理层面和精神维度的因素，成为探究的中心。另外，探究的方法不再是逻辑推理或科学实证，而是散漫的描述和个性化的体悟。它为通过文学作品来研究建筑或城市提供了坚实的理论依据。

建筑意境的生成，实际上就是从无限的空间形式到有限的场所精神的生成过程。而意境是由物象构成的，正如在文学作品中，象是通过语言文字来呈现的，而在建筑学中，象是通过建筑物来呈现的。在建筑学领域中，经过建筑师挑选和判定，融入了建筑师主观情感的建筑物便是意象。这些建筑物超越了建筑物本身的界限，成为一种精神或城市的象征。从物象到意象的关键是文化积淀的过程。

场景是指人物在一定场所相互发生关系而构成的生活情景，小说就是由一个接一个的场景描写接续而成的。场景描写是指对人物在一定时间和环境中的活动所构成的画面的描写，从现象学来看，这种画面就类似于建筑学中的"场所"。

文学作品作为创作主体对社会生活中的能动反映，它比原生态的生活更深刻、更真实、更集中地反映出社会、人生的本质规律。贾平凹都市小说中的城市以西安城为蓝本，融入了作家独特的生活体验与空间记忆，经过作家文字的建构，成为一座文字之城。从这座文字之城里，我们看到的是西安城的物质空间与精神空间，看到的是作家个人对于这座城市的体验与记忆，但是这种个体的体验与记忆蕴含了集体无意识的文化积淀，承续着西安的历史文脉。

从文学的角度来看，西京是作家小说中一座虚构的城市，是不能作为科学实证意义上的建筑学的研究对象或材料的。但是，从现象学的角度来看，这样的一座文字之城，恰恰是建筑现象学研究建筑的路径，其研究的中心是人对建筑的感觉、知觉、体验、冥想、记忆等心理层面和精神维度的问题。

6

废都：一座文字之城的现象学分析

通过引入现象学，我们可以把贾平凹都市小说中的西京看作现实生活中的西安城的建筑现象学文本，也就是说，对西京城建筑意象、建筑空间、场所、场所精神等要素的分析，可以看作是对西安城的建筑现象学的分析。

6.1 西京的建筑物理空间、生活家园空间、精神信仰空间

6.1.1《废都》中西京城的外部公共空间

（1）公共空间一：节点连缀——西京城外观轮廓的勾勒

《废都》一开篇便从1980年的西京城落笔，讲述发生在西京城里的两桩异事：一桩是两个要好的朋友从杨贵妃坟头上抓回来土，放在黑陶盆里，竟然长出一丛蓬蓬勃勃的绿枝，无人能识，连孕璜寺的老花工和智祥大师也摇头不知，大师占了一卦，说："花是奇花，当开四枝，但其景不久，必为尔所残也。"后来，果如大师所言，开了四枝奇花，引来赏玩者无数，不料一日醉酒，竟误用开水把花浇死；另一桩是一个夏天的晌午，西京城的大街上车流如潮，行人熙攘，因一位重要人物的到来而警车开道，警笛嘶鸣，扰乱了原有的车流和人流的秩序，突然有人欢呼："天上有四个太阳了！"人们抬头看天，果然四个太阳呈丁字形挂在天空，白光使人们什么也看不见，汽车喇叭齐鸣，行人胡扑乱踏，人们恍惚感觉自己不在街上，仿佛在看电影，

而放映机出现故障,银幕图像消失,一片空白,一阵寂静,城墙上的埙声响起又断续消失,人们从寂静的恐惧中惊醒,回到现实,惊叫不已,不少人因此疯倒,半小时后,天空恢复正常,街上依旧人乱如蚁,街心交通岛上坐着一位收破烂的老者开始说谣辞。接下来,新上任的市长面对十三朝古都的西京城,经高人指点决定发展旅游,修复城墙,疏浚城河,改建三条仿古街等等,一时西京城被外地人称为贼城、烟城、暗娼城……故事由此一路铺排下去。

《废都》开篇的这两桩异事的引子,正如《红楼梦》开篇那一僧一道及甄士隐(真事隐)与贾雨村(假语存)的对话一样,都是用魔幻的方式来隐括全书,四枝奇花和四个太阳,其实是小说中的四位女主人公和四位男主人公的映射。这样写表面上是要拉开小说情节与现实生活、西京城与西安城的距离,而实际上恰恰是引导读者去把小说情节与现实生活、西京城与西安城联系起来,不要误把小说看成是与现实无关的全然的虚构。曹雪芹和贾平凹都在小说的最前面写了四句话,曹雪芹说"满纸荒唐言,一把辛酸泪;都云作者痴,谁解其中味。"贾平凹说"情节全然虚构,请勿对号入座;唯有心灵真实,任人笑骂评说"。他们都在暗示读者不要轻易放过书中的"荒唐言"和"虚构",点醒读者要深入玩味和思考小说的深意。

《废都》在讲述两件异事之后,随着主要人物的登场和故事情节的缓慢推进,西京城的街巷里弄、楼台庙宇、院落堂馆、店铺门面……如一幅幅建筑写生画在读者眼前渐次展开:

这里有修复了的西京城墙,疏通了的城河,沿城河边极富地方特色的娱乐场,改建了的三条大街:一条为仿唐建筑街,专售书画、瓷器;一条为仿宋建筑街,专营民间小吃;一条为仿明清建筑街,陈列着民间工艺土特产品;

有成百上千只鸟类在上面聒噪的钟鼓楼,有巨大的钟表正轰鸣着乐曲报时的报话大楼，有夜晚常传出悲切呜咽埙声的古城墙，有西京城的标志性建筑大雁塔；

有内藏预测晴雨的奇石和气功大师云集的智祥大师的孕璜寺，有紫藤掩映、富丽堂皇而其主持慧明粉脸俊美、手眼通天的清虚庵；

有卖葫芦头的号称西京小吃第一碗的东门口的福来顺和南院门的春生发；有卖羊肉串、卖棉花糖、卖馄饨兼卖各类古玩和挂件的鼓楼回民街；有四壁青砖挂着老式木犁而柜台上摆放着一排红布裹盖的酒坛的小酒馆；

有人多车密、红绿灯交替明灭而交通岛上不见警察手势变换起落却有一收破烂的老汉囚首垢面地唱着谣辞的正午街心；有人少车稀、路灯昏黄而人们在一簇簇纸钱燃起、纸灰飞扬中念叨着亡人名字的夜半巷口；

有年轻人爱去的天马乐园，有老年人爱去的易俗社，有家庭主妇购买日常家用的老关庙商场、炭市街副食市场和竹笆市街糖果店，有市长儿子大正与柳月举行婚礼的西京饭店，有门口挂着会议横幅和百姓举着写满冤情的白纸并且站着保安戒备森严的南门外的古都饭店；

有门前摆满花花绿绿杂志的钟楼邮局，有碑林博物馆旁兼营正版与盗版书的书店，还有照相馆、电影院、歌舞厅散落在这座城的大街小巷……。如此等等，小说中的西京城由高高低低的建筑和纵横交错的街巷组成，繁华而拥挤，古老又现代，历历如画。

以上这些西京城的单体建筑物象大都是在小说情节的推进中信手拈来，一笔带过，但把这些零星散落在小说情节中的一个个单体物象连缀起来，便组成了西京城城市空间的轮廓和外观远景天际线，西京城的总体形貌就在不经意中被勾勒出来。

图 6-1 城市的总规沙盘：《废都》勾勒的西京城的总轮廓如同城市的总规沙盘

（2）公共空间二：场所细描——西京城人文肌理的特殊营造

《废都》除了用散点透视的方式，将一些重要建筑节点连缀起来，构成西京城的大轮廓之外，还通过多处特殊场所的细描，将笔触逐步向城市的内部肌理伸展，以展示西京城历史悠久的城市文脉。体现西京城历史文脉的遗迹遗址很多，作者没有选择已经消失的帝王宫殿苑囿或其他大型遗址，而着意从民间的、市井的角度选取一些至今依然鲜活的场所，来体现西京城代代相传、生生不息的古意，其中东城的鬼市和西城的当子最具代表性。

1）鬼市

《废都》在情节的发展中，非常自然地引出"鬼市"的描写。主人公庄之蝶除了写书之外，还由夫人牛月清经营一家书店和画廊，具体事务由一个叫洪江的人操办，洪江用多报少支的伎俩将经营书店的钱中饱私囊，并将这笔钱暗地里交给一个远房亲戚，让这位亲戚在鬼市附近开设一家废品收购店，专做鬼市上的买卖。对于小说来说，这个情节是在暗喻洪江的人心不古，心坏鬼胎，就像鬼市一样见不得阳光。而由此引出的对于西京城中鬼市的详尽描写，却具有建筑学上场所意象的意义，小说的触角伸展到隐藏在城市深处的历史文脉。

《废都》中有一大段关于西京城鬼市的静态描写：

城东门口的城墙根里，是西京有名的鬼市，晚上日黑之后和早晨天亮之前，全市的破烂交易就在这里进行。有趣的是，叫做鬼市，这市上也还真有点鬼气：城东门口一带地势低洼，城门处的护城河又是整个护城河水最深最阔草木最繁的一段，历来早晚有雾，那路灯也昏黄暗淡，交易的人也都不大高声，衣衫破旧，蓬首垢面，行动匆匆，路灯遂将他们的影子映照在满是阴苔的城墙上，忽大忽小，阴森森地吓人。早先这样的鬼市，为那些收捡破烂者的集会，许多人家自行车缺了一个脚踏轮、一条链子，煤火炉少一个炉瓦、钩子，或几枚水泥钉，要修整的破窗扇，一节水管，笼头，椅子，床头坏了需要重新安装腿儿柱儿的旧木料，三合板，刷房子的涂料滚子，装取暖筒子的拐头，自制沙发的弹簧、麻袋片……凡是日常生活急需的，国营、个体商店没有，或比国营、个体商店便宜的东西，都来这里寻买。但是随着鬼市越开越大，来光顾这里的就不仅是那些衣衫破烂的乡下进城拾破烂的，或那些永远穿四个兜儿留着分头背头或平头的教师、机关职员，而渐渐有了身穿宽衣宽裤或窄衣窄裤或宽衣窄裤或窄衣宽裤的人。他们为这里增加了色彩亮度，语言中也带来许多谁也听不懂的黑话。他们也摆了地摊，这一摊有了碧眼血口的女人，那一摊也有了凸胸蹶臀的娘儿。时兴的男女不断地变幻着形象，这一天是穿了筷子头粗细的足有四指高的后跟的皮鞋，明日却拖鞋里是光着的染了猩红趾甲的白胖脚丫子；那男人前半晌还是黄发披肩，后半晌却晃了贼亮的光头，时常在那里互相夸耀身上的从头到脚每一件名牌的衣饰。鬼市的老卖主和老买主，以为有这些人加入他们的行列，倒有了提高在这个城市里的地位价值，倍感荣耀。但不久，便发现这些人皆闲痞泼赖，是小偷，是扒贼，便宜出售的是崭新的自行车、架子车、三轮车，出售的是他们见也未见过的钢筋、水泥、铝锭、铜棒，和各种钳、扳手、电缆、铁丝，甚至敲碎了的但依旧还有"城建"字样的地下管道出口的铁盖。于是，在离鬼市不远的很窄小的王家巷里就出现了几家破烂收购店，洪江雇人新开的店铺虽开张不久，但生意极好，将收购来的东西转手卖给国营废品站或直接卖给一些街道小厂和郊区外县的乡镇企业，已赚得可观的利润。[48]

尽管城市有多种多样的解读，但仅从语义上来看，"城"侧重于建筑，而"市"则侧重于交易，无论城市的起源是"因城而市"，还是"因市而城"，它一旦形成，无论它的功能有多少，其物品交易的功能多是其中最重要的功能之一。

鬼市是物品交易的一种奇特形式，奇特在以下几个方面：

①交易的物品奇特。鬼市所交易的物品大多是来路不明的旧货或者破烂，这些物品五花八门，品类繁多，多数不是一个完整的物件，价格便宜，一般正规商店很难买到；

②交易的时间奇特。交易多在黑暗中进行，一般是晚上日黑之后和早晨天亮之前，黑里来，黑里去，天一亮，人货俱散，如同鬼魅，见不得阳光；

③交易的空间奇特。鬼市一带地势低洼，又是护城河水最深最阔草木最繁的一段，早晚有雾，路灯昏黄暗淡，路灯将交易者的影子映

照在满是阴苔的城墙上，忽大忽小，阴森吓人；

④交易的人奇特。交易的人都不大高声，衣衫破旧，蓬首垢面，行动匆匆，多是乡下进城的拾荒者，或者城里的闲痞泼赖，小偷扒贼，也有衣着光鲜的教师职员和打扮怪异的时兴男女加入，提高了老主顾们在这个城市里的地位价值，让老主顾们倍感荣耀；

⑤交易的方式奇特。语言中带来许多谁也听不懂的黑话，也就是双方遵循着暗语谈价的行规，为的是一对一的欺骗瞒诈，不为人知。

图 6-2　民间收藏市场：西安东门的"鬼市"被新的市场取代，"鬼市"只存在于《废都》里了（来源：古玩市场，说宝网）

鬼市这种奇特的场所，最早可追溯到唐代，宋朝宋敏求撰《长安志》记载了西安也是中国的最早的鬼市："务本坊，在安上门外之东，兴道坊相对。务本坊西门，盖鬼市也。"[49] 唐朝的务本坊西门大约在今天的环城东路与太乙路交接一带，与 20 世纪八九十年代的西安东门鬼市相距很近。

西安城号称古都，但现在能够看得见的真正的古建筑已经极少，唐朝距今一千余年演变，始终"见不了光"的西安"鬼市"却一路顽强地存活了下来，直到20世纪90年代其交易方式几乎没有多大变化。但随着城市化进程的加速和现代市场交易规则的不断完善，现在西安的鬼市在短短几年中基本消失，不复存在，代之而起的是符合现代商业规范的古玩市场和旧货市场，交易环境大为改观。而存活了上千年的城市文化景观，不论其先进与落后，一旦从人们的眼前消失，就会从人们的记忆中复活，成为一种津津乐道的话题，成为人们缅怀城市历史的一段难忘的记忆。

虽然延续千年的西安城的鬼市消失了，但贾平凹《废都》里关于西京城"鬼市"的细致描绘，几乎完全是按20世纪80年代西安城东城墙根附近的鬼市的实际状况而进行的实录，因而，它是西安城历史文脉的重要凭证。

2）当子

贾平凹在《废都》里重点细描西京城的另一处具有特色的场所是"当子"。小说中，庄之蝶心情郁闷，想去一个没有去过的特别地方，于是在孟云房的指引下，两人一起来逛"当子"，并在"当子"里买了一只鸽子，后来，这只白鸽充当了庄之蝶和唐宛儿之间联络的信使，庄之蝶的妻子牛月清正是通过这只白鸽发现了庄之蝶和唐宛儿的关系。在写这只白鸽的来源时，带出了对"当子"的描写。

庄之蝶说：……你说有一个我没去过的地方，现在我要去看看。孟云房说：哪儿有你没去的地方？去火车站旁边的小旅馆吧，你又不去；去中南海吧，我又没那个本事！却突然叫道，当子，你知道不？！庄之蝶说：什么当子？孟云房说：我说你没去过，真的没去过！咱们就去玩玩吧。孟云房并不骑自行车,坐了庄之蝶的木兰,指点着路,一直往城北角去。那里是一个偌大的民间交易场所,主要的营生是家养动物珍禽、花鸟虫鱼,包括器皿盛具、饲养辅品之类。赶场的男女老幼及闲人游皮趋之若鹜,挎包摇篮,户限为穿,使几百米长的场地上人声鼎沸,熙熙攘攘,好一个热闹繁华。庄之蝶大叫:这就是当子呀?!孟云房说:别叫喊出来让人下眼瞧了,你好好看吧。这里当子俚尚诡诈,扑朔迷离,却是分类划档,约定俗成的。三教九流,地痞青蛇,贩夫走卒,倒家神客,什么角色儿都有。两人就走了过去,果然商贾掮客及小贩摊主呼朋引类,属守地盘,射界之内,你打鼓我吹号,绝少瓜葛。他们先进的鱼市,每个摊前横列了硕大的玻璃缸。缸尽为金边镶条,配着气泡装置,彩灯倏忽闪烁,水草交映生辉,肢体飘逸的热带游鱼细鳞披银,时沉时浮。庄之蝶看了几家,喜欢地说:这鱼倒快活,它不烦恼哩!孟云房说:买不买?买一缸回去,你人也会变成鱼的。庄之蝶笑了笑,说:人在烦嚣中清静,在清静中烦嚣。在这儿看鱼羡鱼乐,待买几尾回去,看着人不如鱼,又没个分心卖眼处,那才嫉妒得更烦的。从鱼市过来,便是那蟋蟀市。庄之蝶家里是有着上辈人留下的几个蟋蟀罐儿的,他也曾在城墙根捉过几只玩过的,但从未见过还有这么多讲究的瓦罐。拣一个蟹青色的罐儿在手里看了,罐围抠花刻线,嵌有金头大王、无敌将军字样,迭声叫绝。卖主笑脸相迎,直问来一个吧。两人只笑而不语,卖主就平了脸面,拨了手道:二位计了地方,不要误了生意招人嫌弃。遂又拱手作揖问候新来的两位汉子,且捧了一罐,口唤:天赐神童!那两位果然俯了身去,揭顶观貌,喜皮开颜。问其价码,卖主卸下草帽,两只手便伸了下去。那黑脸汉子瞪目结舌。卖主就说:你再看看货色嘛!把虎贲枭将不偏不倚拨入碗大斗盒。庄之蝶和孟云房也头歪过去,一时众人屏声敛气,霎时笃声顿起,两下钳咬在一起,退进攻守颇循章法。一只狡黠非常,详败诈降，却暗度陈仓，奇袭敌后。看得庄之蝶一尽儿呆了。孟云房扯了他衣襟说：你倒迷这玩意儿？庄之蝶说：你知我刚才想什么了？孟云房说，想什么？莫不是可惜那女人是生了烂疮……庄之蝶说：我想人的起源不是类人猿，而是蟋蟀变的，或许那蟋蟀是人的鬼之鬼。孟云房说。那你没问问那条胜虫是几品街的？两人又逛了狗市，庄之蝶倒看上一只长毛狮儿狗的。这狗儿豹头媚目，仪态万方，一见他们倒坐了身子直用两只前爪合了作揖。庄之蝶不禁说了一句：瞧这眉眼几分像唐宛儿的。孟云房笑说：你喜欢唐宛儿的，怎不买了送她？但若要我说，男不养猫，女不养狗的，不如到花市去看看，买一盆美人蕉送她。她家怎么连一盆花也没有？庄之蝶说：别提花的事，让我又害头痛了！

……庄之蝶笑了笑，却转了头四处张望，问：这里有没有鸽子市？孟云房说：你要养鸽子？庄之蝶说：飞禽里边我就爱怜个鸽子，倒想买一只送唐宛儿。孟云房笑了：我知道了，这一定是她的意思。庄之蝶说：怎么是她的意思？孟云房说：她家没有电话。你们要用鸽子传递消息的。庄之蝶说：就你才有这鬼点子！孟云房就领了庄之蝶去了最南头的鸽子市上，挑选了好多只，捏脖颈，捋羽翅，观色泽，辨脚环。孟云房说：你这是为她买鸽子的，还是给你选妃子的？！终选中一只，欢天喜地回来。[50]

《废都》中这一段关于"当子"的描写，是按照西安城城西西仓的花鸟虫鱼市场而来的。

西仓，位于西安市西大街和莲湖路之间偏西北的地方，它由东、西、南、北四条巷道组成，即西仓东巷、西仓西巷、西仓南巷、西仓北巷四条巷道，南巷、北巷长，东巷、西巷短，四条巷道围成一个规则的长方形，周长约一千米左右。

图 6-3　西安西仓的"当子"（来源：华商网）

而最早的西仓是指明清时期建在那里的官府粮仓永丰仓，是相对于东仓而言的，东仓是指敬禄仓，位于今天西安市和平门西侧的东仓门附近。根据嘉靖《陕西通志》中《明西安城图》所示，西仓一带设有永丰仓及屯田道。清光绪年间的《西安府图》中，标有永丰仓，在它的四周出现了东、西、南、北四条巷道。

西仓花鸟鱼虫市场最早形成于何时，已不可确考，一般认为始于清末。"当子"又称"档子"，它的来源说法很多，或说因为西仓集市中小摊相连，逛起来就像一个又一个隔挡，所以得名；或说很早以前摊主多是挑着担子带货而来，"担子"念着念着便谐音成了"档子"；或说"档子"其实是上当的意思，是指原来那里货多人杂，挑选时很容易上当；或说清代时那附近的校场每月要定期进行军事操练，旗人爱玩鸟玩蝈蝈，当他们进入校场后，他们的跟班就帮各自主人提着鸟笼、揣着蝈蝈筒，在校场外等着，校场设置着栅栏，阻挡闲杂人等入内，久而久之，这道栅栏就被叫成"档子"了。不管这些说法正确与否，总之，西仓"当子"自发形成，流传下来，延续至今，已有百余年的历史。

如今，西仓仍延续着旧日的繁华，并保持着每逢周四、周日开市的传统。尤以鸟市最为著名，几乎成了西仓的代名词。每到周四、周日清晨，带着各自宝贝的摊主和顾客就不约而同、陆陆续续从四面八方汇集到那里，摆好家当，等待雇主光临。直到下午日暮时分，人们又不约而同离开这里，繁华熙攘的街面一下子空阔寥落，安静下来。

西仓当子是由民间自发形成并延续至今的城市景观。西安市的其他街区也曾出现过多处花鸟虫鱼市场，但大多存活时间不长，便在城市改造和市场整顿中销声匿迹了。只有西仓虽经多次整治取缔，又很快恢复起来，顽强地存活下来。

当子这种古老的市场交易场所，其形成的初期，街道周边人口不多，没有车辆或者车辆很少，街巷就是用来做买卖的，还没有占道经营的概念，后来，随着城市的发展，街巷的主要功能让位于交通，特别是车辆的通行，因而，出现了占道经营、非法经营、影响交通、市容及周边居民的生活等新情况,这些显然不符合现代城市发展的要求。

但西仓本身有其特殊性,历史渊源深厚,它已不仅仅是一个以宠物交易为主的市场,他保存了古老农耕时代向商品交易时代过渡或并存时期的许多交易特性,如交易时间不是全天候的,只在周四、周日,而且,不约自定,固定成俗,保留着农村人赶集的特性;还有像交易品种分类或配套展示、摊位地盘的占据、要价砍价的方式等等,都保留着长久因袭下来的古老习惯,不见明文规定,法则尽在每人心中,正如上引《废都》所言:"当子俚尚诡诈,扑朔迷离,却是分类划档,约定俗成的。三教九流,地痞青蛇,贩夫走卒,倒家神客,什么角色儿都有。……商贾捎客及小贩摊主呼朋引类,属守地盘,射界之内,你打鼓我吹号,绝少瓜葛。"这种场所如春来草青,自然生长,如刻意兴办,势必失去其自然本性,如硬性取缔,虽可一时奏效,很快便死灰复燃。它实际上已经成为一种文化景观,许多人走进当子,不是为了交易赚钱,而是为了一种活动仪式或生活方式,不仅在众多参与者心目中占有不可替代的地位,很多普通市民尤其是知识分子对它也有一种难以名状的怀旧情结,《废都》中的庄之蝶、孟云房就是具有这种情结人士的代表。对于这些人来说,没有它就是西安古城的一种缺憾。

因此,当子是活着的历史,保存着城市市场发展历程中,由物品交易向商品流通转化过程中一段原生态的买卖行为和交易样态,是西安城世代相传的、与民众的日常生活密切相关的活态文化,具有非物质文化遗产的诸多特性,如何在城市文化、人们需求与城市管理中找到平衡,就成了历史留给现代城市的一道现实而值得深入思考的命题。

3)城隍庙商场

城隍庙商场是专售旧风俗用品的,由于庄之蝶要过本命年的生日,他的夫人牛月清要给庄之蝶买红衬衣红衬裤,先是到南大街百货大楼选了半日，没有中意的，便想到专售旧风俗用品的地方去选购，于是带出对城隍庙商场的描写：

  城隍庙是宋时的建筑，庙门还在，进去却改造成一条愈走愈凹下去的小街道。街道两边相对着又向里斜着是小巷，巷的门面对门面，活脱脱呈现着一个偌大的像化了汁水只剩下脉络网的柳叶儿。这些门面里，一个店铺专售一样货品，全是些针头、线脑、扣子、系带、小脚鞋、毡礼帽、麻将、痰盂、便盆等乱七八糟的小么杂碎。近年里又开设了六条巷，都是出售市民有旧风俗用品的店铺，如寒食节给亡灵上供的蜡烛、焚烧的草纸，婚事闹洞房要挂红果的三尺红丝绳，婴儿的裹被，死了人孝子贤孙头扎的孝巾，中年人生日逢凶化吉的红衣红裤红裤带，四月八日东城区过会蒸枣糕用的竹笼，烙饼按花纹的木模，老太太穿的小脚雨鞋，带琉璃泡儿的黑绒发罩，西城区腊月节要用木炭火烘煨稠酒的空心细腰大肚铁皮壶。[51]

  《废都》中描写的西京城隍庙商场，实际上就是西安城西大街中段路北的都城隍庙附近的小商品市场。这个专门售卖民俗古物件的市场，是伴随着城隍庙的建造而逐渐发展起来的。从前，赶庙会是一项重大的民俗、宗教、娱乐和商业等综合性活动，城隍庙是活动的中心。

  民间的"城隍"信仰由来已久，"城"指城墙，"隍"本为"湟"，指护城河，城隍是城市保护神，是一个城市的护国安邦、剪凶除恶，调风和雨，管领亡魂诸事之神，属于道教神仙信仰体系。西安城隍庙始建于明洪武二十年（1387年），原址在西安东门里薛仁贵墓附近，该神统辖西北五省，被称为"都城隍庙"。宣德八年（1433年）移建于西大街现址，是中国三大城隍庙之一。

图 6-4 西安都城皇庙会是一项重大的民俗、宗教、娱乐和商业等综合性活动（来源：西安晚报，职茵摄）

城隍庙市场是西安乃至西北地区最古老的商场。城隍庙会，最初是拜祭城神的宗教活动，商品买卖是由此而兴的衍生物，当初主要买卖与祭神和驱邪求福有关的香烛和吉祥物，后来逐渐世俗化，物品种类越来越多。历史上，西安城隍庙是道教的道场，后来，城隍庙附近自发成为一个繁华的市场，那里针头线脑、家什物件，小到绣花针、大到牲口笼套应有尽有。清朝初期，四方客商纷纷在此搭棚子，建商房，经商做买卖，西北五省的商家都到这里来进货，成为人头攒动，交易繁忙的"城中城"。

《废都》里城隍庙商场是按1983年翻新后的样子描写的，小说里的城隍庙商场现在已经见不到了，2005年它和西大街一同被拆迁改造了，它成了留给老西安市民心目中，一段最灿烂、最温暖的记忆。

改造后的城隍庙，从南至北依序为牌楼、骑楼、文昌阁、仪门、

图6-5 西安城隍庙商场（来源：华商网，黄晓林摄）

戏楼、木牌坊和寝殿。牌楼东西两侧是圣母殿和火神殿。牌楼里是城隍庙的新建骑楼，高15米，面宽17米，进深9.6米。新骑楼保持旧貌，为楼阁式建筑，由两层楼、三开间组成。骑楼的二层楼顶是歇山顶，楼顶从上到下依次由垫板枋、斗拱、平枋构成。平坊上绘有蔓草围绕三火珠的图案。骑楼一层的天花板为藻顶，绘有莲花图案。整座骑楼美轮美奂，艳丽秀美而不失典雅庄重。

都城隍庙现在仍然是西安著名的古道教庙宇和商贾百工技艺云集

之地，分为旅游观光区、商业区和庙后街饮食区三大部分，商户分散到几处经营，没有过去集中，好在各处还都保存了从前经营的特色，商品小而齐全。可总感觉缺少从前那种赶庙会时的浓浓氛围，少了很多乐趣。

4）锦旗一条街

《废都》中写到庄之蝶因周敏的一篇文章而与景雪荫打官司，开庭那天的清晨，庄之蝶一个人信步来到一条小街。

> 小街原是专门制造锦旗的，平日街上不过车，一道一道铁丝拉着，挂满着各色锦旗。是城里特有的一处胜景。
>
> 庄之蝶便临时起意：若官司打赢，让周敏以私人名义可给法院送一面的。
>
> 庄之蝶进了街里，却未见到一面锦旗挂着，而新有人家店牌都换了"广告制作部""名片制作室"，已经起来的街民纷纷在各自的地面和领空上悬挂各类广告标样。庄之蝶感到奇怪，便问一汉子："这街上怎么没有制作锦旗的啦？"汉子说："你没听过《跟着感觉走》的歌吗？那些年共产党的会多，有会就必须发锦旗的，我们这一街人就靠做锦旗吃饭；现在共产党务实搞经济，锦旗生意萧条了，可到处开展广告战，人人出门都讲究名片，没想这么一变，我们生意倒比先前好了十多倍的！"[52]

《废都》中庄之蝶所到的那条小街，其实就是西安城中的正学街。这条不足 200 米长的狭窄巷道，被西安人称为"锦旗一条街"。

正学街南北走向，北接西大街，南临马坊门。根据史书记载，北宋中期关学大儒张载、许鲁斋等曾在此开办书院讲学。明代弘治九年（1496 年），当时的提学副使杨一清在张载、许鲁斋讲学的地方创建了正学书院，当时书院内设有张载、许鲁斋等关学大儒的牌位，供师生祭拜。正学街因西侧曾有正学书院而命名。

因为有正学书院，自然就出现了专为书院服务的买卖笔墨纸砚、书籍字画之类的店铺。因此，很长一段时间，这里曾经是笔墨纸砚一条街，当时曾经称之为"古笔店巷"，是文人墨客喜欢逛的街道。

后来，正学书院从这里迁出，与关中书院合并，这条街巷做与文化有关生意的传统却保留下来。直到"文革"期间，与文化有关的生意无法做了，在1966年至1972年间这里曾一度改名为"反帝一巷"。改革开放之后，正学街的文化生意又开始兴盛起来，只是产品由笔墨纸砚变成了锦旗、牌匾等，成了远近闻名的锦旗一条街。

正学街是西安锦旗、条幅、牌匾、广告牌制作的发源地，最初制作锦旗、牌匾都是手工刻版，手工制作，一些字写得好的文人，靠为店家写美术字谋生，制作单位拿着这种美术字进行手工雕刻。后来发展到丝网印刷、电脑设计等一步步地科技变革，这条历经沧桑的老街在西安的广告牌匾制作行业始终处于领军地位。其作品遍及西安大街小巷，西北不少地方广告制作的原料都从这里进货，西安各地开创广告牌匾制作店铺的人，大多是在正学街学徒后走出去的。

正学街所做的锦旗、牌匾等产品，通俗地讲就是做"招牌"，"招牌"是脸面，西安城大街小巷的脸面，从内容到形式都透露着一种浓浓的古意和文化气息，体现着古城特有的气质。无论是正学街本身的变迁，还是它所做的装点着大街小巷的招牌的变化，都是古城西安历史文化发展变化的一个缩影和见证。

在城市现代化的进程中，正学街也和其他老街一样，面临着改造或消亡的危险。现在，本身就不大的正学街逐渐被周边新兴商业业态所蚕食。它的东侧已经被改造，建起了大商场，而仅存的西侧一排旧房子仍在顽强地坚守着，这为数不多的几家商户似乎在无声地诉说着

图 6-6　西安正学街——"锦旗一条街"（来源：西部网，黄利健摄）

"锦旗一条街"昔日的繁华。

西安城内，以前几乎每条街都与某一个古老的行业有关，几乎每一条街巷都有着诉说不完的故事，比如五味什字是卖中药的，炭市街是卖木炭的，竹笆市是卖竹编的，正学街是做锦旗牌匾的，还有鬼市的二手旧货、当子的花鸟虫鱼、城隍庙的民俗小件等等，随着时代的变迁，不少老街巷都已经发生了巨大变化，换了新颜。

老街巷承载着一个城市的历史，记录着这个城市的时代印迹和市民生活的变迁。走进了这些老街巷，寻找那尘封的历史。在每一条街的背后都有着不一样的故事，故事中珍藏着白发市民的记忆，也承载着厚重的文化，它们会不会在不久的将来从古城中消失，从中我们可以汲取得与失，为城市未来的成长和特色个性、历史文脉的保持而科学合理地筹划。

（3）公共空间三：生活环境细描——西京城废败场景的客观展现

1）尚礼路公厕

《废都》中，庄之蝶脚崴伤了，洪江通过黄厂长认识一位专治跌打损伤的宋医生，宋医生没有行医执照，黄厂长央求庄之蝶替宋医生想想办法办个执照，庄之蝶认识一位尚贤路街道办的王主任，王主任的堂哥是卫生局的局长，于是四人搭车一起来到尚贤路街道办王主任的办公室。王主任正在和一位年轻女建筑设计师阿兰谈论修建公厕的事。由此，侧笔带出一段关于城市公厕问题的颇具黑色幽默的对话和场景描写。阿兰为了承揽公厕工程，向王主任解释她的设计思想：

昨晚三点爬起来，想了许多种方案，是依照中国大唐建筑还是明清建筑，我想吸收一些西方现代建筑风格，能不能既像一种城市的雕塑，又是一种公共实用场所呢？……

女人说："我到厕所去一下，厕所在哪儿？"王主任说："这条巷没有，办事处后院有个后门，过了后门就是隔壁那尚礼路，靠左边是厕所。你到了后门口，那里苍蝇就多了，你跟着苍蝇走就是了。"女人给庄之蝶他们笑笑走出去，又走回来，取了桌上的小皮包，王主任又说："到了后门口，看见有一堆破砖了，你得拿一块去厕所垫脚，那里脏水多哩！"……

庄之蝶说："她好像不是工人，你们在搞什么建筑设计？"王主任说："作家眼睛毒！她是学建筑设计的中专生，毕业分配时却分不出去，省市设计院正牌大学生都闲着；哪里还能进去？只好分配到蜡烛厂。现在全市有四十八条街巷没有一个公共厕所。人代会开了以后，市长提出要为市民办几件好事，修厕所就是其中之一。我是把这条巷的厕所设计任务交给了她的。……"

这当儿，女人就回到了门口，在那里使劲跺脚。王主任就说："我让你带一块砖的，你没有带吗？"女人说："我带了，可那里人排了队，排得久了我嫌砖太沉就丢了。多亏是高跟鞋，若是平底的，不知湿成什么样了！"王主任说："这阵儿人还少的，要是晚上放完电视或是早上起床后，那排队人才多的。好多是丈夫给妻子排队，妻子给丈夫排队，旁人看见了还以为男女一个厕所哩！更有趣的是过路人又常常以为什么涨价了，开始抢购哩，不管三七二十一也排上了！"众人都笑起来。女人说："你们办事处还有这么个后门儿，居民却要绕多长的路？上了一次厕所，我越发觉得我接受的任务是多么重要！王主任，还有一件事忘了请示你，就是公厕的地址问题。今早我去这条巷看了看，北头是家饭店，厕所是不能放在对面的；南头是一家商店，但那里还有一个公用水龙头，厕所总不能和饮食用水在一块儿；唯一合适的是中段那里，可那里有家理发店，店老板听说建公厕，叫喊他家靠这小店吃饭的，谁要占他家地方，他就和谁拼命呀！"王主任说，"他有几个小命？"女人就不言语了。[53]

图 6-7　公厕：城市文明的硬伤，已经成为一个世界性话题（来源：网易新闻中心）

这一段对西京城公厕的看似闲笔的描写,却是展现废都之废的传神之笔。尚贤路、尚礼路尽管是虚构的,但像这样上厕所的情况,在20世纪八九十年代的西安并不少见。一是公厕少,整个尚贤路没有厕所,市民如厕要绕道去尚礼路,西京城四十八条街巷没有一个公共厕所,上厕所排队成为城市一景;二是公厕卫生条件差,臭气熏天,蚊蝇乱飞,污水横流,上厕所要带上砖块垫脚,由苍蝇带路。三是新建公厕选址难,街道格局已经形成,有饭店、公用水龙头的地方不适合建公厕,合适建的地方,拆艰难;四是公厕的建筑风格设计颇费思量,阿兰为此半夜三点爬起来,构思设计方案。

城市公厕是城市重要的公共基础设施,是满足市民生理功能、日常生活和商业活动最基本的需求,作为城市建筑的公厕设施是人文景观之一。公厕是社会的一种文化符号,无论对待厕所的态度、使用方式,还是建筑设计方面,都体现了不同国家和民族的风俗习惯、伦理标准;反映出人的生活观念和环境意识的变革和进步,公厕已成为现代城市文明形象的窗口之一,体现着城市物质文明和精神文明的发展水平。但它常常又是最容易被忽视的公共空间,随着城市的发展,矛盾愈见突出,成为城市文明的硬伤,已经成为一个世界性话题。

2001年11月19日,全世界30多个国家和地区共同发起成立了一个国际性组织——"世界厕所组织"(World Toilet Organization),其简称为WTO,与"世界贸易组织"相同。"世界厕所组织"第一届峰会在新加坡举行,500多名代表参会,主要讨论包括厕所设计、卫生、舒适,以及解决排泄物污染和发展中国家厕所缺乏等问题,并确定每年的11月19日为"世界厕所日"。

我国早在"世界厕所组织"成立之前,于1989年发布实施《城市环境卫生设施设置标准》,按国家建设部标准,流动人口高度集中的街道和商业闹市区道路,每隔500米要有一座公厕,一般街道每

800米要有一座公厕；旧区成片改造和新建小区，每平方公里不少于3座公厕。对公厕的规划设计还专门出台了《城市公共厕所规划和设计标准》。

西安作为一个千年老城和旅游城市，公厕建设的落后十分突出，直到2004年，西安市城区仅有334座公厕，远远没有达到标准规定的数量和规格要求。近年来，西安市把公厕的布局和建设纳入城市总体规划中，确定建厕所与建高楼、建花园、建绿地等同步实施。

2）尚俭路普济巷棚户区

《废都》中，庄之蝶和孟云房到西京城道北的小杨庄拜会了一位易林高人后，庄之蝶提出要去尚俭路找一个女的，就是设计公厕的阿兰。结果遇到了阿兰的姐姐阿灿——庄之蝶生活中的第四个女人。在寻找阿兰的过程，尚俭路普济巷一带河南人居住的棚户区被带了出来。

没有想到，尚俭路以西正是河南籍人居住区。刚一进普济巷，就如进了一座大楼内的过道，两边或高或低差不多都是一间两间的开面。做饭的炉子，盛净水的瓷瓮，装垃圾的筐子，一律放在门口的窗台下，来往行人就不得不左顾右盼，小心着撞了这个碰了那个。三个人是不能搭肩牵手地走过的，迎面来了人，还要仄身靠边，对方的口鼻热气就喷过来，能闻出烟味或蒜味。庄之蝶和孟云房停了摩托车在巷口，正愁没个地方存放，又担心丢失，巷口坐着的几个抹花花牌的老太太就说："就放在那里，没事的。西京城里就是能抬蹄割了掌，贼也不会来这里！"孟云房说："这就怪了，莫非这巷里住了公安局长？"老太太说："甭说住局长，科长也不会住这巷子的！巷子这么窄，门对门窗对窗的，贼怎么个藏身的？巷这头我们抹牌，巷那头也是支了桌麻将，贼进来了，又哪里出得去？"……

庄之蝶这才注意到墙角有一个梯子，从梯子爬上去是一个楼，阿兰是住在楼上的。便说："这楼上怕还凉些。"阿灿说："凉什么呀，楼上才热的！本来有窗子可以对流，可巷对面也是一个小楼，上面住着两个光棍，阿兰就只好关了窗子。人在上边直不起腰，光线又暗，我每日熬绿豆汤让她喝。……"

　　这当儿，巷道有人用三轮车拉炭块，门口的洗衣盆把路挡了，叫着挪盆子喽，穆家仁赶忙出去挪了盆子，又把盛污水的桶提了进来，三轮车才过去，桶再提出去。……

　　阿灿又烧了一条并不大的鱼。鱼在门外的炉子上煎时，香气就弥漫了半个巷，对门的房子里有孩子就嚷道要吃鱼。庄之蝶从门里看去，对门窗里是一个老太太在擀面条，也是赤了上身，两个奶却松皮吊下来几乎到了裤腰处，而背上却同时背着两个孩子。老太太说："吃什么鱼，没长眼睛瞧见阿灿姨家来客人吗？吃奶！"便白面手把奶包儿啪啪往肩后摔去，孩子竟手抓了吸吮起来。阿灿便盛了一碗米饭。夹了几块鱼走过去，回来悄声说："你们一定要笑话老太太那个样子了，听说她年轻时可美得不行，光那两个奶子馋过多少男人，有两个就犯了错误。现在老了，也不讲究了，也是这地方太热，再好的衣服也穿不住的。"[54]

　　西安火车站东南有个城门叫尚俭门，从尚俭门到东五路这条南北向的街就是尚俭路，和尚俭路相交的东西向的街道巷是东六路、东七路、东八路，没有普济巷。所以，《废都》中西京城的尚俭路普济巷是一个虚构的街巷，但河南人集中居住的棚户区确实存在，主要在尚俭路及其比邻的"道北"地区。

　　"道北"并不是一个能在地图上找到的正式地理名词，但它在西安却是个妇孺皆知的区域，是民间对西安北城的代称，居住在道北的80%以上是河南的移民及其后裔，"道北人"，是对居住在西安的河

图 6-8　尚俭路住户狭窄的过道

南人的统称。

20世纪30年代,由于灾荒和战乱,大批河南难民背井离乡,外出谋求生,1935年,陇海铁路建成通车,给河南人来西安带来了方便。他们在西安铁路以北地区落脚,以苦力为生,并逐步在此搭窝棚、挖窑洞住了下来,形成了西安一个特殊的居民新区。

西安城是方方正正的棋盘格局,而在道北这个特殊的居住区里,每条道路都是弯曲和狭窄的,街边基本上都是居民自行临时搭建的商居混合的低矮建筑,多为平房或两层、三层的小楼,简陋粗糙,破旧不堪,杂乱无章,卫生条件极差,居住在这里的道北人,都有一段辛酸的经历,底层、贫穷而艰辛是他们普遍的生存状态。

建筑现象学力主通过人的身体和感觉器官来感觉建筑、空间和场所,同时强调情节对建筑和空间的意义。上面所引用的《废都》中的这段叙述,将道北棚户区的真实状况典型地反映出来,由于小说的叙

图 6-9　昔日道北人家（来源：西安晚报）

述具有场所特性和空间中的具体情节，以人的感觉统摄描写的对象，因而，以建筑现象学的理论来阐释《废都》对尚俭路普济巷棚户区的叙述，能更为深刻的还原建筑与人的真实关系。

具体来说，进普济巷就如进一座大楼的过道，是诉诸人的总体感觉；两边或高或低的房子，门口窗台下的各种家什用具，是诉诸人的视觉；怕碰着，迎面来人热气喷来，能闻出烟味蒜味，煎鱼的香气弥漫半个巷，是诉诸人的触觉和味觉等等。

空间的情节有以下四处：一是庄之蝶和孟云房停摩托车时，抹花花牌的老太太说这里是贼不会来的；二是庄之蝶说阿兰住楼上怕还凉些，阿灿说楼上更热，窗子必须关着，因巷对面楼上住着两个光棍，阿兰在上边直不起腰，光线又暗；三是巷道过拉炭块的三轮车，洗衣盆挡了路，穆家仁（阿灿的丈夫）挪了盆子，提进来污水桶，三轮车过去后，桶再提出去；四是对门赤着上身边擀面条边喂奶的老太太，年轻时是个美人，两个奶子馋过不少男人，现在老了，不讲究了，这地方太热，再好的衣服也穿不住。

这里的场所和情节都以人为中心，通过人的身体和感觉，突显出棚户区的建筑、空间的反建筑本质的特性。同时，作者在描写这些场所和情节时，不带主观倾向性，不作是非好坏的评判，最大限度地采用纯客观的叙写方式，来还原真实的生活世界。这也符合"回到事实本身"的现象学描述方式。也正是这种客观还原的现象学描述方式，产生了文学上的黑色幽默的效果。

3）西城门低洼区

《废都》中写到这年夏天，西京城下了三天三夜的大雨，造成市区内涝，庄之蝶家所在的西城门一带低洼区更是积水严重，房屋倒塌，顺子的娘被倒塌的房子砸死。由此，带出了一段西城门低洼区灾后现状的描写：

院子的左墙角果然塌了一面墙，墙是连着隔壁的顺子家，墙后真的是个大茅坑，茅坑里落了许多砖石，粪水溢流，而茅坑边是一堆扒开的砖石。柳月往日只知道这一片也是个低洼区，只有庄家的屋院垫了基础，高高突出，但没想到院墙过去就可以清楚看到整个低洼区的民房了。这里的建筑没有规律，所有房子随地赋形、家家门口都砌有高高的砖土门槛，以防雨天水在沟巷里盛不了流进屋去。那横七竖八的沟巷就一律倾斜，流水最后在低洼区的中心形成一个大涝池。以前是有一台抽水机把涝池的水再抽出来引入低洼外的地下水道流走，现在三天三夜的雨下得猛烈而持久，涝池的水抽不及，水就倒流开来，涌进了几乎一半的人家。……

顺子一边用手在门口筑一个泥坎儿，一边用盆子向外舀着水泼，一边给新来探望的熟人说："……我娘是在上茅坑时，被那墙倒下来活活窝死在那里的。这鬼市长，他整天花了钱造文化街、书画街，有那些钱怎不就盖了楼房让俺们去住？！……"

电视上的专题节目是市长向全市人民作关于抢险救灾的报告。他说这个城市是太古老了，新的市政建设欠账太多，在已经改造了四个低洼区后，今年市政府还要下狠心筹集财力物力，改造西城门北段和双仁府一带的低洼区。[55]

这一段通过柳月的眼展现了西城门双仁府一带的灾情现场，通过顺子的口追叙了砸死人的经过，通过市长的报告揭示了灾害形成的原因和下一步改造低洼区的规划。

双仁府与道北的棚户区不同，它是西安老城墙城内西南隅的一条历史悠久的老街，是一条南北纵街，北接柴家什字南口，南抵火药局巷。这里原是隋唐长安皇城司农寺所在处，唐末以皇城改筑为新城后，逐渐形成居民街巷。

图 6-10　西城门低洼区人家

据说明代时这条街的两户人家，一家栽着果树，枝条伸到邻家的院子，邻家总是把果树结的果子采摘后送还，而果树的主人总会拿些果子让邻居们品尝，邻居双方这种互敬互爱的仁义之举，就是双仁府这条街名字的由来。相传清代这里住着沈氏仲仁、仲义两兄弟，双方为地界争执不休，后来在外做官的老辈回来，感慨赋诗道："一番相见一番老，焉得何时为弟兄！万里长城今犹在，让他一墙又何妨！"

于是兄弟和解，各让一墙，留出一条街巷，这就是双仁府。"文化大革命"时，双仁府被改为育红街，1981年恢复了原名。

历史上的双仁府，街道宽畅平坦，深宅大院很多，还有一些气派讲究的高大门楼，一度是达官贵人、富人名仕汇聚之地。随着时间的推移，居住人口的变化和增多，特别是周边楼宇的建造，这一带房屋逐渐老旧，地势也变得低洼，形成了城中的一处低洼区。

《废都》里多处写到双仁府一带的低洼区，作者把它作为"废都"的典型景观来展示，不仅此处写到因下雨而使半数人家进水，房倒屋塌，砸死老人。别处还写道大雨使低洼区三百间房屋倒塌，十二人死亡；还写到一个雷雨之夜，住在双仁府的庄之蝶的岳母，疯疯癫癫地说龙在抓人，鬼在敲门。后来低洼区改造时，老房子推倒了，墙缝里已经饿干了的虫子复活，随风在满城飞舞，虫子把树叶吃光，叮在人身上，奇痒无比，一时谣言四起，人心惶惶，说西京城要闹虫灾，要死一半的人，人们不敢上街，上街的人也都围着纱巾，市上出动几十个消防队到低洼区消毒，才把虫子制止。

双仁府一带从昔日的街道平整，高门大户，邻里双仁，兄弟双仁，到现在的房倒屋塌，积水死人，龙抓人，鬼敲门，害虫伤人，反映出城市建筑、空间及其对居住在此的居民的身体和精神的影响，由此一斑，可窥见"废都之废"的全豹。

6.1.2 《废都》主要人物的家宅——西京城的内部私人空间

《废都》除了对西京城的外部公共空间（主要建筑物的节点连缀勾勒城市的整体轮廓，特殊场所的细描体现西京城的人文肌理，市井生活环境的细描展现西京城的废败场景）外，还对西京城的内部私人空间，即小说中主要人物的家宅，进行了细致的描摹。

正如前文所述，《废都》一开篇所写的四个太阳和四朵奇花的异事，就是用来点醒读者并映射作品的主要人物四男四女的，这八个主要人物中，四大文化名人（庄之蝶、汪希眠、龚靖元、阮知非）有各自的家宅，与庄之蝶有肉体关系的四个女人（牛月清、唐婉儿、柳月、阿灿）中，这里只论述唐婉儿的家宅，因为牛月清是庄之蝶的妻子，柳月是庄之蝶家的保姆，她俩的住处就是庄之蝶的家，阿灿住在尚俭路棚户区，前文已经论及。

（1）家宅空间一：四大文化名人的家宅

1）庄之蝶的家宅

庄之蝶的家宅有两处，一处在文联大院，一处在双仁府老街。文联大院的客厅很大，正面墙上挂着庄之蝶手书的"上帝无言"字牌，用黑边玻璃框装着，字牌下摆有一排意大利真皮转角沙发。靠门的墙上立有四页凤翔雕花屏风，屏风前是一张港式椭圆形黑木桌，两边各有两把高靠背黑木椅。南边有一个黑色的四层音响柜，旁边是一个玻璃钢矮架。上边是电视机，下边是录放机。电视机用一块浅色淡花纱巾盖着，旁边是一个黑色凸肚的耀州瓷瓶，插着两束塑料大花，黑家具与白墙壁相互映衬，显得庄重典雅。

客厅往南是两个房间，一间是卧室，地上铺有米黄色全毛地毯，两张单人席梦思软床，各自床边一个床头矮柜。靠正墙是一面壁的古铜色组合柜，临窗又是一排低柜，玫瑰色的真丝绒窗帘拖地，窗台上有空调器。两张床的中间墙上是一巨幅结婚照，门后有一个精致的玻璃镜框，装着一张美人鱼的彩画。

另一间是书房，书房不大，除了窗子和门外，凡是有墙的地方都是顶了天花板高的书架。上两层摆满了高高低低粗粗细细的古董。有西汉的瓦罐，东汉的陶粮仓、陶灶、陶茧壶，唐代的三彩马、彩俑。还有古瓶古碗佛头铜盘等古物。下几层全是书，书脊花花绿绿。每一层书架板突出四寸空地，又一件一件摆了各类瓦当、石斧、各色奇形怪状石头、木雕、泥塑、面塑、竹编、玉器、皮影、剪纸、核桃木刻就的十二生肖玩物，还有一双草鞋。窗帘严拉，窗前是特大的一张书桌，桌中间有一尊庄之蝶的铜头雕像，两边高高堆起书籍纸张。靠门边的书架下是一方桌，上边堆满了笔墨纸砚，桌下是一只青花大瓷缸，里边插实了长短书画卷轴，屋子中间，沙发前面，是一张民间小炕桌，木料尚好，工艺考究，桌上是一块粗糙的城砖，砖上是一只厚重的青铜大香炉，香炉旁立一尊唐代侍女雕像。[56]

庄之蝶双仁府的家宅是牛月清娘家的老屋，过去整个一条巷子都是牛家的，牛家曾是开水局卖甜水的，现在八十多岁的寡母不愿和女儿女婿住楼房，住在这里，使得庄之蝶夫妻俩只好两头住。这是几间

图 6-11　贾平凹的书房——上书房

入深挺大的旧屋，柱子和两边隔墙的板面都是上好的红松木料，上面刻有人虫花鸟浮雕，虽驳脱了许多，还是能看出当年的繁华。左边隔墙后间，老太太睡在那里，老太太五十岁殁了丈夫，六十三岁神志糊涂起来，尽说些活活死死的人话鬼语，做疯疯癫癫的怪异行为。年前，突然逼着庄之蝶给她买一副柏木棺材，老太太就把床拆了，把被褥放在棺材里，从此，以棺材为床。房间里四季窗子紧关，窗帘严闭，屋里案桌上放着一张亡夫遗像，香炉里香灰满溢。墙角上一个蜘蛛旧网，尘落得粗如绳索，庄之蝶拿拐杖去挑，老太太说："不敢动的，那是你爹来了喜欢待的地方！" [57]

图 6-12　封存的甜水井（来源：中华水网）

2）汪希眠的家宅

汪希眠在菊花园街买了一处旧院落，自己修了一座小楼。楼前一株大柳，荫铺半院。又在楼的四周栽了爬壁藤，藤叶密罩，整个楼就像是一个绿草垛子。宽大的石阶上生满了绿苔，一片落叶，叶柄儿缠在那绿苔里，不知怎么着了风，咝咝儿发着颤音。一场雨后使院落不只是清静，简直有些阴冷瑟瑟了。一只猫悄然从楼庭里跑出来，又蹲下，摇着尾巴上到二楼，紧靠楼梯口的一间房子里，汪希眠老婆病恹恹歪在床头，给庄之蝶一个无声的笑。[58]

汪希眠是个画家，靠在大雁塔画册页卖给外国游客和仿画古代名人画发了财，出了名。他钱多好色，女人很多，很少回家，留下一个病恹恹的老婆独守空房。所以，小说中写汪家的家宅豪华清幽，但没有人气，石阶上生满绿苔，落叶缠在绿苔里，一个猫在空荡荡的房子里幽灵般地走动，整个家宅显得阴冷瑟瑟。

图 6-13　绿草垛子般的小楼——却住着一个病恹恹的老婆独守空房（来源：南国今报，颜篁摄）

菊花园街位于西安市东大街中段南侧，南起东厅门，北至东大街，因此处曾广种菊花而得名。小说中汪希眠没在这个家中出现过，把他的家宅安排在菊花园，主要用意是衬托汪夫人的生活境遇、内心孤苦和她清高自守的品格。菊花逢秋绽放，性情高洁，有花中隐士的美誉。庄之蝶与汪夫人早年曾相互倾慕，但彼此灵犀在心，未曾说破，后来两人同病相怜，虽试图走近，但终未越雷池。庄之蝶有四个肉体关系的女人，而保持精神上纯洁关系的女人只有汪夫人。所以，汪夫人是庄之蝶在西京城无处栖居时精神上最后的女人，小说结尾处庄之蝶在火车站中风，周敏拍碎车窗，看到血的对面是汪希眠的老婆。

3）龚靖元的家宅

龚靖元的家是一所保存得很完整的旧式四合院。四间堂屋，两边是厦房。院子不大，堂屋屋檐下与东西厦房山墙的空档处，各有一棵椿树，差不多有桶口粗细。院子前面有一个假山花架，院子门房两边各有一间小房，一为厕所，一为冬日烧土暖气的烧炉。四间堂屋两明两暗，东边是龚靖元的书房，西边是夫妇卧室，中间是会客厅，当厅放着两张并合在一起土漆黑方桌，上边嵌着蓝田玉石板面，四边是八个圆鼓形墩凳。堂门的两旁是两面老式的双链锁梅、透花格窗，中堂上悬挂着八幅红木浮雕人像，分别是王羲之、王献之、颜真卿、欧阳询、柳公权、张旭、米芾、于右任。东西隔墙上各裱装了龚靖元的书法条幅，一边是"受活人生"，一边是"和"。[59]

龚靖元是书法家，西京城大街小巷的牌匾多出自他的手笔，他因儿子龚小乙贱卖光了自己的书法精品而吞金自杀。他家的建筑和室内陈设与其书法家的身份相符，但他死后，家宅的布置和气氛与其身份又极其不符，庄之蝶等人来吊唁时，家中没设灵堂，也无哭声，堂屋亮着灯，却没有人，东厦房里小三间开面，室中有一屏风，屏风外是一个大案板，是龚靖元平日写字之处，现在字画案板稍移动了方位作

图 6-14 居住或室内布置是人的精神写照（来源：凤凰网）

了灵床，龚靖元身上没有盖被子单子，只有宣纸。院子里没有灯，黑灯瞎火，龚小乙毒瘾发作，窝在床上口吐白沫，四肢痉挛，浑身抖得如筛糠，卧室里一片狼藉，四壁破烂不堪，还有一些钱币的残角碎边。原来龚靖元自杀时，把一百元面值的整整十万元一张一张用糨糊贴在卧室的四壁，贴好了嘿嘿地笑，又把墨汁泼到四壁，拿起扒煤的铁耙子发疯地去扒去砸，直把四壁贴着的钱币扒得连墙皮也成了碎片碎粉。

4）阮知非的家宅

《废都》写到阮知非新装了房子，想在庄之蝶面前显摆，庄之蝶偏不理会，只管喝酒，结果酒醉睡到。第二天醒来，看到阮知非的屋子装饰得确实豪华，阮知非说他用的壁纸是法国进口的，门窗的茶色玻璃是意大利出产，单是上海的名牌五合胶板，买了三十七张还不宽裕。又领庄之蝶去看了洗澡间的浴盆，再看厨房的液化气灶具，又看了两间小屋的高低组合柜。

只有靠大厅那间门反锁着，阮知非说：这是你嫂夫人的房间，她房间挂的吊灯是正经日本货。他掏出钥匙拧开夫人房间的门锁，里面一张硕大的席梦思软床上，并枕睡着了两个人：一个是阮夫人，一个是位男人。阮知非介绍道：这是我老婆，什么时候回来的，咱睡熟了竟没听见门响？庄之蝶不知道回答些什么，竟问道：那个呢？阮知非说："那是我吧。"说完拉闭了屋门，牵着庄之蝶又回到他的卧室，打开一个壁柜门，里边是五层格架，摆放着各式各样大小不一的女式皮鞋。他说：我喜欢鞋子，这每一双鞋子都有一个美丽的故事。[60]

阮知非原先是个秦腔演员，后来辞职办起了歌舞团、歌舞厅，成了西京城娱乐业的大亨，红男绿女围绕左右，夫妻私生活互不干涉，只规定礼拜六在一起，生活浮华放浪，及时行乐。他的家宅与四大文化名人其他三位的格调完全不同，几乎没有文化气息，有的只是物质上的奢华和价格上的昂贵，风格互不搭调的国外名牌充斥其间，但物

图 6-15　浮华放浪是城市颓废的另一端（来源：娱乐纵横网）

质上的铺张掩饰不了精神上的贫瘠和生活上的低级。他虽是所谓的文化名人，但却是打着文化的幌子从事迎合人追求感官刺激的低俗文化。从他的生活、事业和家宅中，可以看出古都所受到的现代流行文化、享乐文化的冲击，这是废都之废的另一端。

（2）家宅空间二：唐婉儿的家宅

唐宛儿租住在芦荡巷副八号。《废都》中多处写到她的住处，通过把小说中几处联系起来细读，唐婉儿租住的地方大约如此：这里离清虚庵不远，可以看见清虚庵的建筑，由清虚庵过一个十字路口就可以拐进芦荡巷。临街巷是一个院子，院墙不高，爬满壁藤，从外面可以看到院子里面人的头，院墙中间开一临街的院门，院门缝隙较大，透过院门可以看见院子里的人和物。院子里有一株梨树，一架葡萄，梨树弯曲苍老，树干上有一个洞，葡萄架延展到墙边，边上是厕所。院子后是二层小楼，一层有堂屋、卧室和厨房，堂屋门口正对厨房，厨房的面板上厨具不多，却有一面不大的镜子，卧室有一面窗子对着院子，窗子是老式木格的，分上下两节，下面窗扇固定，上面窗扇合页在顶部，窗扇从里往外打开，需用木棍支撑。上二楼的楼梯在屋外院子里，从楼梯上去是一个平台，可以俯瞰院子和院外的街巷，平台上修个木头亭子，亭子里放着一张石桌、四个鼓形石凳。平台后有三间房子锁着，房东阖家出外旅游了。

芦荡巷是西安城内实有的一条老街，这里明清以后的老宅较多，芦荡巷在过去的几百年里，大部分时候都被称为卢进士巷，它北接南院门，南到五岳庙街，是一条300多米长、5米左右宽的小巷。这条小巷十分幽静，据说明代时，巷子里住着一位姓卢的进士，学问很好，他的许多弟子便在老师家附近居住，还有许多外地学子慕名而来，拜卢进士为老师，这些人也都聚居在卢家周围，这条小巷遂被称作卢进士巷。后来这里一直是文人或富户们置宅的首选，大户院子很多。现在，

图 6-16　西安芦荡巷

这里还有一处姚家大院被作为西安市的传统民居保留下来。

唐宛儿和周敏从老家潼关私奔来西京，没有租住城中村，反而住在这样一个雅静的地方，这里历史上卢进士的故事与周敏拜庄之蝶为师，要跟庄之蝶学习写作相符，她俩在这里宴请了庄之蝶和孟云房夫妇，庄之蝶一进院子，就夸有院子好，院子里的梨树好，墙上的那架葡萄好，他住在楼房上像个鸟儿，没有地气。庄之蝶和唐宛儿在此相识，后来多次在此苟且。

唐婉儿来自农村小城，性情和长相皆活色生香，她的鲜活灵动是废都中的庄之蝶颓废生活的暂时慰藉，庄之蝶只有在她面前才最真实、最英武。芦荡巷和唐婉儿让庄之蝶接上了地气，他们在此相识，在此一步步接近，在此交欢。芦荡巷家宅的格局和环境是很好的外在触媒，促成了他们的交往，如小说中多次写到唐婉儿在院中梨树和葡萄架映衬下的美艳，让庄之蝶怦然心动，唐婉儿思念庄之蝶时，把梨树当成庄之蝶的化身，回忆着葡萄树下嬉戏的快乐，芦荡巷家宅里的窗子见证了她俩的初次交欢，那根支撑窗扇的木棍，是捅破她两心照不宣的窗户纸、促成亲密接触的道具和帮手。唐婉儿家宅的葡萄架和支窗的木棍，很容易让人联想到《金瓶梅》中西门庆与潘金莲因支窗的木棍而相识，又在葡萄架下尽情释放激情。因此，贾平凹把唐婉儿的家宅安排在芦荡巷，以及把家宅空间构筑成如此场景，是经过精心考虑的，这样的安排和构筑，与居住者的身份相符，又很好地推动了情节的发展，外显了活动在其间人的心理状况和精神世界。

西安传统民居是承载着古城西安城市记忆的既有物质文化遗产也有口头与非物质文化遗产的载体。它反映了古都西安独特的地域气质与丰富的人文情感。传统民居建筑本体是物质文化，建筑所寄居的人所具有的风俗习惯、宗教信仰、生产生活方式、家族渊源等等，所蕴含的信息都是珍贵的非物质文化遗产。

从城市规划中要能让古民居的居民过上现代生活，如在保护修复中把上下水、天然气、通信等现代生活设施统一加入城市管网，这样

图 6-17　西安芦荡巷的姚家大院（来源：西安晚报）

就保证了一定数量的居民居住。有专家称，现如今一个旅游境地的吸引力就在于以自身为背景，与地方民俗自然融合成一个整体所体现出来的"人气"。如果居民越来越少，民居势必会成为博物馆性质的参观点，也就失去了其应有的参观者。要保持传统民居的吸引力，同时满足居民的生活要求，可以允许其在房内进行适当装修，满足其对现代生活的需求。不论是内在装修还是建造新的房子，都应挖掘老屋中的精髓部分，包括与自然的和谐、建筑的尺度等等。

6.1.3 《废都》对寺院的描绘——西京城的信仰空间

《废都》里的寺庙很多，如孕璜寺、千佛寺、卧龙寺、桂花寺等，但只是提到它们的名字，一笔带过，并未作细致描写，唯独对清虚庵描写较多，对它的兴衰历史、建筑布局等交代十分清晰，尤其是对其主持慧明着墨很多，慧明的监院升座典礼更是小说的一大关节。把《废都》中有关清虚庵的描写综合起来，它的大致情况如下：

清虚庵始建于唐朝，那时殿堂广大，尼僧众多，香火旺盛超过孕璜寺。明成化年间，关中地震，屋舍倒坍一半，从此一蹶不振，此后虽时有修缮，也只在剩余的一半地盘上。"文革"时，屋舍又被周围的工厂抢占了大半，三十多个尼僧全部离庵而去。后来宗教事业恢复正常，当年庵中的尼僧，死亡的死亡，还俗的还俗，只剩散居在西京郊县的五个虾腰鸡皮的老尼，被请回庵来。她们一进山门，见佛像毁塌，殿舍崩漏，满地荒草，几十只野鸽子扑扑棱棱从那供桌下飞出，一层鸽粪就撒在身上，五个师姐师妹抱头痛哭。她们遂剃了已经灰白的枯发，穿上黛色斜襟僧服，清虚庵早晚又响了幽幽的钟声。

此后数年，她们靠政府为数不多的拨款艰难维持，即使复修了大雄殿，彩塑了观音菩萨，翻盖了东西禅房客舍，却无力修建大雄殿后的圣母殿，庵的前院左右两边，一直被工厂和市民侵占，使庵院成了一个倒放的葫芦状。而这些衰迈的老尼没一个能识文断句，终日只会烧香磕头，背诵当年背诵过的经卷，已遗节忘章不能背全。

佛教协会见此情景，便调来几个年轻尼姑补充到庵里，慧明就是那时来到清虚庵的。慧明帮忙起草收复占地、申请拨款的报告，一切摆布顺当，有了相当影响。在清虚庵，慧明并不立即任当家人，先是尊那老尼出头她做助手，偏故意让老尼出丑，显出窝囊无能来，自己却博得众尼信任，取代了老尼。慧明从此施展浑身解数，上蹿下跳，广泛社交，争取来大批专款，快速修建了圣母殿，彩绘了廊房。

她查到记载清虚庵的文字中有一句"相传杨玉环曾在这里出家"，如获至宝，复印了十多份分别寄给省市民委、佛协；又托人写了一份报告，大谈杨玉环出家过的寺院于宗教史上是如何重要的古迹，且振兴西京，发展文化旅游，清虚庵修复后会成为旅游热点。于是惊动了市长，召开民委、佛协和侵占清虚庵地盘的工厂、单位及房管局等部门会议，要求腾出占地，愈快愈好。结果除了那幢五层居民大楼无法搬迁外，占地全部收回。

慧明又修了山门，虽不是往昔木雕石刻的牌楼，却也不亚于孕璜寺的气派。庵里众尼欢呼，佛教系统佩服，慧明又上下活动，争得了监院身份，选定黄道古日举行盛大升座典礼。

清虚庵的山门直对着城墙的朱雀门，山门外的两根旗杆是宋时物件，崭新的山门外是栅栏，山门檐前挂了红绸横额："清虚庵监院升座典礼"。檐下宽大台阶上安了桌子，白桌布包了，放着红布裹扎的麦克风。两边各有两排五行十个硬座直背椅子。高大的门柱上是一副对联："佛理如云，云在山头，登上山头云更远；教义似月，月在水中，拨开水面月更深。"台阶下的土场上人头攒动，有穿青袍的和尚，有束发的道士，更多的是一些来客和派出所维持秩序的人。栅栏外停了一片小车，市长的专车也在其中。来往行人没有请帖和出入证不得入内，都趴在栅栏上往里张望。各种卖吃食、卖香表蜡烛的小贩就摆摊儿在巷道那边一声声叫卖。

　　过了山门，是一个很大的场地，中间蓄一水池，池上有假山，山上有喷水。许多人拿分币往水面上放，嚷道能放住的就吉利。池后又是一根旗杆，挂着黄幡，两边飘着两根彩带，一直拖地。两边廊房下摆着各类菩萨塑像，个个面如满月，飞眉秀眼，甚是好看。往后是一排经堂和僧舍。登记处那里拥了一堆人，一张桌子后坐了一个老尼姑，面前放着笔墨和宣纸册页。

　　慧明从旁边小圆门里出来，行了佛礼，把庄之蝶等迎进小圆门里。原来又是一个极干净的小院，北边有两间厅房，西边套间里是一圈黑色直式座椅，椅上套有杏黄坐垫，中间是黑漆茶几，上嵌了蓝田山水纹玉石板，香烟零乱。

　　新修的圣母殿前有一个大环锅，里边全是香灰。环锅前是一个焊成的四米长的铁架，铁架上每隔四寸钻有一小孔，成群的男女在那里烧香点烛，烛插满了小孔，嫩红的蜡油淋得到处都是。

图 6-18　信仰空间——尼姑庵：也是废都之废的表现之一

殿东西两边各有小亭，东边亭中竖一石碑，石碑上写着杨玉环入宫之前在此出家，唐玄宗到此拜佛烧香云云，尽是杜撰之辞。西边亭里是一块并不大的碑，碑文是《大燕圣武观女尼马凌虚墓志铭》，碑石是复修庵院时挖出的。亭后竹林中是一条砖铺的小路，通向一所小屋，屋门竹帘低垂，里面光线幽暗，房间里有一张桌，一把椅，一盏灯，一卷经。

清虚庵几乎就是一个小废都，是废都的缩影，但清虚庵不是西安城里的实有寺庙，它糅合了城隍庙、云居寺、八仙庵、小雁塔里的荐福寺、甚至河南洛阳附近新安县的寺庙的场景，是一个经过艺术化处理而虚构的典型环境。历史上，清虚庵的兴废与时代风云的变幻紧密相连，而如今的清虚庵虽然被占的地盘收回，庙宇得以重修，但高大庄严的山门背后隐藏着钩心斗角，看似清静脱俗的寺院却是个藏污纳垢的名利场、淫乱窝。

年纪貌美的慧明从佛学院毕业后，先是挂单孕璜寺，伺机调到衰败中的清虚庵。她虽身在佛门，却上蹿下跳，广泛社交，对内耍手腕打压庵中老尼，收买众尼人心，对外交接官员，编造谎言，获得大量资金和行政资源的支持，重修庵院，爬上监院宝座，举办规模宏大、场面热闹的升座典礼，典礼上的乐队却是阮知非乐团的演员穿着佛衣假扮的。

她虽表面上青灯古壁，但暗地里与孟云房隔墙对话，与市长秘书黄德复勾勾搭搭，以致在庵内怀孕打胎。她出门涂口红，做黄秘书的车。她削发为尼，却涂生发剂，原来她因头发脱落不得已做了尼姑。

清虚庵这块佛门禁地的地盘上却有一个名义上是文化沙龙，实际上是秘密幽会的淫窟的"求缺屋"。她大谈男女之间的事，其精深透彻，倒让人到中年凡俗间的牛月清大为震惊。[61]

贾平凹叙写清虚庵院内东、西两边亭子中的两块石碑，大有深意，暗藏玄机。这两块石碑，一块是慧明请孟云房编造的，杜撰了杨贵妃在此修行，唐玄宗来此烧香拜佛，自然让人联想到李杨在此发生的香艳故事；另一块是《大燕圣武观女尼马凌虚墓志铭》，叙写渭南人马凌虚，鲜肤秀质，环意蕙心，能歌善舞，厌世出家，策名开元庵；后安史乱唐，安禄山洛阳称帝，国号大燕，年号圣武，乱军大将独孤公垂涎马氏，强娶入室，马氏不从，以死殉道。马凌虚，实有此人，墓碑所记之事，实有其事，贾平凹将墓志铭全文照录，但是故事发生在洛阳，墓碑存放在洛阳附近的新安县，贾平凹将之移植到清虚庵的亭子里，既是与杨贵妃唐玄宗淫乱之事相对照，又是与慧明的淫乱之事相对比。

废都的物质之废、文化之废，废都人的精神之废无处不在，连解脱凡俗之苦的最后归宿——一向被认为是清静之所的佛门净地也不能幸免。西京城的信仰空间也与这座千年古都一起废败坍塌了。

清虚庵，是西京城寺庙的具体物化空间，而寺庙积淀着人们关于修行、静心、圣洁等内容的集体记忆和向善心理的现实期待，慧明修建清虚庵的动机以及在清虚庵里的所作所为突破了人们的这种记忆和期待，甚至与此截然相反，这种落差和冲突产生了人们对清虚庵和慧明的双重怀疑，而仅从清虚庵来说，其作为现实功用的建筑空间和精神象征的信仰空间同时失去了存在的合理性，但事实上它却庄严而红火地存在着，这恰是西京城另一种深入骨髓的废败。它与尚礼路的公厕、尚俭路的棚户区、双仁府的低洼区等公共生活空间表里一致的废败不同，它是建筑物理空间的崭新富丽掩藏下的心理期待空间和精神象征空间的表里相反的废败。

图 6-19 慧明与马凌虚古今对比，碑文所记是对慧明的无声反讽。（墓志收藏在洛阳千唐志斋里）（来源：互动百科）

6.2《废都》的建筑意象和空间场所解析[①]

《废都》是一部关于城的小说，故事中的人和事都与这座城有关。这座城既是现实的、历史的、贾平凹住罢了二十年的西安城，"恍惚如所经历，如在梦境"[62]，又是虚幻的、变形的、贾平凹借以安顿精神废墟的西京城。"生产的各种社会关系具有一种社会存在，但唯有它们的存在具有空间性才会如此；它们将自己投射于空间，它们在生产空间的同时也将自己铭刻于空间。"[63] "废都"的这一隐喻性的符号，它的建筑物理空间、生活家园空间、精神信仰空间都是通过人与城的关系而生成的。

6.2.1 城市空间铭刻着人的精神颓废

西京是一座老态龙钟的古城，它是曾有的各种社会关系的产物，也是城里人的城，在现代化的进程中，都市中形成的新的人际关系、新的道德价值观、新的生活方式无论其合理与否，都面临着新对旧的侵蚀，而对于来自乡村，有着浓厚怀乡情绪的贾平凹来说，当他在城里获得成功之后，却既无法衣锦还乡，又无法融入城市，在荷笔独彷徨的疏离中，通过隐喻和嘲讽的方式来悼念城市的失落，而生活于其间的庄之蝶们自然便有"不知周之梦为蝴蝶与？蝴蝶之梦为周与"的恍惚与迷失。所以，庄之蝶感慨：

"十多年前，我初到这个城里，一看到那座金碧辉煌的钟楼，我就发了誓要在这里活出个名堂来。苦苦巴巴奋斗得出人头地了，谁知道现在却活得这么不轻松！我常常想，这么大个西京城，与我又有什么关系呢？这里的什么真正是属于我的？只有庄之蝶这三个字吧。可名字是我的，用得最多的却是别人！"[64]

这是庄之蝶的困惑，但又何尝不是贾平凹的困惑呢？在《废都》

[①] 本节主要内容已以《废都建筑意象的文化隐喻》为题发表在《西安建筑科技大学学报》（社会科学版）2010年第1期上。

"后记"里，我们看到了几乎同样的表述。

如果说身处恍惚与迷失中的庄之蝶们，在梦境般的现实人生中，将自己的精神颓废铭刻在 20 世纪末的城市空间上，那么，像幽灵般穿行在城乡之间的那头牛，则从物种进化、城市对人的异化的时间长轴中，对人类和城市梦魇般的现在和可怕的未来发出了形而上的玄思。

城市是什么呢？城市是一堆水泥嘛！这个城市的人到处都在怨恨人太多了，说天越来越小，地面越来越窄，但是人却都要逃离乡村来到这个城市，而又没有一个愿意丢弃城籍从城墙的四个门洞里走出去。人就是这样的贱性吗？创造了城市又把自己限制在城市。

在这个用四堵高大的城墙围起来的到处组合着正方形、圆形、梯形的水泥建筑中，差不多的人都害了心脏病、胃病、肺病、肝炎、神经官能症。

牛坚信的是当这个世界在混沌的时候，地球上生存的都是野兽，人也是野兽的一种。那时天地相应，一切动物也同天地相应，人与所有的动物是平等的；而现在人与苍蝇、蚊子、老鼠一样是个繁殖最多的种族之一种，他们不同于别的动物的是建造了这样的城市罢了。可悲的，正是人建造了城市，而城市却将他们的种族退化，心胸自私，度量窄小，指甲软弱只能掏掏耳屎，肠子也缩短了，一截成为没用的盲肠。他们高贵地看不起别的动物，可哪里知道在山林江河的动物们正在默默地注视着他们不久将面临的末日灾难！[65]

作者之所以用牛眼和牛思，似乎在警示人们，这个连动物都看出和知晓的事实和道理，难道人类自己可以不以为然而熟视无睹吗？值得庆幸的是，人类并非如此，在此前或此后的诸如《二十一世纪议程》及联合国关于人口、社会发展、妇女、城市和粮食安全的各次重要会议的决议，以及像《后天》之类的影视作品中，人类对自己面临的危机拉响了振聋发聩的警报，联手或局部的行动所产生的效果正在显现。但回过头来，我们不能不对 16 年前那头殉道为鼓（老牛的皮蒙成了挂在北城门楼上的一面大鼓）的老牛的先知先觉而心生敬意。

值得一提的是，贾平凹显然把这只牛皮大鼓当成一个隐喻。小说中阮知非要买那牛皮，庄之蝶说："卖是不卖的，但可以让你们拿去蒙鼓，只要能保证这面鼓除了文化节，也要在以后还能悬挂在北城门楼上，让它永远把声音留在这个城市，也就行了。"[66] 最后，庄之蝶要离开西京时，"抬起头来，那北门洞上挂着'热烈祝贺古都文化节的到来'的横幅标语，标语上方是一面悬着的牛皮大鼓。庄之蝶立即认出这是那老牛的皮蒙做的鼓。鼓在风里呜呜自鸣。"[67] 这鼓不仅是对古都文化节的反讽，它挂在城门楼上，呜呜自鸣，永远把声音留在这个城市，更是对这座没落废都中的人们的一个恒久的警示。至于用大熊猫来作古都文化节节徽的情节，也显然是作者不敢过于唐突"国宝"的更为晦涩的隐喻。

图 6-20　古都文化节节徽大熊猫，隐喻都市的退化（来源：集邮天地）

6.2.2 建筑形象与人物形象的双向生成

不仅如此,《废都》的结构,在人与城的关系构建中,总是以人与人的关系来展开情节的,小说一开始便隐喻了全书人物谱系的大脉络。一只收藏多年的黑陶盆,盛着从杨贵妃坟头取回的土,竟莫名其妙地长出四朵颜色各异的奇花。这四朵奇花隐喻着小说中与庄之蝶有着肉体关系的四位女主人公——牛月清、唐宛儿、柳月、阿灿;而西京上空正午时出现的四个太阳("白得像电焊光一样的白,白得还像什么?什么就也看不见了,完全的黑暗人是看不见了什么的,完全的光明人竟也是看不见了什么吗?")则隐喻着西京城里的所谓四大文化闲人——庄之蝶、汪希眠、龚靖元、阮知非[68]。小说中主要人物居住环境的建筑意象,不仅是人物性格生成的背景和原因,也是作者通过人物来感知城市的主要通道。

美国建筑史学者理查德·桑内特(Richard Sennett)①在《肉体与石头——西方文明中的身体与石头》一书中,把人类城市发展史概括为三种身体形象并对应于身体的不同器官,即耳朵和眼睛、心脏、动脉和静脉,他还认为人们感知城市、判断城市、参与城市生活也是按照这三种身体器官依次进行的。[69]

如果按桑内特所言,城市和人一样是一个复杂的活的有机体,而人感知城市一如感知人的身体,那么,《废都》中关于西京城的建筑形象和城中人的人物形象的交错描写和双重颓废,便有了隐喻的可能和力度。

庄之蝶对女性的肉体感知,隐喻着城与乡分野。牛月清的祖宅双仁府,有着辉煌的过去但如今已经败落,里面有着一位常年躺在棺材

---

① 理查德·桑内特(Richard Sennett),1943年生于芝加哥,1969年获哈佛大学博士学位。主要著作有:《19世纪的城市》(1969)、《阶级中隐藏的伤害》(1972)、《眼睛的良心》(1990)、《肉体与石头——西方文明中的身体与城市》(1994)、《不平等世界的尊敬》(2003),以及三部小说。

里的阴阳不分的老太太,这里古旧、低洼、晦暗、潮湿,是具体而微的西京城,而牛月清虽有名门闺秀的美丽和贤惠,但传统而保守,给庄之蝶的肉体感受如同"奸尸"(庄之蝶语),庄之蝶对她的阳痿是肉体上的,更是精神上的,是对人的,也是对城的。唐宛儿、柳月、阿灿都不属于西京城。庄之蝶一进唐宛儿的家,"直嚷道有院子好,院子里这棵梨树好,墙上这架葡萄好。我住在那楼房上像个鸟儿,没地气的!"[70]这里的建筑格局俨然是一个乡村小院,这儿的名字叫芦荡巷;而柳月来自陕北农村,作为保姆,她在城里没有家;阿灿来自安徽农村,她租住的地方是连女人都光着上身的城中村棚户区,这儿的名字叫普济巷。庄之蝶的阳痿在这三个投射着乡村建筑意象的女人身上奇迹般地英武起来。如此,庄之蝶对肉体的奇异感知,连同这双仁府、芦荡巷、普济巷的建筑名称,其中的隐曲妙义也都"楚天云雨尽堪疑"[71]了。

《废都》中,与庄之蝶有着过去时的恋情而无肉体关系的女性有两位——汪希眠老婆和景雪荫,她俩与庄之蝶现在时的关系,一个是凄凉的同情,一个是冷漠的敌对,而小说对她俩居所的建筑意象的描绘,一个是熟悉而具体的,一个是陌生而模糊的。

汪希眠老婆住在菊花园街,"一处旧院落而自修的一座小楼。楼前一株大柳,荫铺半院。又在楼的四旁栽了爬壁藤,藤叶密罩,整个楼就像是一个绿草垛子。庄之蝶先在那院门框上按了门铃,半天没人来开,一推门,门才是掩着的。深入了,院子里还是没有人,也不见保姆和老太太出来。宽大的石阶上生满了绿苔,一片落叶,叶柄儿缠在那绿苔里,不知怎么着了风,咝咝儿发着颤音。庄之蝶觉得一场雨后使这院落不是清静,而是有些阴冷瑟瑟了。"[72]这段建筑意象的描写有两个特点,一是绿意盎然,一是清静阴冷。庄之蝶对汪希眠老婆的感知何尝不是如此,她年轻时暗恋着庄之蝶,至今这种柏拉图式的纯情依然保持，庄之蝶从喧嚣浮躁中来到这里，突然安静下来，她虽然经常空闺独守，身体病弱，但安静温情，与庄之蝶同病相怜。庄之蝶在这里感知到了这座城市的落寞、病弱和无望的凄美。

景雪荫，在小说里始终未与庄之蝶见过面，也没有关于她的住所的描写，只是通过周敏的口侧面透漏出她的"高贵"和"能耐"，但小说自始至终贯穿着一条线，那就是她与庄之蝶的官司。景雪荫代表着城市中的强势权力，"景雪荫虽在厅里是一个处长，可文化厅里除了厅长，上下哪个敢小觑了她？说出来你冷牙打战，如今省上管文化的副书记是她爹的当年部下，宣传部部长也曾是她爹的秘书。老头子现在调离了陕西，在山西那边还当着官，虽人不在了陕西，老虎离山，余威仍在嘛！"[73] 面对这张权力之网，庄之蝶的名人效应彻底失效。他试图通过种种努力来达成和解，包括写信给景雪荫用情感打动，用金钱字画贿赂法官，把柳月嫁给市长的儿子等等，但都无法化解这场本来与庄之蝶关系不大的冲突。庄之蝶与景雪荫这种模糊的隔岸交火，庄之蝶的最终失败，使他感知到了城市中爱情的死亡、人情的冷漠、世道的炎凉、努力的失效，他奋斗成名，反被名累，他被裹挟到城市的大网里，左冲右突，找不到出口，无助又无望。这就是庄之蝶与景雪荫的关系所隐喻的城市生态。

四大文化闲人的宅第小说里皆有描写。庄之蝶的宅第有两处：一处在散发着僵尸般阴森晦暗气息的双仁府；一处是北大街文联大院——这是一个机关大院，铁栅栏大门旁的传达室里，看门老太太的麦克风传出的是"庄之蝶下来接客"，活脱脱的旧时妓院的老鸨，那么文联大院不就成了妓院，何况人们还常把"作协"误听为"做鞋"。从这种后现代的戏谑式的叙写中，可以看出作者把一向被认为很高雅的文化事业处理得毫无崇高可言，几乎是在自我作践和自我嘲讽。

汪希眠的家在菊花园街。他是画家，有钱，又好女人，公开说作画时没有美人在傍磨墨展纸，激情就没有了。他靠做假画发了财，对外面的女人易动真情，很少回家，留下孤独病弱的老婆守着他们凄美而阴冷的小楼。

龚靖元的宅第有两处。一处是抽得三分人样七分鬼相的败家子——龚小乙所住的麦苋街二十九号，肮脏零乱如狗窝，散发着尿臊味；一处是保存得很完整的旧式四合院，后来成了他的灵堂。龚靖元是书法家，爱收藏名人字画，好与女人逢场作戏，最大的特点是嗜赌成性，因赌被抓成了家常便饭，最后龚小乙变卖了他一生收藏救他出来，他悲凉至极，万念俱灰，自杀而亡。死后的宅子没人哭丧，不像灵堂，让活着的三位名人不寒而栗，兔死狐悲。

阮知非的家，装饰豪华：壁纸是法国的，门窗玻璃是意大利的，吊灯是日本的。但那一张硕大的席梦思软床上，并枕睡着两个人：一个是阮夫人，一个是位男人，不认得，阮知非说：那个是我吧。他卧室的壁柜里尽是各式各样大小不一的女式皮鞋，每一双鞋子都有一段美丽的故事。阮知非是戏剧家，歌舞团团长，人马分为两拨，一拨由城市转入乡下，一拨在西京城里开办四家歌舞厅，在西京城人模狗样的人物，原来是日鬼捣棒槌，他没有千古留名的野心，他是活鬼闹世事，成了就成，不成拉倒，要穿穿皮袄，不穿就赤净身子。

以上四大文化闲人的人物形象和他们宅第的建筑意象是交互契合而又具有反讽意味的，人物形象和建筑意象的相互映衬，立体地凸显出废都里知识分子的没落颓废和废都文化的暮气沉沦。

6.2.3 建筑意象、空间场所的隐喻

《废都》除了总体的城市意象和主要人物住所的建筑意象具有明显的隐喻性之外，散落于作品中的众多细节中的建筑意象同样具有或明或暗地隐喻效果。

美国建筑史家肯尼斯·弗兰母普敦对19世纪欧洲城市的扩张有

这样一段描述：

"这种爆发性的增长速度使旧的邻里街坊沦为贫民窟，出现了许多粗制滥造的住宅，……密集的发展不可避免地造成了采光、通风和公共场所的不足，造成了卫生设施如厕所、洗衣房和垃圾站的短缺。由于排水系统的落后和年久失修，造成粪便的堆积以及洪水泛滥，这种状况必然引起发病率提高。"[74]

令人惊奇的是欧洲现代化初期的城市病，几乎完整地出现在《废都》对西京城的描述中。城北阿灿所住的尚俭路普济巷低矮拥挤、杂乱燥热；城东的双仁府以及十几个低洼区积水难排、顺子娘被砸死于粪坑中；城东的鬼市路灯昏黄暗淡，交易的人衣衫破旧，蓬首垢面，路灯遂将他们的影子映照在满是阴苔的城墙上，忽大忽小，阴森森地吓人；城西北处居民区，一个夏天水上不了楼，家家住现代洋房却买水瓮；六府街一直没有通自来水，西京这么大个现代城市竟然还有一块没水吃；主管厕所建设规划的王主任却对厕所设计师阿兰说这条巷没有厕所，隔壁尚礼路靠左边是厕所，那里苍蝇多，你跟着苍蝇走就是了；西京城突然出现了许多不知名的小虫子，人被叮得身上发红奇痒；城东区开辟了一个神魔保健街，魏晋时期社会萎靡，就兴过气功，炼丹；庄之蝶心里直骂这么大个西京城没个供他安静的地方，在清虚庵求得一处"求缺屋"，但那里却成了他与唐宛儿、阿灿，赵京五与柳月等人偷情的淫窝；清虚庵本是佛门圣地，但主持慧明玩弄权术，与政客狼狈为奸，大肆铺排升座仪式，还怀孕打胎，在庵内静养；西京是十三朝古都，文化积淀深厚是资本也是负担，各层干部和群众思维趋于保守，经济发展落后，城建欠账太多，任职三年五载就调动的官员便搞起了短期的政绩形象工程：修复城墙，疏通城河，改建了仿唐、仿宋、仿明清三条仿古大街……如此等等，令人触目惊心。

城市的乱象和功能的异化，使得我们关于建筑的梦想——作为身体的庇护和灵魂的栖所——幻灭成滋生肉体和精神双重疾病的温床。然而，拂晓始于黄昏，《废都》发表二十多年后的今天，"城市曾经是疾病的最无助和最凄惨的受害者，但是它们后来成了疾病的最大战胜者"。[75] 虽然城市的现代病有望康复，但这丝毫不影响《废都》作为病情诊断和病历记录的存在价值。

6.3 小结

本章首先对《废都》中描写的西京城的建筑物理空间、生活家园空间、精神信仰空间等进行梳理与归纳，然后对此文化内涵和文化意义进行解析。

《废都》在讲述两件异事之后，随着主要人物的登场和故事情节的缓慢推进，西京城的街巷里弄、楼台庙宇、院落堂馆、店铺门面……如一幅幅建筑写生画在读者眼前渐次展开。这些西京城的单体建筑物象连缀起来，便组成了西京城城市空间的轮廓和外观远景天际线，西京城的总体形貌在不经意中被勾勒出来。

《废都》除了用散点透视的方式，将一些重要建筑节点连缀起来，构成西京城的大轮廓之外，还通过多处特殊场所的细描，将笔触逐步向城市的内部肌理伸展，以展示西京城历史悠久的城市文脉。作者着意从民间的、市井的角度选取一些至今依然鲜活的场所，来体现西京城代代相传、生生不息的古意，其中东城的鬼市和西城的当子最具代表性，此外，还有西大街的城隍庙商场、正学街的锦旗一条街。鬼市是二手旧货的黑市、当子是花鸟虫鱼自发市场、城隍庙是民俗小件市场、正学街是锦旗牌匾专门市场。在西安城内，以前几乎每条街代表着一个古老的行业，几乎每一条街巷都有着诉说不完的故事。老街巷承载着一个城市的历史，记录着这个城市的时代印迹和市民生活的变迁。但是，随着时代的变迁，不少老街巷都已经发生了巨大变化，有的已经不复存在（如鬼市），而《废都》为城市保留了它们的面容和古今变化的历程。从中我们可以汲取得与失，为城市未来的成长和特色个性、历史文脉的保持而科学合理地筹划。

《废都》对城市公共空间中的几处生活环境进行了细致描写，主要有尚礼路公厕、尚俭路普济巷一带的棚户区及其比邻的"道北"地区、西城门一带的城市低洼积水区等。建筑现象学力主通过人的身体和感觉器官来感觉建筑、空间和场所，同时强调情节对建筑和空间的意义。由于小说的叙述具有场所特性和空间中的具体情节，使上述几处市井生活环境的细描最大限度地还原了西京的"废都"景观，凸显了人与城的关系。

《废都》还对西京城的内部私人空间，即小说中主要人物的家宅，进行了细致的描摹。主要有四大文化名人（庄之蝶、汪希眠、龚靖元、阮知非）的家宅和唐婉儿的家宅等。

《废都》里提及的寺庙很多，如孕璜寺、清虚庵、千佛寺、卧龙寺、桂花寺等，清虚庵是小说着墨最多的一个，它几乎就是一个小废都，是废都的缩影。清虚庵的兴废与时代风云的变幻紧密相连，而如今的清虚庵虽然被占的地盘收回，庙宇得以重修，但高大庄严的山门背后隐藏着钩心斗角，看似清静脱俗的寺院却是个藏污纳垢的名利场、淫乱窝。西京城的信仰空间也与这座千年古都一起废败坍塌了。功用的建筑空间和精神象征的信仰空间同时失去了存在的合理性，但事实上它却庄严而红火地存在着，这恰是西京城另一种深入骨髓的废败。它与尚礼路的公厕、尚俭路的棚户区、双仁府的低洼区等公共生活空间表里一致的废败不同，它是建筑物理空间的崭新富丽掩藏下的心理期待空间和精神象征空间的表里相反的废败。

西京是一座老态龙钟的古城，在现代化的进程中，又产生了新的建筑空间、新的人际关系、新的道德价值观、新的生活方式，面临着新对旧的侵蚀，城市空间铭刻着人的精神颓废，城市对人的异化越来越明显。《废都》中关于西京城的建筑形象和城中人的人物形象的交错描写和双重颓废，这便是小说所隐喻的城市生态。城市的乱象和功能的异化，使得我们关于建筑的梦想——作为身体的庇护和灵魂的栖所——幻灭成滋生肉体和精神双重疾病的温床。然而，拂晓始于黄昏，《废都》发表二十多年后的今天，"城市曾经是疾病的最无助和最凄惨的受害者，但是它们后来成了疾病的最大战胜者"。虽然城市的现代病有望康复，但这丝毫不影响《废都》作为病情诊断和病历记录的存在价值。

7

《白夜》《土门》《高兴》中的西京

7.1《白夜》中西京城的空间场所及建筑意象解析

7.1.1 西京：一艘搁浅的船

《白夜》把西京总体看成一只搁浅的船，小说写到夜郎路过钟楼，看到江浙一带来的工匠正在装饰钟楼的八角飞檐，钟楼下一块石碑，记载西京城原来是一条河流干涸后修了一条大街，为了纪念这段历史，城墙修成船状，钟楼筑成塔的模样，象征船的桅杆。

这显然是作者的想象和杜撰，没有科学考证的根据，但从现象学的思维来看，作者如此想象，源自人对这座城的直觉感知。

首先，西京本来有八水绕城，现在河流干涸，城市缺水，这在小说写作时的20世纪八九十年代表现尤为明显，大旱是西京城的人的一种遗传性的恐惧。因此，对城市缺水的焦虑，人们自然会产生各种本能的想象。小说中还写道，一天清晨，城北门里发现了一条大蜥蜴，清洁工被当场吓死，蜥蜴后来被捉住，在电视上展示，闹得人心惶惶，风水大师刘逸山说这是大旱的灾象；不久，西京郊县又发现一个谁也不认识的大肉球，村民也把它当作灾象，把它剁碎煮汤喝了避灾，还纷纷用黄线编织裤带消灾。这些天人相应的预言民间屡见不鲜，这些想象根深蒂固，其心理逻辑与对西京城是一艘搁浅的船的想象是一脉相通的。

图 7-1　西京是一艘搁浅的船，源自人对这座城的直觉感知（来源：百度图片）

其次，一艘搁浅的船，是作者对西京城古今变迁的一个形象的隐喻。西京曾是十三朝古都，其恢宏的气势，充沛的活力，如乘风破浪的船，而今气势丧尽，活力全无，与一艘老旧搁浅的船无异。小说中还写到西京城墙古今的变迁，夜郎走到南门里的小公园，心想"如果是两千年前，城墙头上插满了猎猎的旗子，站着盔甲铁矛的兵士，日近暮色，粼粼水波的城河那边有人大声吆喝，开门的人发束高梳，穿了印有白色'城卒'的短服，慢慢地摇动了盘着吊桥铁索的辘轳，两辆或三辆的车马并排开进来，铜铃咣咣，马蹄声脆，是何等气派！"[76]而如今，自行车与汽车争抢道路，杂货摊、小吃摊摆满一路，清洁工带着脏兮兮的口罩有一下没一下挥着扫帚，扫得尘土飞扬，而赤着上身、瘦骨嶙峋、戴着墨镜的卦师挪动着贫贱的步子，因此，夜郎感慨道：西京"哪里又像现代都市？十足是个县城，简直更是个大的农贸市场嘛！"[77] 昔日城墙的雄壮和人的威武与今天城墙的破败和人的猥琐，正是这艘搁浅的船的具体表征。

在《废都》里，作者称"城市是一堆水泥"，主要着眼于城市缺少诗意栖居的有机生态，缺少生机和地气，缺少人的情义和温暖，只是冷冰冰的物的堆砌；在《白夜》里，西京是"一艘搁浅的船"，主要着眼于城市的古今变迁，着眼于其活力的丧失、气象的衰微。虽然着眼点不同，但人对城的心理感受是相同的，两部小说都写到城墙上幽咽哀怨的埙声，都有对城市让物种退化的议论（如《废都》中的老牛，《白夜》中不会逮老鼠的猫），都有对魔幻现象的叙写，这些描写共同组成了作者对西京城的主观感知和生活体验。

《白夜》对西京城两千年前的城墙那种威武雄壮场面的缅怀，尽管是一种缺乏历史真实的想象，但从现象学的立场来看，这种想象映射出人们对理想城市的追怀，是对现实城市不满的一种补偿。对现实的西安城墙来说，它只有600多年的历史，在这600年里，它不但是西安人生活的背景，更以一种静默的方式，渗透在西安人的记忆和生命里。想象总是会受到愿望的指使和好恶的左右，对城墙历史两千年的夸张和威武雄壮场面的美化，不一定符合科学意义上的事实，但从人的内在时间意识来说，建筑物及其组成的空间的价值总是随着时间的加长而同步增值，其体现出想象者对现状的不满和对重塑辉煌的愿望则是最真实的事实，这种真实里也隐含着想象者对想象物（城墙）记忆上的自豪与崇敬。这种自豪与崇敬或加大了对现状的不满，或冲淡了对现状的不满，但却增加了人对城墙感知的丰富性和复杂性，人与城的关系因而变得更为立体和多元，城对人的意义也因此而更为密切和丰满。

7.1.2 竹笆街七号：魔幻空间与现实空间的错位与对应

《白夜》开篇的写法与《废都》一样，也是用了一个带有魔幻色彩的异事。说再生人背着古琴拿着一把黄灿灿的铜钥匙，来到竹笆市街7号去开戚老太太家的门，钥匙打不开门，就喊戚老太太的乳名，戚老太太开了门，再生人向她诉说自己是她上一世的男人，为了让戚老太太相信，他说出了竹笆市街许多昔日的场景以及她两在此生活的一些细节，戚老太太从这些叙说中确信了再生人的确是她上一世的男人。再生人对戚老太太的诉说带出了一段关于竹笆市街的描写和生活记忆：

> 过去家家以竹编过活，现在还是，他那时编门帘，编筛箩，编扇子，编床席，十二层的小蒸笼不点灯搭火也能摸黑编的。……八月十八日的清早他去买粮，她是蹲在马路边的石条上，呱啦呱啦用竹刷子涮便桶，涮完了，揭底一倒，浮着泡沫的脏水随石板街石往下流，水头子正好湿了他的鞋。他穿的是白底起跟皂面靴的，跺着脚，才要骂，阿惠仰头先吐舌头，又忙陪了他一个笑。这笑软软和和的，这就是缘分，从此他就爱上了她。譬如腊月二十三，夜里没月亮的，两个人在城墙下幽会，靠的是龙爪槐树，树哗哗地抖，抖一地的碎片叶子。……你背上那个肉猴子，是我二月二在城隍庙里求的彩花线，回来勒住了脱落的。后院那堵矮墙还在不在？你每次梳头梳下的头发绕成一团塞在墙缝，我的一颗槽牙也塞在墙缝。[78]

小说的本意是再生人通过这些曾经发生的生活细节，唤醒戚老太太对过去的回忆，从而使戚老太太相信他真的是她死去的男人并有过一段美好的生活。由于这段叙述与建筑空间和场所精神密切相连，因而具有解析建筑空间与生活情节关系的范本意义。

根据建筑空间和场所理论，"场所精神往往建立在人们对环境的真切感知与生活体验上，人们对某一空间的记忆与其中发生的文化事件、生活情节关联在一起。"[79] 再生人对竹笆市街的叙述，总是把建筑的物理空间和发生在其间的生活事件联系在一起，如把竹笆市街的整体印象与家家编竹活及各种竹器联系在一起，马路的石条与戚老太太蹲在上面涮便桶，石板街与浮着泡沫的脏水及其湿了他的鞋，城墙及边上的龙爪槐树与约会，城隍庙与彩花线勒脱背上的肉猴子，后院的矮墙与梳下的头发及掉落的槽牙联在一起。这些生活情节使得竹笆市街及其戚老太太的住所具有了建筑的场所特性。由于竹笆市街建筑空间中的这些情节的存在，使得空间中的每一个建筑物与人的感觉情感紧密相连，建筑物不仅在功能和形式上的形象更为清晰，而且有了意味和活力，也有了感染力，强化了人对建筑物和建筑空间的体验，复活了人对它们的记忆。这种感染力和复活记忆的效果，不仅对小说中的戚老太太起作用，而且对曾经生活在此或游历过此地的人同样有

图 7-2　西安市竹笆市街旧景（来源：西安晚报，赵珍摄）

效。而对从未到过此地的小说读者来说，可以通过这些情节触动想象，把各自生活中类似的情节移植到类似的建筑空间里，这样读者不仅是小说所描绘场所的旁观者，而是融入自身体验的积极的参与者，建立起自己对竹笆市街的场所感。这样建立起的场所感，比作为旁观者去参观而得到的印象更为深刻，更为难忘，这丰富了他对竹笆市街的体验，如果读者是个建筑设计师，这种体验和场所感会不自觉地带到他未来的设计之中。这样，小说对建筑的意义就实现了，而通过这种途径建立起来的建筑师的素养，恐怕很难用其他途径代替。

《白夜》接下来写到戚老太太把再生人留了下来，从后院的香椿树上摘下一些嫩香椿芽做小菜，等孩子们回来一起吃，但孩子们不认再生人这个爹，还说要去报案，戚老太太便在香椿树上吊死，再生人抱着古琴在街上诉苦，两天后自焚在竹笆市街上，宽哥从再生人自焚的灰烬里捡到一把钥匙（这把钥匙是小说的一个重要道具），后来，在再生人自焚的地方建起一座宾馆——平仄堡。

平仄堡是仲尼琴形，远看起起伏伏，里面转弯抹角，门口五只青石狮雕，前腿直立，双目对天，看着就觉得眼睛要红了，与通常狮雕做儿女择婿状的憨态迥异。然而宾馆建成后，怪事发生了，对面竹笆街丁字路口的居民每户都有夜里梦见狮子咬人的，并陆续患心肌梗死死去，传说是风水太硬，居民便在自家门首挂镜子，用红绳系石狮，但人还是不停地死，居民便到宾馆闹事，宾馆只好把狮雕移走，并被迫请秦腔团来演鬼戏以镇邪。小说的这些情节从建筑学的角度来看，有两点值得解读。

首先，建筑师把宾馆的外形设计成仲尼琴形的灵感，来源于再生人的故事。建宾馆的地方恰是再生人自焚的地方，再生人是抱着古琴自焚的，古琴通过宾馆而再生，竹笆街的竹编与古琴也有外形上的同形同构之处，它们与宾馆的设计外形都有外在的形似；而设计师的匠

图 7-3 宾馆外形与音乐内涵（西安城堡大酒店）

心在于挖掘出再生人的故事与宾馆建筑之间内在的神似，人们常说"建筑是凝固的音乐"，不仅从外形上宾馆建筑把代表音乐的琴凝固下来，而且建筑凝固音乐，还指建筑的结构、布局、空间组合具有音乐般的节奏和旋律，小说这里更指向音乐的内涵与宾馆的特性，再生人的古琴弹奏的是一曲无法回到家园的人生悲剧，他回到以前竹笆市街，街市依旧，家宅未变，但钥匙开不了家门，孩子不认爹，妻子上了吊，他回不了家的悲情依托古琴的弦音传出，而宾馆不是家园，不能给人身心的归属感，它只是匆匆过客暂时的旅店，所以，古人常常用旅店

（像"客舍""逆旅"等）来比附人生无常的悲哀，如"人生如逆旅，我亦是行人"。[80] 而琴音本身具有的高古幽怨的特性，也容易诱使人们产生悲剧性的联想和心理趋势。再者，宾馆的名字平仄堡，对宾馆建筑也是一个很好的诠释，平仄，是诗词格律的重要内容，本是中国古典诗词对文字音乐性的充分运用和要求，它体现了文字抑扬顿挫的音乐性可以增强文字内容的感染力，宾馆建筑的外形和内蕴都隐含着音乐和人生起伏变化的旋律，名字平仄堡正是对这种设计内涵的点题。因此，"把一段残酷的悲剧衍变成了美丽的音乐境界"[81] 体现了小说中的建筑师（其实是小说作者）挖掘到了宾馆建筑与再生人故事之间内在联系的神韵。这对现实中的建筑设计和建筑设计师不能不说具有案例性的启发和借鉴意义。

其次，平仄堡门前的狮雕及其对竹笆市街居民风水上的影响不一定具有科学上的合理性，但却有着民俗学和心理学上的可信性。在中国，风水之说，由来已久，长期以来有人把它当作封建迷信，予以批判和抛弃，有人把它当作神圣的律条，予以褒扬和遵循，更多人因其神秘性和模棱两可性，而对它将信将疑。中国风水讲究建筑的选址、方位、布局与天道自然、人类命运的协调关系，是中国人趋吉避凶、避祸纳福的一种价值取向，其核心思想是天地人合一观念。不管怎么说，风水已经成为与建筑有关的中国传统文化的一部分。类似《白夜》中平仄堡门前狮雕的故事在现实中大量存在，小说中的描述并不比现实中的说法更离奇。

从现代科学的角度来看，小说中平仄堡门前狮雕的故事是民间风水传说的反映，狮雕与死人之间没有必然的因果关系。但宾馆建筑体量庞大，造型奇特，对相对低矮老旧的竹笆市街的民居构成一种压迫感，尤其是狮雕的形态"前腿直立，双目对天，看着就觉得眼睛要红了"，与通常狮雕做儿女择婿状的憨态完全不同，而且五只造型相同

图 7-4　门前石狮与民间风水学有关（来源：时光网）

具有凶相的石狮一字排开，其阵势更为威猛可怕，石狮群雕的这种设计效果能给人心理上造成较强烈的恐怖感，加之民众心理上长期存有风水之说的积淀，这两者的遇合，致使民众产生梦见狮子咬人、把死人归因于狮雕的想法，从民俗学和心理学上来说，是有其合理性的。因此，建筑设计要顾及建筑物及其构成空间对人的心理影响，在传统深厚、风水思想深入人心的中国，一味地科学理想主义恐怕很难行通，而应把建筑的心理影响与风水传统集合起来考虑，汲取风水民俗中的有益成分，使建筑科学、建筑艺术与民俗传统在建筑文化中和谐统一。

竹笆市是西安城的一条实有老街，为南北纵街，南起南院门的粉巷，北至西大街，正对着鼓楼的南门洞，长 417 米。从明代至 20 世纪八九十年代，这里一直是以经营木器、竹器为主的商业街，而以买卖竹器最具规模，故名竹笆市。今天竹笆市里竹器木器店铺已经很少，传统的竹器作坊在此已经绝迹。竹笆市街在改造过程中，虽然的确新建一座宾馆，但从名字到建筑格局与小说中的平仄堡都不同，平仄堡的素材原型另有他地。当然，小说中描述的发生在竹笆市街的再生人的魔幻故事也是作者的虚构。

7.1.3 半园与荒园：俗与雅的分野

夜郎的住处是保吉巷七号院的出租房，他把这里戏称为"荒园"：

这是城西区的保吉巷，巷窄而长，透着霉气。一个趿着拖鞋的人从那头踅进，人还老远，吧嗒声就响过来。有家开了门，"哐"的泼水，月光下一片碎亮，且浓浓的腥味，……七号院的门虚掩着，泡钉门环上贴着门神，……夜郎踏着院门边的斜梯上到二楼，捅开了租借的那间房子，……朦胧的光亮里，四壁皆空，那面挡风挡雨挡光的以床单代用的窗帘，老鼠又在上面撒了新尿，一角的挂钩也掉了，软塌塌地垂着。床那边的墙根，堆放着锅、盆、碗、米袋子、凉鞋、书籍和一堆脏衣脏袜，床的这边是两把座椅，乡下人用的柳木烤弯制作的那一种，中间放一个装啤酒的木箱，上边一个电炉，两只粗杯，算是厨房和茶案了。"哦，荒园。"[82]

虞白的家宅在清风巷，夜郎在吴清朴的引见下来到虞白的家：

房子并不大，一厅两室，家具简朴，布置素净，唯北墙一张长而窄的木案上供奉一尊大的石雕佛头，双耳塔顶的赭石透镂香炉里有香烟袅袅如丝。琴桌后边的窗子极大，灰白的帘布沉沉垂地，靠窗有一门，装有细眉竹，竹竿斜靠了，可以看出是通向后院，院颇小，幽然安静，正与民俗博物馆的主厅相接，有砖封的门洞，而厅东檐的错综复杂的一角砖木直伸院中。一株白皮松斜冲向高空，到了门框上角还不见枝叶。似乎还有假山矮树，……[83]

虞白房子的后院，即半园：

南面的墙很高，墙端有明瓦暗砖雕饰，上盘滚道溜脊，卧有玻璃凤，墙壁正中，嵌一块方方正正砖雕，凸透着一条欲出云雾的龙，刻工叹为观止。回头东面，也正是房的后门，却正好矮墙与楼接在一起，在墙头伸过来一面门楼的后檐，想象那里应该是另一院落入口，上有横额,书着"半园"二字。地是用各色小石子铺就,有许多图案。假山不大,千疮百孔,旁有一高一低数米长的石柱如枯木。假山过去,或者就在假山的下面,有一泓水,绿幽幽的,竟通过那堵墙而不知了来去。再是奇木异草。夜郎说:"这假山是太湖石,水上短桥是蓝田玉雕的,石墩是砚石材料,地上石子铺的图案……我看出来了,是拐杖、笏板、笛子、葫芦、花篮、长剑……这是暗八仙。园子叫半园,名字起得好。"虞白说:"虽是半园,却是四季景色,这假山下一蓬迎春花是春,池里有浮莲为夏,那株梅棠是秋,白皮松却是冬了——你没看出来!"[84]

图7-5 住处或园林题名,都隐含着人的意趣,"半园"便是如此(来源:互动百科)

夜郎和虞白是《白夜》中最主要的两个人物,小说对这两个人的家宅分别进行了上述描写。夜郎来自农村,他租住在保吉巷的大杂院,和城市中最底层的人混住在一起,他租住的院子和室内一样凌乱不堪,只能维持基本的物质生活,没有任何精神享受上的陈设和物件,而这间房子里只有被彦铭欺骗的悲情记忆,他一踏入这间房子,远大的理想便离他而去,这里不是给他以归属感的家园,反而让他感觉是鬼狐出没的荒园,他产生了幻听,总觉得有人在敲门,以至于他又离不开这座荒园,像一个吸毒的瘾君子一般躲在这里做他的白日梦。他在这里常常做着同样的梦，梦见自己在一所白得像是装了玻璃的房子里，四壁看上去什么也没有，但他就是走不出去，走过去就碰壁，后来墙平铺开来，他走出来了，脚下的墙却软如浮桥，墙随脚上下起伏，使他无法迈步。后来，他患上了夜游症，拿着再生人留下的钥匙，在城市里寻找已经不复存在的竹笆市街七号的那座老宅，但他始终打不开老宅的门。梦境和梦游是他潜意识的反映，他寻找房子，寻找理想的家园。但现实中的老宅已经拆除，颜铭已从他生活中消失，他走进了半园，把钥匙交给虞白，试图打开虞白的家门和心门。

虞白的祖上是西府的首富，以商兴家，以财捐官，留下西京城里的一片大宅院，到虞白父亲，他只雅好音乐，不愿做官理财，家道中落，新中国成立后家宅变成阶级教育馆，后来成为民俗馆，只留下半园和极少部分房子成为虞白现在的家。虞白的家宅是城中的老宅和祖产，古色古香，布局考究，用料精良，造型赋予艺术性，屋内装饰和陈设高雅脱俗，屋小而窗大，灰白窗帘垂地，有石雕佛头供于长案，镂空香炉烟细如丝，又有古琴一把，松竹掩映；而半园则完全是江南园林的格局和风格，小巧玲珑，曲折起伏，以湖水假山为中心，以园路花木为点缀，山石、花木、湖水、曲桥相互勾连映带。空间上壶中天地，尺幅万里，四季花木突出时间变化，暗八仙图案体现文化肌理。园名题为半园，基于此园为整个园子的一半之形态上的考虑，也与园主虞白孤身独守及其人生不圆满的身份相合。

夜郎和虞白的家宅，一个是保吉巷的大杂院，一个是清风巷的大宅院，一个是荒园，一个是半园。光从名字来看，它们之间的雅与俗的分野便昭然如揭。清风巷的大宅院和半园里佛雕、古琴、香炉、松竹、湖水、假山、带图案的园路和四季花木，几乎都可以称之为艺术品，再经过时间的洗礼，它们甚至已经成为文物，让人可以闻到老房子的气息，感受到江南园林的优雅美感。而保吉巷和所谓的荒园，没有任何精神产品，有的只是锅碗瓢盆之类的物质生活的必需品，简陋而凌乱，更是与艺术和美感沾不上边。两处都写到了窗帘，保吉巷的是"以床单代用的窗帘，老鼠又在上面撒了新尿，一角的挂钩也掉了，软塌塌地垂着"；而清风巷的是"琴桌后边的窗子极大，灰白的帘布沉沉垂地"。下里巴人和阳春白雪的对比配置极为明显。与迥然不同的两处住宅相对应的两位宅主，一个是久居城市的小资单身美女，一个是初闯城市表面光鲜而实则灰头土脸的草根。雅与俗的鸿沟和他们各自的家宅一样不可逾越。

图 7-6 大杂院的"世俗"景象（慕达摄）

中国丰富多彩的文化中，雅俗之别渗透到从衣食住行到工作、生活、娱乐以及礼仪和风俗习惯之中，建筑上的雅俗之分包含其中。但雅与俗的关系是极其复杂的，很多时候又是相对的。如同样是建一所草房，既可是俗的，也可是雅的，农民盖的乡间草房可能看上去是俗的代表，而园艺师建的竹篱茅舍可能就是雅的经典；过去是俗的，现在可能就是雅的，城市中的民居便是如此；相对于农村的低矮平房，高楼大厦可能是雅的，而相对于古色古香的民居，高楼大厦可能又变成俗的了……所以，空间和时间的变化，雅俗也会随之而变。如何处理其间的关系就变得十分重要，正所谓"运用之妙，存乎一心"。在一定程度来说，俗文化是雅文化的源泉和基础，雅文化是对俗文化的借鉴、整理和提高。离开俗文化，雅文化就成了空中楼阁，缺其生动与鲜活。文化的雅俗并不等同于善恶高低，只是表现形式和内容深度的差异。

在现代建筑中，雅俗的互动现象表现为"土与洋""中与西"的纠结。早就有学者指出："一方面，我们今天符号式地对传统文化的'回收再利用'已使当代文化变得庸俗不堪，另一方面，仅仅形式上的嫁接西方文化，使得我们今天的文化景观变得不伦不类，失去了中心地位。"[85]虽然在全球化的大趋势中，我们不一定抱着狭隘的民粹主义思想，非去争得所谓的"中心地位"，非要一律的"大屋顶"，因为文化很难一概用高尚来衡量，文化是生活的堆积和反映，更需要多样性和包容性，但文化也反映出居民的生活方式和价值取向，潜移默化地影响着人的艺术修养和审美趣味，不论中、西、土、洋，都存在相对的雅与俗的分野。中国现当代建筑中的"迷古"和"崇洋"之风，表面上看是两大水火不容的对立倾向，实际上骨子里都有"媚俗"的迎合心理和做表面文章吸引眼球的共同弱点。他们过多地注重形式上的标新立异，而忽略了建筑的功能性和人与建筑、建筑与环境的统一协调性。雅，从来都是属于人的感觉上的美学范畴，一味地单调和不伦不类地复杂，都与人的美感相背，都与雅相去甚远。因此，在建筑设计中，与其纠结于"土与洋""中与西"的争吵，不如将其简化到"雅与俗"的考量中。这便是小说《白夜》给建筑文化带来的又一启发和借鉴意义。

7.2 《土门》中西京城的空间场所及建筑意象解析

7.2.1 蜘蛛把仁厚村织入西京城的网中

《土门》中的范景全和梅梅虽是两个人，而实际上是作者本人的综合体，这一男一女代表着作者理性和感性的两个方面，范景全代表着作者的理性，梅梅代表作者的感性。小说中，仁厚村的生活和在城市化进程中所遭遇的一切都是通过这两个人的视角来表现的。

  范景全曾经坐着飞机从空中俯视整个西京城，他说"西京是以蜘蛛的形状建的"。这句话是统摄西京城，也为仁厚村画了一个坐标。而梅梅则由此而产生许多疑惑和联想：那仁厚村边上的"城市广场"是蜘蛛的那一块呢？五年前修建的这个广场，占去了仁厚村的全部庄稼地，由市长亲自命名，还说是从农村走向城市化的象征。"广场这么大，学着外国的样儿，全植了草皮，但皮并不完整，一块发绿，一块发黄，甚至有裸露着的肮脏的黄土，斑斑驳驳有些像爹的那颗癞疮头。"[86]广场外一幢幢钢筋水泥楼房建起，数年间，仁厚村的周边，

图7-7 城市像蜘蛛结网一样，正向四周扩张

"建筑就如熔过来的铅水，这一点汇着了那一点，那一点又连接了这一片，……做了一场梦死的，醒来我们竟是西京里的人了。"[87] 城市有越来越多的房地产公司，口口声声要改造旧城，扩大新城，仁厚村已被水泥包围，面积越来越小，面临被消灭的境地，所以，仁厚村的人一直在仇恨变得凶残的西京城，仇恨那些有权有势的房地产老板，他们正在为保卫家园而苦斗。

庄稼地变成城市广场，广场边竖起了高楼，但仁厚村的人还热衷于把广场的草皮翻开，掏出下面的沙子，用马车拖到城东门去出售，而梅梅则看到了高楼的底层人家用工地废弃的竹编扎起一个小小的篱笆，种着蔬菜和向日葵，向日葵开得金黄耀眼。这种破坏性的举动和残存的乡村景象是如此的刺眼，但却显示了城市在对乡村的蚕食中，乡村惯性力量的无言抗争。

图 7-8　1980 年的大雁塔及其周边（来源：《中国旅游》）

这种抗争在梅梅的感觉中，如同排山倒海的浪冲过来，自己弓着脊梁努力去抵挡，后腰发酸，胸部胀疼，膝盖一弯就会倒下，更如同云林爷家的老牛与金钱豹的厮杀，两个势均力敌顶在一起，谁也吃不了对方，但谁也不敢松一口气，结果双双累死在大堰石下。又如同支撑倾斜的院墙下的柳棍，或博山炉下似小鬼状的鼎腿。城市化浪潮袭来给乡村人的这种感觉，被小说家捕捉并表现出来，具体而形象，这种感觉为城市的扩张和乡村的变迁留下了科学范围内无法存留的心灵史。

图 7-9　城市对土地和乡村的蚕食，留下了科学范围内无法存留的心灵史

《土门》整部小说就是在这样的背景和基调下展开的，即城市像一只巨大的蜘蛛在织网，它的触角不断向外延伸，仁厚村被织入网中，仁厚村的人们正是撞入网中的猎物，他们正在做最后的挣扎和经历最后的阵痛。

7.2.2 城市边缘：仁厚村的建筑格局和空间形态

仁厚村是作者以西安城周边众多城中村为原型而虚构的，它具有现实生活中城中村的一切特性，而又比它们更具典型性。《土门》中对仁厚村的格局和空间形态的描写，虽也有比较集中的总体勾勒，但更多的是分散在故事的叙述之中，通过对小说中与此有关的线索的归纳整理，我们可以对仁厚村的物理构架有个较为清晰的总体印象。

（1）外部空间

仁厚村地处西京城南郊，它的北边有一个新建的城市广场，左右两边高楼林立，村旁的低洼处是正在拆迁的邻村，残垣断壁中还残存着孤岛般的钉子户。村口的体育场及其家属院就是在仁厚村原来的六十五亩庄稼地上建起来的，体育场家属院的大门与村口相对。村口的巷子前有两块巨大的青白石头，那是以前的上马石，现在每日有老人在上面摸花花牌，仁厚村四个大的巷口都有这样的上马石。

仁厚村原本是一个拐把形，后来各家儿女长大，大家分小家，又有新进人家，就沿着拐把空缺处另辟庄基地，陆续新建住宅，变成现在的不规整的长方形，建筑外观因修造的年代不同而各异。

仁厚村的西边是三个大的居住院落，由北向南分别为前院、腰院和后院，是本村的古老大户贾氏宗族的聚居处，这里的"屋舍破旧，但都是砖木的滚道檐的结构，门前蹲石狮，狮子不是威严状，而相互对视有扭捏像，门后立照壁，雕螭虎，宋锦，流云红蝠，蝴蝶梅。"[88]老村长就住在这里的腰院里。前院的小巷里和腰院并排着的房子各住着两户李姓人家，他们也算仁厚村最原始的土著居民。后院的西门外是一个带点慢坡的土场，坡上也有一户人家。

村北面是外来的杂姓人家，当时统一盖房，每户房屋东西相连，每家四间上房与东西连廊厦屋组成一院，厕所都在院墙的西南面。往东是一棵药树，树冠巨大，上有成群的鸟儿栖息，树干上刻着"树有包容鸟已知"，因云林爷是远近闻名的老中医，仁厚村后来变成医药村，这棵老药树被人称为风脉树。树前原是打麦场，有七个青石碌碡和一排拴马桩，现在麦田没有了，废弃的打麦场上盖起了房子，住着魏姓人家，新村长成义就住在这里。

打麦场的北面是贾氏祠堂和村子的墓地。祠堂原有三道大门，东西两厢走马廊由柱子顶起,大厅后有茶亭,现在庭院已废,一年前,一排鱼鳞式的漏砖花墙也倒塌,只剩下孤零零的三间厦屋,由云林爷居住,"只是屋顶上的脊垄、瓦当,门前残留的一根雕着石榴头的石柱,还显示着这是一座久远的建筑"。[89] 三间厦屋后面的墓地,最高处是仁厚村老祖先的大坟丘,上有一株三丈高的干枝柏,大坟丘的四周是一排一排高高低低的小坟丘,再外围是放骨灰盒的水泥堆,最外是土围墙。

图 7-10　西安城中村,仁厚庄改造前全景(来源:房教中国网)

这些建筑物之间的巷道多是土巷子,或短或长,或直或弯,总体较窄,又宽窄不一,或高或低,高低不平,常有积水,成义曾叫两个搬弄是非的女人背沙填巷道的积水坑,并把这道街巷命名为"是非巷",后来其他五道有积水的巷子也背沙填平,其中有一道巷叫"莫浪巷",本来叫"摸奶巷",因嫌不雅而改了,典故来自二狗蛋曾在此巷摸过体育场家属院一个姑娘的奶并引起一场轩然大波;每户门口的式样各不相同，但又大同小异，光头家就朝巷子开了杂货铺的小店，店前有个碌碡，常有人坐在上面说话，梅梅家的门口有上马石，土院墙头上会开出毛拉子花。如此等等，不一而足。

（2）内部空间

1）云林爷的住处

云林爷的住处是废弃的旧祠堂后的三间土屋，大门上有铜泡钉和璃虎门环，窗户是老式格子窗，地面是用六方形砖铺成的，中间是厅堂，也是看病的门诊部，东西两间分别为卧室和厨房，家中除一个板柜、一个八斗瓮和一个箱子，没有一件可以闪光的现代家电，厅堂一张木桌，一竹筐病历，还有成包成捆的中草药，厨房土锅土灶，坛坛罐罐，烟熏火燎，山墙上的壁画依稀可见，画的是一个武人，头戴倒缨荷叶盔，身披锁子连环甲，腰系鸾带，足蹬虎头豹皮靴，手持一条丈八长矛。卧室放着一张木床，五个陶瓦罐，里面装着米面等各种粮食，山墙上画着一文官，戴着丞相冠，如意翅、蟒袍玉带五绺髯。这是典型的农村老一代人的住宅格局，加之云林爷是个瘫子，靠给人看病过活，生活简单，家具一例是传统的手工土件，很少更新，谈不上享受，也不会享受，但墙上的壁画留着贾氏祖先昔日的辉煌，那简陋的木桌木柜，坛坛罐罐被老人无数次的擦拭摸拿，留有老人一辈子的生活印记，老人的生活已经与这三间土屋融为一体。

2）眉子的住处

眉子家的院子有一架葡萄，房子不大，地上铺着地毯，土坯墙用白石灰搪过，又贴了壁纸，顶上装有天花板，窗子装了窗帘盒，窗帘是拖地窗帘，用水曲柳板包饰了门框和墙裙，矮柜上放着电视机、录放机和音响，一圈花梨木的沙发椅后是细杆大罩的落地灯。床上铺着一张牛皮凉席，床边有一个小柜子，里面装的是洋酒，抽屉里是各类小玩意儿，像路易威登旅行袋、法拉利咖啡皮包夹、娇兰真皮拉链手挽梳洗袋等等，还有三扇门的衣柜，上面挂着四季时装，下面是各式皮鞋。房间里还有一面穿衣镜，窗台上放着相框，里面是眉子的柔光照片。《土门》中眉子是个新潮时尚的人，她是仁厚村唯一一个完全认同城市化的人物，她的房间是她的生活观念和人生追求的外化。她一心要做城里人，先是在宾馆前台当服务员，自己找了一个男朋友是做传销生意的大胡子老邵，后来又辞职做了房地产公司办公室秘书，她喜欢时装，喜欢豪华的套间住房，喜欢城里人的气质和做派，她的奋斗目标是自己开公司做老板，买一辆小车，并且已经在城里租下门面，开了一个打字复印门市部。她不仅不反对仁厚村被城市吞并，而且有意组促成这一天的早日到来，村里人说她是叛徒，孤立她，咒骂她，甚至开除了她的村籍，她却认为"什么家园不家园的，麻雀才讲究自己的窝的，你见过老虎的窝在哪儿？"[90]在她眼里仁厚村"要气派没气派，要舒服不舒服，自来水没有，抽水马桶没有，煤气没有，热水、空调没有，改造了旧屋，一切现代化又怎么啦，世世代代不再做农民又怎么啦，我错在哪里啦，我这就是忘了本了，堕落啦？！"[91]所以，眉子的房间除了土屋的外墙之外，内部的装饰和家具摆设几乎完全城市化了。

3）梅梅的住处

梅梅的住处是七十年前的农村老房子，房顶的瓦楞处、椽眼间有大的孔隙，虽然下雨不漏，但夜里就露出圆白光点，旧年的绽板上的陈泥巴不时往下掉落，床上的蚊帐一年四季撑着，蚊帐顶上铺着报纸，变成挡泥的工具，泥巴落了一层又一层，蚊帐和报纸就沉沉地往下坠。梅梅是个重情趣、轻物质享受的单身知性女人，她家是仁厚村的老住户，曾祖父是她眼中的关西大儒，男朋友是本村的冉子和，在城南的农科所工作，她自己在上函授大学，受冉子和的影响喜欢上了收藏明清老家具，对仁厚村充满感情，极力支持成义保住村子不被拆迁，但没有成义激进。

4）成义的住处

成义家的院子不大，三间堂屋，一明两暗，界墙上棚着木板楼，搭着一架老式木梯，一张裂缝的旧桌上堆着饭菜和酒。成义文化水平不高，但长年在外闯荡，见多识广，敢做敢当，对他来说，保卫仁厚村不是城乡观念的冲突，也不是对家园的留念，而是一种责任和能力的展示，我的地盘我做主，不容他人侵犯或挑战自己的权威。

《土门》对仁厚村内部物理空间的描写不多，除了云林爷和眉子的住宅代表古老与现代两个极端之外，其他村民的室内空间大同小异，是典型的北方农村的简陋民居，土墙土屋，土锅土灶，以传统实用为主，没有多少装饰和现代化电器，设施落后，生活简单。

（3）文化空间

仁厚村的文化主要是从农业文明发展而来的耕读文化，它的历史几乎与明朝留下来的西京城一样久远。村人都知道他们的祖先是朱元璋军中的一位鼓师，在转战中染上疥疮，遍体流脓而遭遗弃，流落到此，繁衍了贾氏一族，传下明王阵鼓谱。后来村子出土一块石碑，上面记载了这位鼓师祖先更辉煌的历史：仁厚村的祖先贾万三出生农民，后来成为富商，富可敌国，但他富而思贵，朱元璋定都南京，他花几千万两银子助修三分之一都城，令国人惊羡。他又提出犒劳三军，皇帝大怒：匹夫犒天下之军，乱民也，本应诛之，被大臣谏止，改为充军。充军后成了一位出色的音乐家，发明了助战鼓谱和鼓法。他将明王阵鼓带到仁厚村，从此代代相传，村里人至今还能集体演出明王阵鼓。

贾氏家谱中还记载贾氏曾出过一名画家，一名进士，还有梅梅的曾祖父开办过关中书院，是当时有名的大儒，梅梅至今还能背诵这位大儒为书院撰写的门联：余以幼孤寓渭河自伤老大无成有类夜行思秉烛；今为童蒙开讲舍所望髫年志学一般努力惜分阴。梅梅爷爷自撰的对联：身无半亩心忧天下；读破万卷神交古人。至今还挂在她家的中堂上。梅梅自己则收藏了许多明清的家具古物。显然，贾氏耕读传家的文化基因一脉相传，未曾断根。

云林爷的中医药治病术，专治疑难杂症，尤其是治肝病，远近闻名，由于来的病人较多，需排队挂号，仁厚村每户人家领牌为病人挂号，并被分配到家中住院，以此获取房租收入。这是仁厚村的一种经济形态，同时也是一种独特的文化形态。云林爷住在破败的祠堂老屋，云林爷的医术和他的人格使他成了仁厚村的精神领袖，他是仁厚村的甘地、仁厚村的耶稣或佛，他替代了祠堂的作用。

墓地是仁厚村列祖列宗的安息地，是仁厚村人的来处，也是去处，它把仁厚村的古与今连接在一起，是西京城周边村落唯一仅存的墓地，是仁厚村引以为豪的一处文化景观。

仁厚村有一种民间的集体游戏——"堆粮袋桩"，一群妇女把一个耍得起的男人压倒在地，解开他的裤带，用裤带反帮他的双手，把他的头塞进他自己的裤裆，像一袋粮食一样抬起，放到竖起的碌碡上。这是生产队集体劳动时常玩的最开心的集体游戏，现在地没了，集体劳动的机会少了，只有在村子难得有一次集体活动时，才偶尔玩一次。

当然，仁厚村的建筑格局和生活方式，城不城、乡不乡的现状本身就是一道文化景观。

（4）社会空间

仁厚村的人员结构以贾氏家族为主，其他杂姓为辅，家族之间、邻里之间，虽矛盾时有发生，但他们之间又往往沾亲带故，争争吵吵，时分时合。由于居住的村落化特点，村民之间交往频繁，联系紧密，彼此对家庭成员情况和生活情况熟悉程度较高，陌生人走到街上一眼就能被看出。

仁厚村的行政管理者为村长，但德高望重的老人的威望因长期形成而影响巨大，云林爷、老村长为村人所畏服，他们在协调村子事务中的作用有时是村长也难做到的。村子中有文化的人受到尊敬，他们也是村子里具有影响力的人士。

仁厚村的人有些在城里工作或打工，他们与城市的交往紧密，与周边单位多有矛盾，而且不易和解，仁厚村的人也会到城里购物或观摩娱乐活动，比如看球赛、演明王阵鼓。村子的上级行政单位城市中的区，治安由区级公安机关的派出所分管，小说中的胖子就是分管仁厚村的治安民警。

仁厚村还有一些外来的租住户，一部分是来请云林看病的病人及其家属，另一部分是进城打工人员或做买卖的生意人，他们的居住空间与本村居民相差不大，但与村民之间的关系相对疏远，他们之间的关系也没有村民之家紧密。这些人来路不同，情况复杂，其中有些会做一些非法活动（如制假贩假），加之他们流动性强，因此，管理难度较大。

7.2.3 城中村改造模式：两种对立思路的冲突

从上一节仁厚村的建筑格局和空间形态的梳理中可以看出，城中村形成历史久远，它是农业文明发展的结果，它与农业生产和农村人的生活方式紧密相连，其建筑格局是在家族聚居的基础上逐渐形成的，物理空间的历时性与共时性使它的建筑物新旧杂陈，没有统一规划而自然形成，呈现布局上的杂乱无章，又多是低矮的平房，土地利用率较低，街巷道路、水电气等基础设施落后或不全，卫生条件差，做饭取暖使用木柴或煤块，污染严重，内部空间落后简陋，生活设施用具简单，现代化的电器等消费品较少，村民失地之后主要靠出租房屋获得收入，租住人员成分复杂，往往成为藏污纳垢之所，等等。这些现实状况是包括被改造的城中村村民在内的人们的共识。

但是，对于世代生活在此的村民来说，失去土地，再失去家园，他们物质生活的保障，经济收入的来源，今后人生的出路，这些现实层面的担忧，是他们抗拒村子被城市吞并的首要原因。其次，长期形成的对土地依赖和家园的情感根深蒂固，简陋的土屋院落，狭窄不平的街巷村路，还有巷口的青石、场院边的老树、屋后的祠堂和墓地等等，留有他们祖先的辉煌和世代相传的历史，以及他们自己熟悉的生活的印记；家族之间、邻里之间的长期聚居而形成的熟悉和紧密，无论纷争和亲合都让他们难以割舍，长期形成的生活习性和生活方式让他们对未来陌生的城市生活产生心理上的抵触。这些文化上的抵抗因素，在年岁越大、知识越多的村民中表现越明显。这越是小说极力重点展现的方面。

城市化是大势所趋，城中村需要改造也是共识，但是改造的路径和模式政府和村民之间存在着巨大的差异。

《土门》中，以成义为代表的仁厚村的村民面对城中村"城不城，乡不乡"的尴尬境地，面对西京城的扩张仁厚村被吞并的现实，他们抗拒着政府和房地产商的改造，而要按自己的思路进行改造，他们的思路是——保留仁厚村现有的总体格局，对其中不合理部分进行改造和完善，打造特色村。

政府和房地产商则从西京的城市功能和土地利用的角度，从城市管理和城市现代化的思路进行改造，他们的思路是——彻底拆除仁厚村，兴建一座现代化的二十一层的五星级宾馆，另建高层住宅安置仁厚村居民。

成义和仁厚村人的理想是建立一个"都市桃源"，他想象的景象是：

家家住平房，出门有院落，人不离地面，人能接地气，相互串门也容易；屋墙是土墙最好，冬暖夏凉，用不着那些空调暖气，空调暖气容易使人感冒发烧；檐下搭檐簸，晒红薯干、柿饼，墙头上钉木楔，挂辣椒串和旱烟叶；门前堆柴火和煤块，挖倒污水的渗井，给孩子栽杆架小秋千；屋后的一角是小茅房，茅房坑要覆盖，茅房里不能栽树，栽了树容易擦屁股，可以在那里放卫生纸、废报纸、孩子用过的作业本；院墙的一角斜撑了竹竿，晾小儿的尿布，晾红颜色的女人裤衩，女人的裤衩晾在谁家的竹竿上了，这谁家的日子就过得安安分分；午间鸡飞狗跳，家家烟囱冒烟，饭时都端了碗——海碗，到处走动，然后都到大药树下去，你家的孩子可以吃我家的饭，我家没菜了就去你家拿那么一盘；孙子辈和爷爷辈没大没小地打骂嬉闹，谁家的男人一边噙着烟袋，口水淋淋地和谁家的媳妇在那里耍嘴皮子，但不能有是非，不能偷盗，不能奸淫，孩子都上学，上学免费，家家孝敬老人。[92]

图 7-11　西安群贤庄（来源：房教中国网）

为了这个理想，为了保住仁厚村，成义有计划地进行着仁厚村的改造：

整修村容村貌：要求家家整端屋墙和庭院，墙要粉刷，门楼要装饰，题上牌匾；栽花种树，整修村巷村道，巷道拓宽变直，便于车辆通行，挖埋各种缆线，修建过水暗道，又给村巷主要巷道起名等等。

修建村牌坊楼：在村西南的主巷道口修建新的牌坊，专门请市设计院建筑设计师绘制牌楼设计图纸，方案几易其稿，又想方设法把市长手书的"仁厚村"三个字刻在牌楼正楼龙门坊上；又把建牌楼时出土的记录贾氏祖先功绩的石碑也竖了起来。

整修墓地场院：墓地土墙改成竹节漏砖墙，加上鹰不落式墙顶，除老祖先的坟丘外，其他一律夷平，盖成错落有致的一个个三合院，像一个微缩的古老村镇，一派古意和神秘，墓地变成了一处旅游景观。

打造中药村：重新布置了云林爷的三间土屋，墙壁和门窗刷了新漆，增加了长条凳，缝制了统一的病号服，定制了统一的挂号牌，新修了一排平房做药房，还计划办一个大医院大药房，以此来发展经济，壮大财源。

订立村规：制定村规15条，包括乐土、勤劳、亲善、孝道、卫生、计划生育和摊派，条条严格；排查租住人员，把制造贩卖假烟假酒的、坐台小姐等逐出出租屋，另寻租房人。

建仿明古村：排演明王阵鼓，扩大明清家具收藏，辟出一间小房做展室，把村子获得的旌旗、奖牌等荣誉放进去，还要培养村民的宗教意识，增加凝聚力，把云林爷尊为仁厚村的神等等。

但是，成义和仁厚村保卫家园、建设都市桃源的梦想和努力失败了，随着拆迁队隆隆的机器声，仁厚村被夷为平地，和众多的城中村一样从西京城中消失了。

城市化浪潮是历史的大趋势，势不可挡，仁厚村的消失是中国城市化进程中的真实反映，但单一的城中村改造模式是否也值得反思，承载着农业文明和世代相传的村社聚居形式，是特定的地理自然环境、生产生活方式、传统风俗习惯造就的文化形态，渗透着历史沉淀下来的集体智慧和文化偏好，反映着情感和心理的共同需要和共识的价值观，保存着社会日常生活的记忆和意境上的联想，具有维系历史传统和社会关系的稳定性和凝聚力，而现代城市在物质和技术上优越的同时所造成的归属感的悬空和人际关系的疏离，正是物质和技术上落后的乡村可以补偿的。采用单一的连根拔起式的城改模式，在拔除了乡村落后面的同时，也拔除了它可以补偿城市不足的优势，在建立起城市优越性的同时，也带来了乡村所不具有的城市病。因此，《土门》中作者所提出的新型城乡区的设想——神禾塬的模式："它是城市，有完整的城市功能，却没有像西京的这样那样的弊害，它是农村，但没有农村的种种落后"[93]，就是一个值得借鉴和进一步探索的有价值的议题。

7.3《高兴》中西京城的生活空间解析

美国人阿里·迈达尼普尔在《城市空间设计：社会—空间发展进程的调查研究》一书中，对城市设计过程及其产物——城市空间进行了详尽的剖析[94]。全书分为两大部分，即"透视城市空间"和"城市空间的塑造"，实际上，第一部分是第二部分的背景和基础，作者的意思是你怎样看待和理解城市，你就会怎样设计和建造城市。作者梳理了不同学科对城市空间的不同理解及研究方法，总结出在理解城市空间问题上存在着"自上而下"和"自下而上"两种路径，提出了从整体上理解建成环境的自然物质因素和社会因素的观点，所谓整体上理解，是指"我们需要自上而下地和自下而上的进行研究"[95]。作者把从日常生活角度理解城市空间看作为"自下而上"的研究路径，专辟一章（第三章）来论述城市中的人，其中"环境认知""日常生活观点""陌生人的城市"等部分为我们解析《高兴》中西安的城市空间提供了有力的理论支撑。

《高兴》和我们前面论述的三部小说稍有不同，即《高兴》对城市的建筑和物理空间的描写比其他三部都要少，小说重点叙写人对城市的感知，即以刘高兴为代表的农民工在城市的生活状况以及他们的生活体验和城市梦想。也就是说，《高兴》更关注的是城市的社会空间。

7.3.1 城市空间的陌生人

城市空间中的社会空间的主体是人及其关系。《高兴》中的核心人物是刘高兴，与刘高兴关系最近的是同来的五富，其次是同为来自农村而生活在城市的黄八、杏胡、孟夷纯、韩大宝、石热闹等农民工，最后是韦达及各色城里人。贾平凹在《高兴》后记中说："我要写刘高兴和刘高兴一样的乡下进城群体，他们是如何走进城市的，他们如何在城市里安身生活，他们又是如何感受认知城市。"[96] 因此，刘高兴他们之间的关系以及他们与城市人之间的关系构成了小说城市社会空间的主线，而城市的物理空间是演绎社会空间的背景。同时，物质空间与社会空间也是互动的，刘高兴他们感受认知城市，虽然主要是城市的社会空间，但也同时感受认知城市的物理空间，甚至这种感知是从物理空间开始切入的。

城市的社会空间在刘高兴进城前就已形成并稳定的存在，刘高兴

图 7-12 人对城市空间的一种感知（来源：侨报）

作为城市的一个新移民闯入，而且他不是来自另一个城市，而是来自与城市社会空间完全不同的农村，他是这个空间的陌生者，但是他不想成为这个空间的匆匆过客或观光者，他要留下来，不仅在此挣钱，还要融入这个空间，做一个城里人。刘高兴认同城市的主流价值，举手投足都按他想象的城市人的方式来重塑自己和五富，他时常告诫五富，实际上也是提醒自己："我们想着西安城现在不就是西安城里的人了吗？""在城里拾破烂，也就是城里人！""咱在这城市生活，就像这玻璃窗，你恼它也恼，你笑了它也笑！""如果我真的死了，五富你记住，我不埋在清风镇的黄土坡上，应该让我去城里的火葬场火化，我活着是西安的人，死了是西安的鬼。"[97]

一个陌生人要进入一个业已形成的庞大而复杂的空间系统并融入其中，首先要找到入口，刘高兴带着他自身的条件和五富出现在城市的门口，他茫然不知从何处进入，他的同乡韩大宝，另一个先前的城市陌生人领他从城市的最底层进入，他成为一个拾荒者，韩大宝先前也是一个拾荒者，他凭着奸猾狡诈、控制盘剥后来者成为城市的新阶层。但是，刘高兴不想成为韩大宝这样的仅物质意义上的城市人，他要成为完全意义上的城市人，他要在城市拥有归属感。他的衣着、行为、思维方式、处世哲学都不同于一般农村人，他还卖了一个肾给城里人，以此作为这个城市理所应当接纳他的砝码。他用陌生人的视角观察、感知城市，用农村人的诚实、聪明、乐观、幽默和坚强，与城市磨合，跟城市斗智斗勇。在城市里，他经历了比农村丰富得多也曲折得多的人生冷暖、世态炎凉。从某种意义上来说，他已具备了比韩大宝们更高的融入城市空间的素质，但是城市的物质空间和社会空间并没有接纳他，这使他成为一个熟悉城市的陌生者，成为一个矛盾体。

刘高兴是个独特的矛盾体，他生于农村，但却要活在城市；他干着脏活，却爱整洁；他挣钱最难，却把钱最容易地送给孟夷纯；他真

图 7-13　城市越来越是陌生人的世界（来源：中国青年报）

诚地善待同伴，却又虚伪地吆五喝六；他吃着简单的食物，却说着文雅的话语；他时而谦让礼貌、热心助人，时而油嘴滑舌、捉弄别人；他时而有君子之风，时而耍小人伎俩；他不满现状，却又安于现状；他最该痛苦，却又最为快乐……刘高兴身上有着巨大的弹性，这与他是个城市的农村人，农村的城市人，体力的文化人，文化的体力人的奇特身份有关，这正是社会转型、城乡变革、贫富分化、文化多元、人的角色紊乱的城市生态的折射。

　　如果说刘高兴是城市空间自觉的陌生者，那么五富就是城市空间彻底的陌生者。五富没有做城里人的愿望，他到城里来的目的很简单，就是挣钱使妻子和三个儿子过好农村生活。他带着农村人的憨笨、诚实、吃苦耐劳和城市发生着苦力与挣钱的关系，对城市的物质空间惊奇艳羡，对城市的社会空间惘然无知，刘高兴是他城市生活的向导，但他只知当然不知所以然。因此，他比刘高兴活得更为屈辱，他自己却浑然不知或不解。

与刘高兴一起捡破烂的还有爱发牢骚的黄八、粗俗而直爽的杏胡夫妇。他们都来自农村，和五富一样没有成为城里人的梦想，他们把城市看成是生活的米面缸，他们离不开农村的根。他们善良而互助，分享着自己狭小空间的苦乐，当得知孟夷纯的遭遇后，都显出极大的同情心，按时捐钱，攒起来，由刘高兴交给孟夷纯，朴素的行动和善良的人性在这群城市的陌生人之间自动上演。他们与城市社会空间的关系是简单而肤浅的。

图 7-14　城市中陌生人之间的拥抱，对城市冷漠的自觉反抗（来源：中国青年报）

同样来自农村的韩大宝、良子和石热闹，他们丢弃了农村人善良而吃苦耐劳的本性，捕捉到融入城市的另一种途径。韩大宝从拾破烂变成破烂王，良子从送煤者变成煤球王，他两靠盘剥和控制与自己曾经一样的更底层的同行而成为城市的一个新阶层，他们与城市联系更为密切，城市需要通过他们来控制一群刘高兴和五富们为城市提供服务。石热闹虽然与韩大宝、良子一样理解了城市空间的生存法则，但生存路径的选择与韩大宝、良子又截然不同，他靠装残疾博得同情而以乞讨为生，他以矮化自己，牺牲尊严扭曲地活在城市，因为他游手好闲的习性无法在农村生存，所以，他找到了最卑微最屈辱的城市生存之道。孟夷纯的城市生存之道也最为屈辱，没有尊严，她来城市的目的不仅为生存，她要挣钱让公安机关捉拿杀害哥哥的凶手，但她靠出卖身体挣来的钱却被公安人员当作了游山玩水的经费，最后却她因卖淫而被公安机关抓去劳教。他们的城市生活说明城市不是弱者的天地，在城市，善良真诚与尊严体面不属于的他们。

韦达是城市成功者的代表，刘高兴一直把他看作是自己在城市里的替身和城市理想，他富有而高贵，对刘高兴他们这些外来者不远不近，举止有度，甚至也看不出有任何歧视，似乎还表现出愿意接纳和帮助，刘高兴见到韦达时曾说："我终于寻到另一个我了，另一个我原来是那么体面，长得文静而又有钱。"[98] 但是，当孟夷纯被抓，刘高兴请他出钱搭救时，他却异常的冷漠，唯恐与孟夷纯扯上关系。刘高兴这时才真正全面地认清了城市人的面孔。原来自己的城市理想是一厢情愿的假想，自己的一个肾并不在韦达身体里，刘高兴与城市人之间依然都是彼此的陌生者。

因此，人的城市化，并不是进入城市就是城里人，它比《土门》中的仁厚村的物质空间的城市化要难得多。

7.3.2 陌生人的城市空间感知

《高兴》用第一人称"我"（刘高兴）进行叙事，这为我们了解他对城市空间的感知提供了方便。

刘高兴带着对城市的向往和要做城里人的梦想和五富一起来到西安，五富一下火车就紧张，张着嘴，肌肉僵硬，出了一身的汗，甚至连走路也不自然了。他们首先感到奇怪的是自己穿着最好的衣服，在城里却显得破旧和灰暗，而且手一下子就黢黑了。他们对城市的第一印象是：楼是一幢一幢高低胖瘦往空中戳着，路上架路，曲里拐弯，人和车搅和得像蚂蚁窝一样。进入新环境，有了对比，首先感到自身的衣服和手都变了，而城市，他们首先观察到的是楼、路、车、人。

他们在一个叫池头村的城中村租房住下，这里巷道狭窄幽深，房子被盖成三层四层，甚至还有六层。墙里都没有钢筋，一律的水泥板和砖头往上垒，半空的电线像蜘蛛网，天看上去像筛子。因为他们租住的楼没有完工，被他们称为剩楼。五富担心的是楼会不会坍塌，刘高兴觉得条件虽差，但便宜，他感到这里最好的是楼前的那棵大槐树。蜘蛛网、筛子、剩楼，他们显然在用农村熟悉的事物来比喻和命名，城中村的破败他们并不在意，五富担心的是安全，刘高兴看重的是大槐树，它代表着故乡和归属感。

刘高兴夜夜都听见鸟儿在槐树上拉稀，感觉到簸箕虫在墙角爬行，而街道夜市上声音，轰轰嗡嗡，分辨不出人都在说什么，但杂音却像身上有了麦芒一样使你烦躁。城市的噪音在夜晚更为明显，习惯了乡村安静的人，最初对此难以忍受。

人们初到某地时，总是不自觉地把它和原来熟悉的环境进行比较，刘高兴他们也一样，初来西安时，他们总是以乡村作为观察城市的参照系：

在清风镇，家家屋顶上开始冒烟，烟又落下来在村道里顺地卷，听着了有人在骂仗，日娘搞老子地骂，同时鸡飞狗跳，你就知道该是饭时了。可城里的时间就是手腕上的手表，我们没有手表，那个报话大楼又离兴隆街远，这一天里你便觉得日光就没有动。[99]

五富说：芙蓉园里无非也都是堆些石头种些树，咱从山区来的，哪儿没见过石头和树？他们逛过了芙蓉园，说一点意思都没有。[100]

对于西安，我们有意见的是两点，一是夜里星星少，二是拉屎撒

图 7-15 大槐树，代表着故乡和归属感。初来西安时，他们总是以乡村作为观察城市的参照系（来源：百度贴吧，兰若清泉摄）

尿不方便，你总是寻不着公共厕所。[101]

你待上一年半载回去了，你就会发现清风镇的房子怎么那样破烂呀，村巷的路坑坑洼洼能绊人个跟斗，你更发现村里的人是他们和你说不到一块了，你能体会到他们的愚昧和无知！[102]

没来城里把乡里能恨死，到了城里才知道快乐在乡里么！[103]

他们带着熟悉的乡村记忆来感知陌生的城市，城市的时间感、芙蓉园的价值、对城市夜空星星少和公共厕所少的意见、对城乡房子道路和人的比较、对快乐的见解，等等，都来自比较后的真切感受，为我们全面地认识城市提供了不同的视角。

阿里·迈达尼普尔在研究人对环境的认知时指出：城市空间中环

境认知与交通出行方式有着密切的关系，"步行最贴近环境，因此需要一个更明确、系统的解释和记忆过程；骑自行车和积极的驱车次之；最后阶段就是轿车和公共运输系统中的消极乘客的体验，他们没有与环境积极接触。研究结果表明后一种群体对交通出行路线的记忆最差，他们绘制不出走过的城市道路系统内在连贯的地图。"[104]

刘高兴初来城里拉着一辆架子车，靠步行走街串巷。他说："我拥有了这座城，我是用脚步拥有的。我可以这么说，老门老户的西安人不一定走遍全西安城的街巷，而我，刘高兴，你随便问哪一条巷的方位吧！"[105]而且他不是对周边环境漠不关心，而是拉着车，不紧不慢，蛮有节奏，这样既不累，又能欣赏街巷两边的风景，他看到：

商店的门头一个比一个洋气，所谓洋气就是有洋人的气息吧。我也觉得门匾上写着洋文了好看，橱窗里摆着的洋酒瓶比白酒瓶子好看，贴着的那些广告里洋女人也好看。但是，我很快就发现了几个门匾上和摆在门的货价牌上的字写错了，比如鸡蛋的蛋怎么能写成旦？[106]

起风了，城里的巷道就像山谷，风是跛着腿儿溜。[107]

我是把街道看作河流的，那行人和车辆就是流水。傍晚的西安所有河流一起泛滥那是工厂、学校、机关单位都下了班，我们常常拉着架子车走不过去，五富在街的那边看我，我在街的这边看五富，五富就坐下来脱了鞋歇脚。[108]

斜对面的一家咖啡馆门口站着了五六个女人，都是一米七左右的高个，却是披肩长发，都是牛仔裤把腿箍得细细的，把屁股收得翘翘的。这样的女人如果是一个在那儿站着，好看是好看，但看过一眼也就罢了，五六个却聚了一堆站在那里，就绝对是一捆炸药包，过往的人都停下脚步扭头看。[109]

城里人比乡下人更喜欢扎堆儿看热闹，有这么多人围观，我非常得意。他们给我鼓掌,我就忘却了时间和空间,一边吹着一边将眼睛盯住某一个人,再盯住某一个人,竟然没有一个人当我目光盯住时不报以微笑的。[110]

图 7-16　城市空间中环境认知与交通出行方式有着密切的关系,步行最贴近环境(来源:中国 photoshop 素材网)

不仅如此,他还积极地走进城市的室内空间,他与宾馆的门卫争吵了半天,走进了一家豪华宾馆的大厅:

这是我第一回走进了豪华宾馆,宾馆的旋转门像绞肉机,我在里边被搅转了三圈才进去。清风镇马老四的儿子在县商业局开车,他说他来西安把车开上立交桥,是直转了半小时寻不着下桥道口。我的头虽然在玻璃门上撞了个疙瘩,但终究是进了宾馆大厅。大厅的地面是石板,擦得能照见人影,我的脚踩在上边,立即有了脚印。走过大厅,上到十五层抱着一台废煤气灶再走下来,热成了王朝马汉,吓,大厅地板上的脚印还在。就是这脚印,以后的梦里常常出现,我不是光着脚在西安城里到处乱跑,就是跑呀跑呀的,才发觉脚上没有了鞋,急起来,鞋呢,我的鞋呢?而那个上午,除了收到废煤气灶,我再没收到什么破烂,脑子里仍在操心着宾馆大厅里的脚印被服务员擦掉了。……

这是多么豪华的宾馆,我的那些脚印一定会走动的,走遍了大厅的角角落落,又走出了宾馆到了每一条大街小巷,甚至到了城墙上,到了钟楼的金顶上。[111]

后来,刘高兴得到了一辆自行车,他骑着自行车来"巡视"城市,自行车提高了他出行的速度,扩大了行动的半径,他的心情和对城市的感受也和步行大不相同:

生活在西安城的人,大家津津乐道这个城市曾经阔过:看那城墙吧,地球上保存得最完整的古城之墙,那还是明朝的城郭,仅仅只是汉唐时的八分之一,而两千年前的世界上最伟大的两个城市,除了罗马,那就是西安了,四海相揖,万邦来朝!我可惜不是生于汉唐,但我要亲眼看看汉唐时的那三百六十个坊属于现在的什么方位。哈哈,骑着自行车不是去为了生计,又不是那种盲目旅游,而是巡视,是多么愉快和有意义啊!我去看了大雁塔,去看了文庙和城隍庙,去了大明宫遗址,去了丰庆湖,去了兴善寺。当然我也去高科技开发区,去了购物中心大楼,去了金融一条街,去了市政府大楼前的广场。我仍掌握了这样一个秘密:西安的街巷名大致还沿用了古老的名称,又都是非常好的词语,你便拿着地图去找,感到一种说不出的吉祥。比如:保吉巷,大有巷,未央街,永乐街,德福巷,广济巷,震旦巷。还有那些体现古时特点的街巷,更使你浮想联翩,比如木头市街,羊市街,炭市巷,油巷,粉巷,竹笆市街,辇止街,车巷,习武巷。遗憾的没有拾破烂的街巷。中国十三代王朝在这个城里建都,每朝每代肯定有无数的拾破烂的人吧,有拾破烂人居住的地方吧,但没有这种命名的街巷。

如果将来……我站在街头想,我要命名一个巷是拾破烂巷。不,应该以我的名字命名,叫:高兴巷![112]

相对于步行,骑自行车对城市的观感在时间和空间上的都向纵深方向有较大的拓展,由于点与线连接适中,城市的面目不再是孤立的局部的建筑物,城市的空间轮廓渐次展开,加之观察者不是"为了生计,又不是那种盲目旅游",而是主动的"巡视",加入了思考和想象,所以,城市的历史和街巷名称的含义,这些无形的文化因素也脱颖而出。

自行车被五富借去送货,五富让刘高兴步行去逛街,而刘高兴却要坐出租车去,五富不解而责备乱花钱,黄八却也说他把货卖了,也

图 7-17 城市空间中环境认知与交通出行方式密切相关,步行最贴近环境,骑自行车和积极的驱车次之(来源:大图网)

要坐一次出租车，而且一次要两辆，一辆坐着，一辆后面跟着。显然，坐出租车对他们来说，不仅是出行的方便，更是一种不同的感觉。刘高兴第一次坐出租车的感觉与步行或骑自行车大为不同：

  离开了剩楼，我一出巷口就搭乘了一辆出租车，坐出租车真好，很快经过了南城门外的城河马路。朝霞照来，满天红光，一排凹字形的城墙头上的女墙垛高高突出在环城公园的绿树之上，那是最绮丽壮观的。这样的景色是可以作诗的，但我除了啊啊之外，只把手伸出车窗招摇。这一招摇，我想起我脚心那个痣来，脚踩一星，领带千兵，我感觉自己不是坐在出租上而是坐着敞篷车在检阅千军万马。……
  那一天共花销了五十五元是值得的。在几乎两个小时的行驶中，除了看风景，我也留意着过往的人群，企图能碰上移植过我的肾的人。[113]

这里表达的不仅是坐出租车的速度和对城市观察视角的变化，更主要的是观察主体的心理的变化，他看到了"最绮丽壮观的""可以作诗的"景色，更感觉到自己像"是坐着敞篷车在检阅千军万马"。而且五十五元的车费"是值得的"，他除了看城市风景，也企图"能碰上移植过我的肾的人"。为什么坐出租车想到那个移植肾的人呢？因为他觉得移植肾的人是另一个我，城里人的我，坐在出租车上才与城里的我相匹配，这是一种身份的认同感。

后来，刘高兴为了营救被关进劳教所的孟夷纯，向韦达、韩大宝借钱未果，为了更快地挣到更多的钱，他和五富、石热闹一起去咸阳挖管道沟，他们坐上了一辆开往咸阳的卡车，在疾驰的敞篷卡车上，他看到了城市的另一种景象：

车开出了池头村，穿过西安的大街小巷往咸阳开。平日在城里拾破烂，看的都是街巷两边的建筑和门面屋，坐在了车上，又经过一座一座立交桥，哇啊，城里又是另一种景象！我说过，清风镇那儿是山区，镇子之外山连着山，山套着山，城里的楼何尝不也是山呢？[114]

在快速移动的卡车上，从高远处的眺望，城市的细部被隐去，变得模糊了，城市的高楼成了视觉中的一座座山，这是城市天际线给刘高兴的感觉。至此，刘高兴通过步行、骑自行车、坐出租车和卡车，实现了对西安城的散点透视和流动观照。而且，他还从陌生人的心理角度，通过城与乡的对比触及城市的社会文化空间。这就是《高兴》中展现的农民工对城市空间的全息感知。

图 7-18 城市空间中环境认知与交通出行方式密切相关，步行最贴近环境；骑自行车和积极的驱车次之；最后是轿车和公共运输系统中的消极乘客的体验，他们与环境接触的记忆最差。（来源：胡武功作品）

7.3.3 人与城的疏离

城市是个巨大磁场，对于刘高兴们这些农民工来说有着巨大的吸引力，他们来到城市，一切都让他们感到新鲜和刺激，同时也让他们眩晕和无所适从，对于大多数像五富、黄八、杏胡夫妇、孟夷纯来说，城市只是他们出卖体力和身体挣钱的场所，他们不可能也没奢望成为城里人，他们把从城里挣来的钱寄回农村盖房、养活老婆孩子，或者让公安破案，他们没有主动认知城市、融入城市的愿望。但是对于像刘高兴这样的人来说，他认同城市的主流价值，来城市不是为了挣钱过好农村生活，他要融入城市，成为一个真正的城里人，他主动去认知城市，从衣着、行为、说话、生活方式等方面努力向城市人靠近，他告诫自己和五富不要怨恨城市，来到西安，西安就是我们的城市，"路边的一棵树被风吹歪了，你要以为这是咱的树，去把它扶正"，"前面即便停着一辆高级轿车，从车上下来了衣冠楚楚的人，你要欣赏那锃光锃亮的轿车，欣赏他们优雅的握手、点头和微笑，欣赏那些女人的走姿，长长吸一口飘过来的香水味……"[115]。他把一个肾卖给了城

图 7-19 融入城市，不仅身体在城里有归宿，而且精神在城里有归宿

里人,自认为身体在城里有了归宿,他在城里有了自己的女人,那双象征着城市生活的高跟鞋找到了主人,自认为精神在城里找到了归宿。

但是,这一厢情愿的城市梦想,受到城市的无情拒绝。他找不到成为城市人的入口,他成为一个拾破烂的,虽然"那么多人都在认为我不该是拾破烂的,可我偏偏就是拾破烂的!"[116]是拾破烂的,人也被城里人叫做破烂,他来到城市,却住在城中的村子里,城市的街道是人和车的河流,但他只有在岸上看着的份儿,"拾破烂车只允许在偏街巷走动",而且随时面临着市容人员的罚款和驱赶,"市容就是我们的天敌。如果留神报纸,报纸上差不多每日都有整治城市环境卫生的报道,报道不是市容终于取缔了某某街上占道经营的小货摊,就是什么地方又发生了袭击市容的事件。市容队招聘了许多社会闲杂人员,他们没有专门的制服,不管穿了什么衣服,一个黄色的袖筒往左胳膊上一套,他就是市容了。他们常常三个五个一伙,手里没有警棍,却提着一条锁自行车的铁链子,大摇大摆地过来了,拿一个电动喇叭不断地喊,声音粗粝,但你老是听不清喊的内容。或许他们就匿藏在什么不显眼处,专盯着你犯错误,你一犯错误,他们就像从地缝里一下子蹦出来了"。[117]所以,街巷不仅是单调和寂寞的,而且是一个充满危险的地方。进入城市的内部空间更难,因为每一个单位都有院墙的阻隔,每一座大楼都有门卫的把守,所以,刘高兴如此看重那留在宾馆大厅里的脚印。而居民家家装了防盗门,"他们在防范着陌生人了解了屋内情况而发生偷盗和抢劫"[118],他们卖给你破烂,会把破烂拿出来,你只能等在门外或楼外,刘高兴去一个漂亮的"冰女人"家收破烂,他当然没有进屋,讨好她,夸她的狗漂亮,"她还是没有说话,钱一收门就砰地关上了"[119]。山一样重重叠叠的城市,原来是一个个封闭的空间,他们根本无法进入,城里的人也拒绝和他们交流。他们累了只有在街心的小花园小息,饿了只好就着公共水龙头的水吃自带的干馍，但是，背街小巷的花园、公共水龙头越来越少，所以，刘高兴说："快乐在了池头村的剩楼上"，他们被城市拒绝，只有在破旧的剩楼里，这群同是拾荒者之间才能互助互爱地过着贫贱而单调的生活。由于城中村治安混乱，农民工之间也存在相互倾轧，甚至相互残杀，为安全和自我保护，刘高兴他们做出规定："谁也不能领陌生人到剩楼，谁也不能把剩楼的住址告诉给外人。如谁违规，大家就联合把谁轰走，不许再住在这里。"[120]这样他们自我划圈，把自己隔绝在更狭小圈子里。但是，那是20世纪的末期，现在随着城市化进程的加快，城中村也被改造成了高楼大厦，池头村已经不复存在，他们没有了剩楼，容纳他们的城市空间随着城市化的提高而越来越小。

刘高兴把一只肾卖给城里人，这是他认同自己是城里的砝码，"一只肾早已成了城里人身体的一部分，这足以证明我应该是城里人了，可有着我一只肾的那个人在哪儿？他是我的影子呢，还是我是他的影子。"[121]他极力寻找那个移植肾的人，他曾为找到了韦达而欣喜，体面文静又有钱的韦达让他在想象中得到了身份认同的满足，但自己拾破烂的现实身份，又让他对实现身份的真正转化充满困惑："我已经认作自己是城里人了，但我的梦里，梦着的我为什么还依然走在清风镇的田埂上？"[122]然而，最后他发现韦达并不是移植他肾的人，而且韦达冷漠虚伪的真面目，彻底击碎了他身份认证的砝码。

刘高兴带着一双象征着城市生活的尖头高跟鞋来城里寻找精神上的归宿，孟夷纯不大不小地穿上了这双鞋，他庆幸在城里有了爱情，有了精神的归宿，然而孟夷纯不仅和他一样来自农村，而且是个妓女，刘高兴脱口而出："你打击了我！"当得知她也是为生活所逼时，他在怀疑中说服自己，认为"她和我应该是一路人，生活得都煎熬，但心性高傲"，[123]是污泥中的莲花，并用塔街寺庙里那个"以妓之身而行佛智"的锁骨菩萨的故事来安慰自己。而现实是小孟只有妓身的苦难和屈辱，不仅救不了别人，求不了自己的兄弟，连自己也救不了，她被关进了劳教所，反倒让刘高兴为救她而失去了五富的性命。五富的死让刘高兴成为一个漂泊在城市中的彻底的孤独者。

刘高兴想成为城里人并融入城市是如此的坚决、顽强和努力，但偌大繁华的城市不仅没有他容身的物质空间和身份认同的社会空间，而且精神空间的梦想也被击碎。面孔冷漠的城市和热切期待进入城市的人之间的疏离关系，是城市化过程中面临的人的城市化的现实而又尖锐的难题。

7.4 小结

本章采用夹叙夹议的方式，对《白夜》《土门》《高兴》中的西京城的空间场所和建筑意象进行了梳理和归纳，并对此蕴含的建筑文化内涵进行了解析。

《白夜》把西京总体看成一艘搁浅的船，这显然是作者的想象和杜撰，没有科学考证的根据，但从现象学的思维来看，作者如此想象，源自人对这座城的直觉感知，是作者对西京城古今变迁的一个形象的隐喻，它着眼于其活力的丧失、气象的衰微，它体现出想象者对现状的不满和对重塑辉煌的愿望则是最真实的事实。

《白夜》对西京城的描写具有把魔幻空间与现实空间进行交错与对应的特点。这主要表现在对"竹笆街七号"和"平仄堡"的处理上。竹笆市街建筑空间中有大量的故事情节存在，使得空间中的每一个建筑物与人的感觉情感紧密相连，建筑物不仅在功能和形式上的形象更为清晰，而且有了意味和活力，强化了人对建筑物和建筑空间的体验，复活了人对它们的记忆。如果读者是个建筑设计师，这种体验和场所感会不自觉地带到他未来的设计之中。这样，小说对建筑的意义就实现了，而平仄堡宾馆正是这样设计出来的。建筑师把宾馆的外形设计成仲尼琴形的灵感，来源于再生人的故事。宾馆的建筑外形和内蕴都隐含着音乐和人生起伏变化的旋律，名字平仄堡正是对这种设计内涵的点题。而平仄堡门前的狮雕及其对竹笆市街居民风水上的影响，在传统深厚、风水思想深入人心的中国，也是难以回避的设计问题。

《白夜》中两个最主要人物的家宅：夜郎的保吉巷大杂院（荒园）和虞白的清风巷大宅院（半圆），是小说对建筑上的雅俗分野的探讨。在现代建筑中，雅俗的互动现象表现为"土与洋""中与西"的纠结。中国现当代建筑中的"迷古"和"崇洋"之风，表面上看是两大水火不容的对立倾向，实际上骨子里都有"媚俗"的迎合心理和做表面文章吸引眼球的共同弱点。他们过多地注重形式上的标新立异，而忽略了建筑的功能性和人与建筑、建筑与环境的统一协调性。

《土门》中的范景全和梅梅实际上是作者本人的综合体，代表着作者理性和感性的两个方面。小说中，仁厚村的生活和在城市化进程中所遭遇的一切都是通过来理性和感性这两个方面来展示的。城市像一只巨大的蜘蛛在织网，它的触角不断向外延伸，这是《土门》的大背景。城市对土地和乡村的蚕食，留下了科学范围内无法存留的心灵史，但却在小说中得到了淋漓尽致的表现。

仁厚村是作者以西安城周边众多城中村为原型而虚构的，它具有现实生活中城中村的一切特性，而又比它们更具典型性。通过对其外部空间、内部空间、文化空间、社会空间的梳理可以看出，城中村形成历史久远，它是农业文明发展的结果，它与农业生产和农村人的生活方式紧密相连，其建筑格局是在家族聚居的基础上逐渐形成的，物理空间的历时性与共时性使它的建筑物新旧杂呈，没有统一规划而自然形成，呈现布局上的杂乱无章，又多是低矮的平房，土地利用率较低，街巷道路、水电气等基础设施落后或不全，卫生条件差，做饭取暖使用木柴或煤块，污染严重，内部空间落后简陋，生活设施用具简单，现代化的电器等消费品较少，村民失地之后主要靠出租房屋获得收入，租住人员成分复杂，往往成为藏污纳垢之所，等等。

城市化是大势所趋，城中村需要改造是共识，但是改造的路径和模式政府和村民之间存在着两种对立的思路。村民的思路是：保留仁厚村现有的总体格局，对其中不合理部分进行改造和完善，打造特色村，建立一个"都市桃源"。政府和房地产商的思路是：彻底拆除仁厚村，兴建一座现代化的二十一层的五星级宾馆，另建高层住宅安置仁厚村居民。

城中村改造模式值得反思，承载着农业文明和世代相传的村社聚居形式，是特定的地理自然环境、生产生活方式、传统风俗习惯造就的文化形态，渗透着历史沉淀下来的集体智慧和文化偏好，反映着情感和心理的共同需要和共识的价值观，保存着社会日常生活的记忆和意境上的联想，具有维系历史传统和社会关系的稳定性和凝聚力，而现代城市在物质和技术上优越的同时所造成的归属感的悬空和人际关系的疏离，正是物质和技术上落后的乡村可以补偿的。采用单一的连根拔起式的城改模式，在拔除了乡村落后面的同时，也拔除了它可以补偿城市不足的优势，在建立起城市优越性的同时，也带来了乡村所不具有的城市病。因此，《土门》中作者所提出的新型城乡区的设想——神禾塬的模式是一个值得借鉴和进一步探索的有价值的议题。

《高兴》关注的主要是城市的社会空间。《高兴》和前面三部小说稍有不同，它对城市的建筑和物理空间的描写较少，它重点叙写人对城市的感知，即以刘高兴为代表的农民工在城市的生活状况以及他们的生活体验和城市梦想。

城市空间中的社会空间的主体是人及其关系。城市的社会空间在刘高兴进城前就已形成并稳定的存在，刘高兴作为来自与城市社会空间完全不同的农村，他是这个空间的陌生者，他用陌生人的视角观察、感知城市，用农村人的诚实、聪明、乐观、幽默和坚强，与城市磨合，他要在城市找到归属感。但是城市并没有接纳他，刘高兴与城市之间一直是彼此的陌生者。因此，人的城市化，并不是进入城市就是城里人，它比《土门》中的仁厚村的物质空间的城市化要难得多。

　　刘高兴们初到城市，总是以乡村作为观察城市的参照系，小说描写了刘高兴通过步行、骑自行车、坐出租车和卡车三种方式来感知和认识城市，并热切地希望融入城市，但偌大繁华的城市不仅没有他容身的物质空间和身份认同的社会空间，而且精神空间的梦想也被击碎。面孔冷漠的城市和热切期待进入城市的人之间的疏离关系，是小说提供的城市化过程中面临的人的城市化的现实而又尖锐的难题。

8

贾平凹的城市思考与期待

通过以上对《废都》《白夜》《土门》《高兴》的梳理与分析，我们可以看出贾平凹对西京城的多角度描绘，并通过活动在其中的各色人物和情节的叙写，表现了对城市的不同体验，其中交织着城市与乡村、历史与现实、物质与精神、困惑与出路等多重矛盾的展示，为我们理解人们对城市的期待和探索城市的未来，提供了丰富翔实而又具体感性的文本资料。

除此之外，贾平凹在这四部都市小说还提出了一些对城市的理性思考和未来期待，下面我们将就此进行简要的归纳和分析。

8.1 贾平凹的城市观念

8.1.1 城市的由来和发展史

• 一片荒芜的宽阔的土地上，草木茂盛，花香灿烂，石头各具神态地静立着，水含光放波地流动着，这是神谕的大自在状态。一天，来了几个能人，有能耐本事的男人和女人，他们建下了第一所房子，燃起了第一缕炊烟，他们为了生存，努力地适应并耕种这片土地。再后来，来的人多了起来，孩子也多了起来，房子也多了起来，于是，房子与房子间有了街道，杂草灌木丛被烧伐向后退去，人们的生活区出现了。随着人越来越多，接下来，有了学校、商店、银行、邮局，以及交易市场、贸易大楼、行政机关管理大楼，城市出现了，人们觉得文明了。但人越来越多，美丽的原始风景线越来越远，汽车越来越豪华，虚伪假劣的人和事也越来越高超，城市越来越在扩大，这时候出现了一个词：污染——环境污染，精神污染。人们面对着浮躁，不安，以及各种传染疾病，开始回念自然了，人们休息日便到田野山间，回到家里又养了花，在街道上建起草坪，交叉口建起花圃，高价格收买早被逐走的飞禽走兽，放进城市的公园里，这时，植物和动物又为了适应人们而生存了，有人用高科技的猎枪在郊外打死一只野天鹅，人们便骂他野蛮，不文明，这时，人们的第二部文明又来了。已经发展到这里，接下来怎么办呢？谁也无法回答这个问题，但谁也无法回避这个问题。[124]

图8-1　一天，来了几个能人，有能耐本事的男人和女人，他们建下了第一所房子，燃起了第一缕炊烟，他们为了生存，努力地适应并耕种这片土地（来源：百度图片）

• 半个多世纪以来，中国的城市发生了两次主体人群的变化，一是四九年解放，土八路背着枪从乡下进了城，他们从科员、科长、处长、局长到市长，层层网络，纵横交错，从此改变了城市。二是改革开放后，城市里又进来了一批携带巨款的人，他们是石油老板，是煤矿主，是药材贩子，办工厂、搞房产、建超市，经营运输、基金、保险、饮食、娱乐、销售等各行各业，他们又改变了城市。[125]

城市是人类文明的标志和结晶，人类从自然中挺立而出，从建造房子到建造城市，城市规模从小到大，城市与人的关系从简单到复杂，在彰显人类文明进步的同时，也面临种种矛盾和弊端，尤其是当城市越来越远离自然，而人类又越来越回念自然时候，城市下一步如何发展，就成为人类共同面对的不可回避的问题。具体到中国城市近半个多世纪的主体人群的变迁的观察，城市改变着人群结构性，同时也改变了城市。从某种意义上来说，贾平凹的四部都市小说正是这种背景下的思考和探索的文学显现。

8.1.2 城市和城市病

• 城市是什么呢？城市是一堆水泥嘛！[126]

• 牛终于醒悟城市到底是什么了，是退化了的人太不适应了自然宇宙，怕风怕晒怕冷怕热而集合起来的地方。[127]

• 这个城市的人到处都在怨恨人太多了，说天越来越小，地面越来越窄，但是人却都要逃离乡村来到这个城市，而又没有一个愿意丢弃城籍从城墙的四个门洞里走出去。人就是这样的贱性吗？创造了城市又把自己限制在城市。……在这个用四堵高大的城墙围起来的到处组合着正方形、圆形、梯形的水泥建筑中，差不多的人都害了心脏病、肠胃病、肺病、肝炎、神经官能症。[128]

- 正是人建造了城市，而城市却将他们的种族退化。[129]
- 大熊猫蠢笨、懒惰、幼稚、甜腻腻可笑的样子，来象征这个城市和城市的文化。这个废都是活该这么个大熊猫来象征了！[130]
- 我见过那里好多猫儿狗儿，伺候得比人还周到，可猫儿不逮老鼠了，狗儿见了贼也不咬，那还算什么猫儿狗儿？！[131]
- 城市成了楼院文化、单位文化。[132]
- 人寻房子，是把自己囚起来。[133]
- 夜郎：城是人家的城。[134]
- 汽车都附了狼的魂，生活在城市就是与狼共舞。[135]
- 第一代进城人都是胡须特别旺盛，串脸胡，而三代人之后便都胡须稀少。[136]
- 凡是城里人绝不超过三至五代，过了三至五代，不是又离开了城市便是沦为城市里最底层的贫民。[137]
- 我早就意识到城里人和乡下人的差别并不在于智慧上而在于见多识广，我需要这些见识。[138]
- 他可能是一个很大很大的老板吧，我却是一个拾破烂的，一样的瓷片，为什么有的就贴在了灶台上，有的则铺在厕所的便池里？[139]
- 城市就是铁打的营盘，城里人也就是流水的兵。[140]

散见于贾平凹四部都市小说中的上列见解，主要反映了贾平凹对城市和城市病的思考——人向往城市，又逃离城市。人建造城市既实现了人的需要也彰显了人的力量，但人的需要充满矛盾，人建造城市的力量也显示出矛盾的结果。一方面人需要个体的独立空间，需要自己家的安全和归宿，另一方面又需要群体的公共空间，需要群体的交流和认同。尽管城市表面上提供了这两方面的需求空间，但城市物质上的铺张，使天越来越小，地越来越窄，人拥挤在城市，人与城、人与人之间的隔膜和异化却越发严重,人创造了城市又把自己限制在城市。城市的水泥化阻隔了人与自然的天然联系,城市物质的繁富满足了享受又导致退化,城市空间功能的细分和人群的分化既满足了私密的安全,又导致隔膜和孤独的产生。城市病既是有形的物质上的积弊,又是无形的精神上的迷失,两者互因互果。

图 8-2　人与城,异化却越发严重,物质和技术越强大,人越感到被异化

8.1.3 如何看待城市的演变和城市化

- 现在谈历史,津津乐道秦、汉、唐、明、清的繁荣和稳定,可这几个大治的板块之间,那些混乱时代却不被重视,其实这些混乱的作用更大,没有黄老时期哪会有汉,没有魏晋南北朝哪会有唐,没有辽、金哪会有明清?正是这几个乱七八糟的时代里,民族融合,地域扩大,外来文化交流,才是由乱到治,一次上一个台阶。那么还会出现不出现新的大板块呢,而新的大板块什么时候到来?依我看,或许很快就要到来,或许我们已经站在临界线上。[141]

- 规律是不能跨越的，发展规律是不能以价值观念带来的痛苦来否定的。[142]
- 城市化的大趋势是避免不了的，城与乡已经不能截然分开了，现在不是一味地反对城市或一味地否定乡村，应该有健全的意识。[143]
- 人的心灵是一个真正的地狱，这就像一个原始森林，而得到文明光照的地域只是其中很小的一部分，可文明偏偏固执己见，以偏概全，把这很小的一部分当成心灵的全部或最合理的东西，所以就编造出一大堆诸如崇高、优美、善良一类的自欺欺人的东西，提出一些虚假的问题，强行去建构一些道德化、秩序化、理性化，而完全漠视很多负面的东西，以至于完全拒绝正视自己的内心世界。这就是我们之所以感到城市厌恶，也不满足乡间生活的原因。[144]

这里贾平凹明确表示了对城市演变和城市化进程的看法，并分析了人们对城市化进程产生诸多困惑的原因。

任何事物的发展变化都有其自身的规律，城市的发展演变是人类全部历史进程的一部分，当然也有其内在的规律。贾平凹认为在中国城市发展的历史进程中，当前我国正处在新旧两大板块的交替处，这个阶段会呈现出各种矛盾和混乱，但正是这种矛盾和混乱为从乱到治的演变创造了条件，而这个混乱阶段的作用往往容易被人们忽视，其实它的作用更大。因此，正确认识当前的城市化进程需要有健全的意识，一味地反对城市或一味地否定乡村都是不可取的褊狭意识的表现，城市化的大趋势是历史发展规律在城乡变革中的具体体现，是不可逾越也不可避免的必经之路。这个转变过程的阵痛是历史发展规律与人的价值观念之间的冲突而形成的，人们之所以城市厌恶，同时又不满足乡间生活，除了新旧变革时期的矛盾和混乱等外在客观原因之外，更有人自身的主观原因，即由人们缺乏健全意识，以偏概全，非其所是，是其所非等造成的。

8.2 评价与启示：城市化进程的选择和规避

8.2.1 "传统之城"与"现代之城"交错并存时代的城市记忆和体验

中国社科院发布的首部国际城市蓝皮书《国际城市发展报告2012》指出，2011 年，中国的城镇人口比例达到 51.27%，中国城市的建成区面积从 1990 年到 2000 年，从 1.22 万平方公里增长到 2.18 万平方公里，增长 78.3%；到 2010 年，城市的建成区面积达到 4.05 万平方公里，又增长 85.5%，2010 年城市的建成区面积是 1990 年的两倍以上[145]。中国城镇人口占总人口的比重首次超过 50% 及城市建成区面积的成倍扩大，表明我们这个具有几千年农业文明历史的农业大国，正进入以城市社会为主的新成长阶段。从统计学意义上说，中国已成为"城市化"国家。这种变化不仅是一个简单的城镇人口百分比的变化和城市建成面积的增加，还意味着人们的生产方式、职业结构、消费行为、生活方式、价值观念都会发生极其深刻的变化。而这种变化是在短短二十年间发生的，中国的城市化进程的速度和规模是人类有史以来最快、最大的。

中国城市的这种新旧交替与并存的急剧变化，"不单是初入城市的农民感到晕眩，就连土生土长的城市人也被这汹涌而来的城市化浪潮所迷惑：仿佛一夜之间，城市到处耸立起高楼大厦和长龙似的立体交叉桥、豪华的酒店、随处可见的巨幅广告等象征着繁华的城市文明的物象。又仿佛在一夜之间，街上出现了表情冷漠的白领小姐、手持大哥大的成功先生、疲惫褴褛的打工者、标新立异的另类青年——城市正以轮盘般的速度旋转变幻，没有人敢夸口说他熟悉这样的城市，甚至假如城市是个能思维的生命体的话，连它自己也未必知道它将如何变化下去。"[146]

城市是商业文明的集中体现和结晶，但是按照其赖以产生的文明背景来分，可以分为两种大的类型，一种是在农业文明基础上建立的城市，一种是在工业文明基础上建立的城市。对于中国的城市来说，大多数属于农业文明基础上建立起来的城市，只有较少一部分属于工业文明基础上建立起来的城市，前者我们可以称之为"传统之城"，后者可以称之为"现代之城"。"传统之城"多凸显军事、政治意义，城市经济和商品流通以农产品和手工业产品为主，城市文化多以农业文明为底色；"现代之城"多凸显经济、文化意义，城市经济和商品流通以工业产品和服务业产品为主，城市文化多以工业文明为底色。

西安，地处中国大陆的腹地，关中地区是农业文明的发祥地，西安是典型的在农业文明的背景下建立的城市，历史上一直是军事、政治重镇，其城市文化带有极其浓厚的农业文明的底色，属于典型的"传统之城"。但是，随着中国经济的转型和城市的发展，西安经历了两次从"传统之城"向"现代之城"转变的过程，一次是新中国成立后的三线建设时期，一次是改革开放后的现代化建设时期。由于前者处于计划经济时期，以发展军事工业和重工业为主，以行政手段和计划调配具体实施，大批的工业厂房及其职工宿舍等附属建筑集中连片建成，主要分布在城市的东西两翼，厂区一般皆用围墙与外界相隔，内部形成相对独立的封闭空间，因此，对"传统之城"影响的深度和广度都非常有限。后者处于计划经济向商品经济转型时期，特别是20世纪90年代之后中国经济高速发展，工业和服务业比重迅猛增加，尤其是房地产的井喷式开发，旧城改造、新区建设日新月异，城市向空中长高，向四周延展，新旧建筑交错并立，城郊的耕地迅速被高层建筑覆盖，城中村迅速形成又迅速被拆迁改造，城市人口数量快速增长、城市人群主体身份急剧变化，商品经济和财富效应的影响和辐射作用前所未有地显露出来，种种因素叠加在一起，对"传统之城"形成了一股巨大的冲击力量，历尽沧桑的老城和拔地而起的新城奇特地错综交织在一起，不仅城市景观和空间发生了看得见的变化，而且城市文化和生活在城市里的人的价值观和精神状态也在新与旧的交错和蜕变中更发生着看不见的巨大变化。

城市的变革不断地改变着人们的城市记忆，当"传统之城"面临"现代之城"日新月异的发展变化时，很多承载其上的城市生活印记难免日渐消逝，而当我们越过这段眼花缭乱的巨变和喧嚣之后，我们置身其中而又匆匆而过的这段历史不该在回首时留下太多空白和遗憾。

贾平凹从乡村来到城市，他在西安城的住所不断变化：西五路出版社红楼6平米灶房（凤凰阁）—方新村（静虚村）—大车家巷—白鹭湾柏油巷—西大教工楼—广电9号楼（大堂）—青松路秋涛阁（上书房），城市景观之中裹挟和整合着人对城市的感知、经验与记忆，城市能够在群体和个体精神世界中存在，有赖于城市景观所提供的基础与材料。而"一个生于城市长于城市的作家对城市的特点往往是视而不见，而真正能在城市与乡村的差异中看待城市，把城市当城市来写的倒都是些城市中的外来者。"[147]

贾平凹以《废都》为代表的四部都市小说，鲜活而真切地记录了在几千年农业文明基础上建立起来的"传统之城"西安，在人类有史以来速度最快和规模最大的城市化进程中新旧交替和并存时期的历史片段，表达了对"传统之城"没落的伤悼，对新型"现代之城"的迷茫和未来出路的思考。为西安城市历史和城市文化的嬗变留下了同步记录的具体可感的个人同时也是集体的记忆，以及在这个急剧变化时代的城市生活的体验，同时，这四部都市小说也成为西安城市文化的不可或缺的组成部分。

8.2.2 为城市物质空间的废毁与新变而立此存照

贾平凹以《废都》为代表的四部都市长篇小说围绕西京城讲述城

市故事,而西京城虽然是小说的虚构,但一切景观皆以西安城为原型,所以,这四部小说便是西安城在城市化进程中新旧交替时期的文字版。《废都》《白夜》重点展现旧城的没落,《土门》《高兴》重点展现新城的扩张及异质群体的进城。

《废都》以文化名人主要是庄之蝶的行踪来展现城市景观,庄之蝶骑着那辆女式"木兰"摩托,穿梭往来于西京城的大街小巷,在情节的推进中,西京城的一道道风景不时穿插期间,钟楼鼓楼、城墙城河、商场酒店、寺庙道观、富人豪宅、平民陋室、东城鬼市、西仓鸟市、道北棚户、城南客栈……如此等等,一一展现出来。庄之蝶是西京四大文化名人之首,与之交往的有各色人等,通过这个以文化为核心层的复杂而庞大的交往面,把庄之蝶与这座城市的角角落落勾连在一起。

在《废都》中,城市是一堆水泥,在《白夜》中,西京城是一艘

图8-3　城市像一张巨大的蜘蛛网,改造旧城,扩大新城,触角不断向外延伸,城中村被织入网中,正在做最后的挣扎,经历最后的阵痛(来源:《"太空城"和"水之城"狂想未来城市模样》,名城新闻网)

搁浅的船,《土门》中,西京城像一只巨大的蜘蛛网,改造旧城,扩大新城,触角不断向外延伸,城中村被织入网中,正在做最后的挣扎,经历最后的阵痛。

体现西京城历史遗迹遗址很多,小说较少展现已经消失的帝王宫殿苑囿或其他大型遗址,而着意从民间的、市井的角度选取一些代代相传而今逐渐没落的街巷里弄。如东城的鬼市、西城的当子、专售旧风俗用品的城隍庙商场、专做锦旗牌匾的正学街、没有公厕的尚贤路、河南流民聚居的棚户区尚俭路普济巷、西城门低洼区双仁府街、城不城乡不乡的仁厚村、竹笆市、保吉巷、兴隆街等。

以上这些西京城建筑物象或建筑空间大都是在小说情节的推进中信手拈来,这些零星散落在小说情节中的一个个单体物象连缀起来,便组成了西京城城市空间的轮廓和外观远景天际线,特别是《高兴》虽然对城市的建筑和物理空间的描写比其他三部小说要少,但小说通过刘高兴的步行、骑自行车、坐出租车卡车的速度和观察视角的变化来展现城市景观,实现了对西安城的散点透视和流动观照,西京城的总体形貌就在不经意中被勾勒出来。小说在西京城外部公共空间的表现上,通过建筑物的节点连缀,勾勒城市的整体轮廓,通过特殊场所的细描,展现西京城的废败场景。

这四部都市小说在展现西京城外部空间的同时,还对西京城的内部私人空间,即小说中主要人物的家宅,进行了一系列细致的描摹。如庄之蝶的文联大院和双仁府老宅、汪希眠的菊花园街旧院的小楼、龚靖元的旧式四合院、唐宛儿租住的芦荡巷老式民居、阿灿的普济巷棚户、夜郎的"荒园"、虞白的"半园"、云林爷的三间土屋、梅梅的农村老房、刘高兴等租住的剩楼等。

《废都》里还写到很多寺庙如清虚庵,《白夜》里写到民俗博物馆,《高兴》里写到锁骨菩萨塔,《土门》里写到场院墓地,等等。

这些场景与空间跟上述主要人物的家宅一起最典型地承载着西京城的历史文脉，同时也体现了古城的破败与没落，展现出其活力的丧失、气象的衰微。

在老城破败没落的同时，旧城改造和新城扩建使一批新的城市景观迅速呈现，如仿古街的修建，城河的疏浚，低洼区和城中村的改造，平仄堡宾馆、城市广场及大量高层楼宇的新建，等等。城市的外部公共空间在变，私人住宅的内部空间也在变，最突出的是《废都》中四大文化名人之一的阮知非和《土门》中的眉子的住宅。阮知非的住宅商住一体，底层是自办的歌舞厅，楼上是居家住宅，住宅内的装修和陈设充斥着风格互不搭调的国外名牌，铺张奢华，价格昂贵。眉子的房间除了外墙是土屋之外，内部的装饰和家具摆设几乎完全城市化、现代化了。

城市作为人类为满足自身的生存和发展需要而建造的人工环境，其发展首先是一个长期的物质环境的建设过程，同时也是一个长期的文化积淀的过程。在城市的不断演进与更替的过程中，城市通过自身集中的物质和文化的力量加速了人类文明的进程。城市历史文化积淀首当其冲的就是各个时期残存或承续下来的有形的物质形态载体，如城市格局、街道、广场、建筑外形和内部空间，以及石碑、书籍等，尤其是像西安这样的老城，经历了历史的沧桑巨变，在近二三十年的快速巨变中，新城和旧城从空间上和文化上的交叉和重叠更为明显，可以说，它是一座古老农业文明的土木砖石和现代工业文明的钢筋水泥拼接而成的"双城"。贾平凹的四部都市小说恰好以文学的方式为这二三十年"双城"的拼接过程而立此存照。

8.2.3 触摸城市文化拔根与扎根的脉动

新城从旧城的肌体上长出，要真正实现"传统之城"向"现代之城"蝉蜕，所要经历的不仅是有形建筑物的拆除与保留、改造与新建的纠结与权衡，而且牵涉到整个城市建筑文脉的存续与断裂，以及城市原有和新进居民的文化认同的改变与调整。虽然从宏观上说，"在波澜壮阔的都市化进程中，全人类的发展与命运正在更加紧密地联系在一起。都市化进程不仅打破了地理—民族—国家的传统分界，也融化了文化、意识与心理等方面的隔膜"[148]，但是在具体微观过程中，免不了会出现种种新旧观念、心理和行为上的碰撞与扭曲。

贾平凹的四部都市小说中，《废都》《白夜》侧重于新型城市文化对古老农业文明之都的"拔根"式的冲击。西京是"一艘搁浅的船"、古都没落了、变成了"一堆水泥"，城市缺少诗意栖居的有机生态，缺少生机和地气，缺少人的情义和温暖，只是冷冰冰的物的堆砌，古都在现代流行文化、享乐文化的冲击下，成了物种退化、精神颓废的渊薮，尚礼路的公厕、尚俭路的棚户区、双仁府的低洼区等公共生活空间表里一致的破败，新建仿古街区建筑物理空间的崭新富丽掩藏下的心理期待空间和精神象征空间的表里相反的错位，以及四大文化闲人宅第的建筑意象与人物形象交互契合的反讽，南山牛的哲思，牛老太太的鬼话，虞白的半园，夜郎荒园，从再生人自焚处矗立起平仄堡，昔日的钥匙开不了今日的家门，等等，立体地凸显出废都的颓废和废都文化的暮气沉沦，以及生活其间的知识分子与市民身心俱疲的挣扎和无家可归的漂泊。

而《土门》《高兴》侧重于被城市吞没的乡村文化"拔根"后如何在城市"扎根"的探寻。既然《废都》《白夜》中的城里人已经感到"城非家"，那么，《土门》《高兴》中的城外人又如何在城里安家呢？《土门》中的仁厚村不仅是一个土屋土巷的建筑群落，也是一个以血缘、亲缘、宗缘、地缘、民间信仰、乡规民约等深层社会关系网络构架的村落乡土社会生活共同体，具有内聚性的血脉传承和对村落旧址的历史归属感，"城中村"的异位改造，不仅是物质空间的推倒重来，也意味着原有社会关系网络的重组，甚至崩溃。"拔根"可以强制，"扎根"却难以强迫。乡村被强行城市化，价值天秤被完全推向了与传统相反的一极，只有从转型期这一城乡文化而非物理空间变迁的深层着眼，我们才能真正理解仁厚村的人们为何义无反顾地反对城中村的城市化改造。

贾平凹《土门》与《废都》《白夜》相比，其可贵之处在于，它不仅真切的表现了城市化进程中城乡文化差异和冲突的矛盾，还宽容地理解了乡村城市化的大势不可阻挡，接受了乡村在与城市的争斗中败下阵来的现实，面对城市的科技、物资、产业以及城市生活方式，通过信息传输渠道和城市异质人口的连接点不断传播给乡村，乡村被城市这个巨大的他者所控制的现实，开始放弃与城市的直接正面对抗，而努力寻求对城市文化的认同。成义的整修村容村貌、建仿明古村、整修墓地场院、修建村牌坊楼、兴办医药企业等都可看做为在表面抗拒下的对城市文化无可奈何的迎合和退让，而眉子和范景全则是一个从感性上一个从理性上对城市化进程的认同，范景全"都市田园"的理想更是对城乡文化矛盾的调和以及乡村城市化出路的探寻。

《高兴》同样表现"城非家"和城乡文化的冲突，但对古老城市的没落和颓败的表现几乎不见了，反倒从乡下进城人的视角见证了城市物质的繁华与富足。刘高兴虽然感到城市的面孔是冷漠的，但他努力说服自己和五富们不要再憎恨城市，而是努力去认同城市的一切。《高兴》与《土门》相比，贾平凹对待城市文化和文化冲突的态度的转变更为明显和自觉。

文化力究竟是推动城市发展的动力，还是阻挡其发展的障碍，在很大程度上取决于对待文化的态度。从《废都》的激烈批判，到《白夜》的幽冷哀怨，从《土门》的宽容理解和消极抵抗，到《高兴》的主观认同和积极融入，贾平凹对待城市文化的态度逐渐转向理性化和建设性。他在《高兴》后记中说："在大都市里，我们看多了一个庆典几千万，一个晚会上百万，到处张扬着盛世的繁荣，或许从这些破烂王的生命状态和精神状态里能摸出这个年代城市不能轻易触摸到的脉搏。"[149] 由此，推而广之，我们也可以认为，贾平凹四部都市小说对研究城市文化的意义正在于，它们通过都市的外在物质形态和都市中人的生命状态和精神状态，来触摸这个时代的城市脉搏，有利于我们把握这个时代的城市脉象。

8.2.4 构建城市"完美意象"的建筑理念与规划思路

建筑文化的重要性被越来越多的认可和强调，但是，具体到一个建筑规划或设计如何运用和体现建筑文化时，建筑文化似乎又显得大而无当，甚至无所作为，变成可有可无的溢出建筑之外的无助的幻影。论析贾平凹四部都市小说中建筑文化的现实意义时，就面临着这样的困境。

文化具有整体性、模糊性和玄空性的特征，它似乎不能直接对具体的事物或事件产生现实的力量，而必须通过人的中介传导系统而发挥作用。就西安的城市文化或建筑文化而言，文化内化在城市和建筑的物质空间和人的精神空间之中，贾平凹的小说用文学的形式（场景描写和情节叙述等）将它显现出来，但它不能直接对西安的城市规划或建筑设计产生现实的影响，他必须首先影响人——一切与西安的城市规划或建筑设计有关系的人——其中最重要的是决策者和规划设计者，通过他们的中介传导作用而产生影响现实的力量。

建筑文化对规划或设计者的影响效果仍然具有间接性，很难变成直接的可操作性的效果图，它的影响主要体现在观念和思维方式上，直接看得见的影响效果还需要复杂的内化和转化、显现的过程。加之，"在全球化背景下,城市文化与城市物质空间结构的整合度趋于下降，城市的个性正在以一种隐蔽的、非景观化的形式渗透出来，而不再完全以显现的、景观化的形式表现出来"[150]。这更使建筑文化在具体规划设计中的体现和运用，增加了从文化到技术转化过程中的难度。

但是，在全球化文化的冲击下，在中国快速城市化的进程中，城市个性的逐渐失落，人们对城市文化认同感日益降低，抽象地规划历史城市，推倒重来式的改造城市和乡村，这种脱离文化、不受约束的造城运动，摧毁了人的归属和家园感，城市的异化必然带来人的异化，并且城市的发展与社会、政治、经济、文化、技术等要素之间存在着相互联动的复杂关系，城市文化可以看作是隐藏在这些复杂关系背后的秩序。因此，面对着快速城市化过程中的新旧城转型期的城市建设和管理的复杂局面，要抓住乱象背后的秩序，把握和运用城市文化的作用，就显得尤为重要。

城市的发展进步是人类生存环境和生活方式不断演变的过程，它离不开人的有意识的自觉规划和安排，近现代这种规划和安排对城市的走向越来越重要。"城市规划实践，不仅仅是规划师及规划机构编制规划和建设管理的职能性的技术操作过程，而且还包含了规划师及规划机构与城市发展的社会、经济、政治环境之间发生的作用与反作用的过程。"而"每一位城市规划师，作为个体的规划实践者，都有着自己特定的文化背景、知识结构、理论素养、专业技能和心理状态，处在不同的社会、经济、政治环境中，有着不同的角色认知和行为模式。它表现了规划师对自身社会使命、价值、行为规范的理解，同时也说明了同环境之间作用与反作用过程的发生。规划师的具体行动整体上构成了城市规划的作用，自然也决定了规划作用的效果。"[151] 与此同时，要达成城市规划目标和效果的实现，还需要社会的各个阶层、各种利益群体的共同参与，最终权衡公众的各种诉求后作出决定。贾平凹四部都市小说在此方面的意义在于，它们既展示了西安城物质空间、精神空间与历史文化、社会、经济、政治等环境之间作用与反作用的复杂图景，保存了个人和集体对城市与城市生活的鲜活记忆和体验，从中可以看出各阶层人对西安城市发展的不同诉求，它为规划师及规划机构提供了关于西安城市文化的文学样本，为规划师认知西安城、把握复杂关系背后的秩序、了解和理解各群体对城市的感知和诉求等，提供了把握城市脉象的感性材料和依据。

2011年，中国的城镇人口比例超过50%，中国已迈入"城市化"国家的门槛，根据中国社科院国际城市蓝皮书《国际城市发展报告2012》预计：到2020年，中国城市化率将达55%，其间1.5亿中国人将完成从农民到市民的空间、身份、职业、行为和心理转换。西安市也提出了建设国际化大都市的目标，2012陕西省计划完成90万有条件的农民进城落户。国际经验表明，快速城市化的阶段往往是各种"城市病"频繁发生的时期。蓝皮书指出，中国大型城市正步入"城市病"集中爆发期，而且还存在着"急症、慢症、并发症"共发的可能。贾平凹在《废都》表现的老城基础设施落后造成低洼区的积水死人的现象，在二十年后的今天不但没有改善，反而越见普遍和严重，《土门》中的城中村强拆所引发的社会矛盾在今天的现实中表现得更加突出，《高兴》中农民工进城融入城市的难题依然严峻，《白夜》中市民拿着钥匙找不着家的漂泊感在今天或今后也许更为强烈……城市在前所未有的快速发展中，每时每刻涌动着新的创造和面临着旧的消亡，每个人的生活都在发生着深刻变革，拥有千年历史传统的古城和熟知的生活场所顷刻间改变得让人们依稀难辨……

根据国际经验，在快速城市化进程中，要着力避免两种"城市化陷阱"，一种是类似拉美国家的"过度城市化"，因为城市化是需要经济发展来支撑的，拉美国家的城市化速度大大超过经济发展的速度，造成了城市中贫民窟的大量出现；另一种是类似非洲国家的"贫困城市化"，非洲很多国家在经历了城市化改造之后，并不能把现代文明提供给城市居民，反而使农民失去土地，造成了新的贫困。

图 8-4　中国大型市正步入"城市病"集中爆发期，而且还存在着"急症、慢症、并发症"共发的可能（来源：农村信息报）

不仅如此，在避免或减少"城市病"的同时，需要在汲取发达国家城市化进程中的得失经验的基础上，提高城市规划布局和建设管理的预见性，为城市未来的成长和特色个性保持，建构城市的"完美意象"，创造有归属感的社区交往环境，提高市民对城市的整体文化认同度，建立起诗意栖居的生存空间，而科学合理地筹划。贾平凹在《土门》和《高兴》中都显示出对于构建城市"完美意象"的探索和努力，《土门》中范景全的"都市田园"和"神禾塬"的意象正是作者对理想城市的一种愿望表达和具体描摹。

西欧和北美发达国家曾走过的城市化之路的经验和成果值得我们学习和借鉴。19 世纪是西欧和北美城市化进程迅猛发展时期，工业化和城市化所带来的文明成果和城市病的弊端，在这个时期的文学作品中也有大量反映，如狄更斯的《艰难时世》《双城记》，雨果的《巴黎圣母院》《悲剧世界》，福楼拜的《包法利夫人》，司汤达的《红与黑》，巴尔扎克的《人间喜剧》，莫泊桑的《漂亮朋友》，欧亨利的《都市生活》《警察与赞美诗》等，仅从文学反映的世界来看，我们的时代与那个时期何其相似。

而在经历了19世纪的转型和乱象之后，20世纪是西欧和北美寻找和建立秩序的时代，在建筑领域，20世纪新的建筑思潮不断涌现，"20世纪见证了城市三大重要典例式研究方法"，即"城市主义""反城市主义"和"微型城市主义"。[152] 反映出建筑思潮中现代和后现代主义的纠结和妥协，在构建城市"完美意象"的探寻上成果斐然，在建设理想城市的令人眼花缭乱的各种探索中，有些已被中国的城市规划建设所吸纳和借鉴，如柯布西耶的"明日之城"（*The City of Tomorrow*），"垂直地向天空生长"，留下大量空间给道路、停车场和公园，"使城市自身成为一个巨大的花园"[153]；赖特的"广亩城市"（*Broadacre City*）是对废除大都市的一种请愿，城市被分解并分散到广袤的乡村，城市与乡村的生活方式没有差别[154]；霍华德的"花园城市"（*The Garden City*），围绕中心城，以小型城镇构建城市组群，居民兼享大城市和小城镇两者的优越，回避两者的弊端[155]。等等。

图 8-5 柯布西耶的"明日之城"（*The City of Tomorrow*）：城市垂直向天空生长，留下大量空间给道路、停车场和公园，使城市自身成为一个巨大的花园（来源：《明日之城》第 3 期，该建筑由设计师 Meir Lobaton 和 Kristjan Donaldson 设计的塔式花园住宅方案，该项目位于墨西哥的墨西哥城）

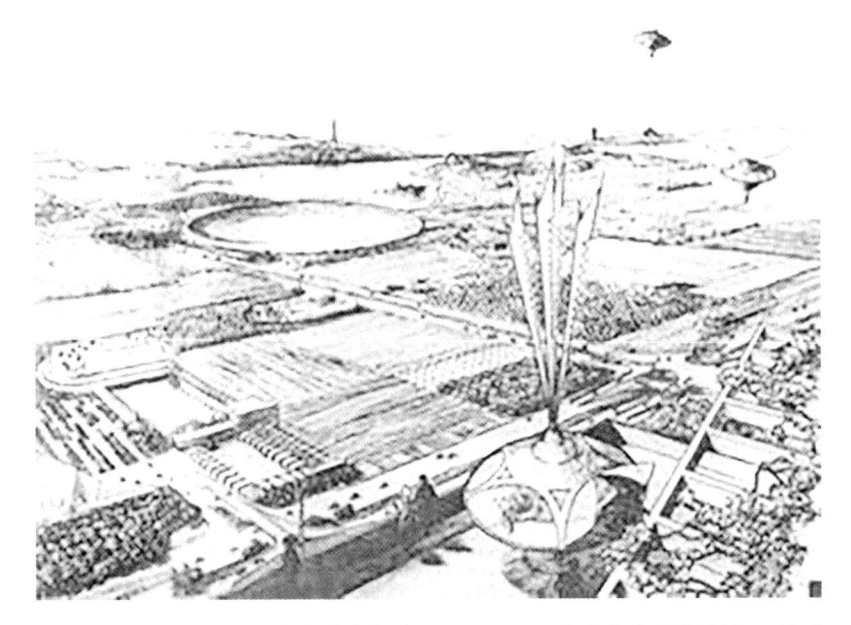

图 8-6　赖特的"广亩城市"（*Broadacre City*）方案（橡树园）：是对废除大都市的一种请愿，城市被分解并分散到广袤的乡村，城市与乡村的生活没有差别（来源：Modern Architecture Spaces18th）

图 8-7　霍华德的"花园城市"（*The Garden City*），围绕中心城，以小型城镇构建城市组群，居民兼享大城市和小城镇两者的优越，回避两者的弊端（来源：孙顺东《理想城市：都市生活＋田园风光》，东莞经济网）

概括西方国家城市规划学科发展的历程，可大致分为以下六个阶段：①注重物质规划阶段，②注重经济规划阶段，③注重环境规划阶段，④注重社会规划阶段，⑤注重生态规划阶段，⑥注重文化规划阶段。[156] 中国城市规划总体上大致处在西方发达国家第一至第三阶段，只在局部和某些方面触及后三个阶段。而随着中国城市发展战略重点从外延扩张到内涵提升的转换，城市规划关注的核心内容也必将迎来新的升级转化，对城市空间的使用主体（居民）心理、精神上的认可和归依，以及城市精神、制度、风俗及社会文化背景的关注，必将越来越多，城市文化方面的规划理念、规划编制方法的探索，无疑将越见重要，越具有现实意义。

8.3 小结

本章首先简要梳理了散见于贾平凹都市小说中的关于城市的一些理性思考，主要包括城市的由来和发展史、城市的实质和城市病，然后，对贾平凹都市小说所蕴含的建筑文化内涵和意义进行了评析，并由此而引发对我国城市化进程的现状和未来路径的思考。

城市是人类文明的标志和结晶，在彰显人类文明进步的同时，也面临种种矛盾和弊端，人与人之间的隔膜和异化越发严重，城市病既是有形的物质上的积弊，又是无形的精神上的迷失，两者互因互果。贾平凹认为在中国城市发展的历史进程中，当前我国正处在新旧两大板块的交替处，正确认识当前的城市化进程需要有健全的意识。

从统计学意义上说，中国已成为"城市化"国家。这种变化不仅是一个简单的城镇人口百分比的变化和城市建成面积的增加，还意味着人们的生产方式、职业结构、消费行为、生活方式、价值观念都会发生极其深刻的变化。而这种变化是在短短二十年间发生的，中国的城市化进程的速度和规模是人类有史以来最快、最大的。

西安一直是农业文明深厚的"传统之城",但 20 世纪 90 年代之后,中国经济高速发展,工业和服务业比重迅猛增加,尤其是房地产的井喷式开发,旧城改造、新区建设日新月异,城市向空中长高,向四周延展,新旧建筑交错并立,城郊的耕地迅速被高层建筑覆盖,城中村迅速形成又迅速被拆迁改造,城市人口数量快速增长、城市人群主体身份急剧变化,商品经济和财富效应的影响和辐射作用前所未有地显露出来,种种因素叠加在一起,对"传统之城"形成了一股巨大的冲击力量,历尽沧桑的老城和拔地而起的新城奇特地错综交织在一起,不仅城市景观和空间发生了看得见的变化,而且城市文化和生活在城市里的人的价值观和精神状态也在新与旧的交错和蜕变中更发生着看不见的巨大变化。

当"传统之城"面临"现代之城"日新月异的发展变化时,人们的城市记忆和生存体验也随之变化和复杂起来,贾平凹以《废都》为代表的四部都市小说,鲜活而真切地记录了在几千年农业文明基础上建立起来的"传统之城"西安,在人类有史以来速度最快和规模最大的城市化进程中新旧交替和并存时期的历史片段,为土木砖石和钢筋水泥拼接而成的"双城"的拼接过程留下了历史见证,表达了对"传统之城"没落的伤悼,对新型"现代之城"的迷茫和未来出路的思考。《废都》《白夜》重点展现旧城的没落,《土门》《高兴》重点展现新城的扩张及异质群体的进城。

《废都》《白夜》侧重于新型城市文化对古老农业文明之都的"拔根"式的冲击;《土门》《高兴》侧重于被城市吞没的乡村文化"拔根"后如何在城市"扎根"的探寻。这四部都市小说都市从城市的外在物质形态和都市中人的生命状态和精神状态,触摸到了这个时代的城市脉搏,把握住了这个时代的城市脉象。

城市的发展进步是人类生存环境和生活方式不断演变的过程,它离不开人的有意识的自觉规划和安排，近现代这种规划和安排对城市的走向越来越重要。根据国际经验，在快速城市化进程中，要着力避免两种"城市化陷阱"，一种是类似拉美国家的"过度城市化"，另一种是类似非洲国家的"贫困城市化"。在避免或减少"城市病"的同时，需要在汲取发达国家城市化进程中的得失经验的基础上，提高城市规划布局和建设管理的预见性，为城市未来的成长和特色个性保持，建构城市的"完美意象"，创造有归属感的社区交往环境，提高市民对城市的整体文化认同度，建立起诗意栖居的生存空间。

9

余 论

9.1 文学的城市描写反映城市文化并构成城市文化的某些部分

城市空间的概念随着研究的深入在不断地被扩展与充实。当心理学、社会学、人类文化学、现象学等学科引入建筑学之后，建筑学所研究的"空间"概念的范围已不单纯是"具象空间"。城市空间是多种空间（物理的、精神的、个人体验的、集体记忆的、社会发展的、共时的、历时的等）的有机整合的文化空间，而城市精神是城市空间的灵魂。

场所，类似于文学中的"意境"。意境，是由"景"（物象）和"情"（人的思想情感）交融一体而构成的；场所，是由"空间"（物理的）和"文化"（人的活动和精神）融合一体而构成的。一般来说，文学所描写的城市空间既是意境也是场所。它包含着城市景观（建筑物象或物理空间）和思想文化（作家的思想情感或人的活动与精神）两个方面的因素。所以，城市文学通过城市意境或场所描绘反映城市文化，同时又构成城市文化的某些部分。作家作为主体的人，对于城市空间的体验、记忆和描写，不仅仅是被动的感受，更有主动的建构，并以自身的文化背景和生活经历叙述着城市的面貌和精神。正是从这个角度来说，文学作品保留了城市的记忆和想象，可以将"文学想象"

作为"城市演进"的"编年史"来阅读。

9.2 贾平凹小说中的西京城的研究价值

贾平凹是当代著名作家，他文学描写的根据地一是他出生并生活了二十年的商州，一是他生活了四十年的西安。他只写自己最熟悉的生活，以《废都》为代表的四部讲述"西京故事"的长篇都市小说，是贾平凹在西安生活了二十年后才动笔触及的题材。关于西安的建筑，西安的文化，西安这座城中的人，关于这座城的记忆与城市空间，贾平凹在他的都市小说中都有深深的印记。

他带着城市的记忆和体验来表现城市，将他所生活的现实城市构建为都市小说中的文学空间。这样，他都市小说中的文学空间就不再是模糊渺茫的海市蜃楼和缺乏根基的空中楼阁。贾平凹都市小说中的城市以西安市为蓝本，融入了作家独特的生活体验与空间记忆，经过作家文字的建构，成为一座文字之城。这座文字之城蕴含了集体无意识的文化积淀，承续着西安的历史文脉。

从这个意义上来说，贾平凹的创作是锚固在西安城市肌体上的古都文脉的一部分和人们触摸西安历史的具体可感的场所精神。贾平凹都市小说中的西京城是研究现实中的西安城的一个难得的现象学文本。

9.3《废都》之于西安城市

以《废都》为代表的四部都市小说反映了西安城自20世纪90年代以来的城市空间与城市文化的大致状况和变化历程，包含着丰富的建筑文化内涵。

以《废都》为代表的四部都市小说对西安城的描绘既有大的总体轮廓的勾勒，也有局部场所的细腻刻画，既有共时性的空间再现，也有历时性的文脉叙述，既有对城市现状感性的体验和记忆，也有对城市发展理性的反思和探讨。

小说以人物的活动和人物关系来展现城市景观，勾勒城市的大轮廓，《废都》《白夜》重点展现旧城的没落，《土门》《高兴》重点展现新城的扩张及异质群体的进城。在局部场所上，小说较少展现已经消失的帝王宫殿苑囿或其他大型遗址，而着意从民间的、市井的角度选取一些代代相传而今逐渐没落的街巷里弄。如东城的鬼市、西城的当子、专售旧风俗用品的城隍庙商场、专做锦旗牌匾的正学街、没有公厕的尚贤路、河南流民聚居的棚户区尚俭路普济巷、西城门低洼区双仁府街、城不城乡不乡的仁厚村、竹笆市、保吉巷、兴隆街等。小说还对西京城的内部私人空间，即小说中主要人物的家宅，进行了一系列细致的描摹。如庄之蝶的文联大院和双仁府老宅、汪希眠的菊花园街旧院的小楼、龚靖元的旧式四合院、唐宛儿租住的芦荡巷老式民居、阿灿的普济巷棚户、夜郎的"荒园"、虞白的"半园"、云林爷的三间土屋、梅梅的农村老房、刘高兴等租住的剩楼等。《废都》里还写到很多寺庙如清虚庵，《白夜》里写到民俗博物馆，《高兴》里写到锁骨菩萨塔，《土门》里写到场院墓地，等等。在展现老城破败没落的同时，旧城改造和新城扩建使一批新的城市景观迅速呈现，如仿古街的修建，城河的疏浚，低洼区和城中村的改造，平仄堡宾馆、城市广场及大量高层楼宇的新建，等等。像西安这样的老城，经历了历史的沧桑巨变，在近二三十年的快速巨变中，新城和旧城从空间上和文化上的交叉和重叠更为明显，可以说，它是一座古老农业文明的土木砖石和现代工业文明的钢筋水泥拼接而成的"双城"。这种拼接过程具有不可逆性，许多消逝的建筑物和建筑空间往往不可再生（如"鬼市"），而他们却镌刻着古城西安城市记忆，映射着古都西安独特的地域气质与丰富的人文情感。贾平凹的四部都市小说恰好以文学的方式为这二三十年"双城"的拼接过程而立此存照，成为保留西安城市变迁历史和文化记忆的载体。

城市作为人类为满足自身的生存和发展需要而建造的人工环境，其发展首先是一个长期的物质环境的建设过程，同时也是一个长期的文化积淀的过程。贾平凹的四部都市小说中，《废都》《白夜》侧重于新型城市文化对古老农业文明之都的"拔根"式的冲击；而《土门》《高兴》侧重于被城市吞没的乡村文化"拔根"后如何在城市"扎根"的探寻。新城从旧城的肌体上长出，要真正实现"传统之城"向"现代之城"蝉蜕，所要经历的不仅是有形建筑物的拆除与保留、改造与新建的纠结与权衡，而且牵涉到整个城市建筑文脉的存续与断裂，以及城市原有和新进居民的文化认同的改变与调整。在《废都》里，作者称"城市是一堆水泥"，主要着眼于城市缺少诗意栖居的有机生态，缺少生机和地气，缺少人的情义和温暖，只是冷冰冰的物的堆砌，古都在现代流行文化、享乐文化的冲击冲击下，成了物种退化、精神颓废的渊薮。在《白夜》里，西京是"一艘搁浅的船"，主要着眼于城市的古今变迁，着眼于其活力的丧失、气象的衰微。虽然着眼点不同，但人对城的心理感受是相同的，两部小说都写到城墙上幽咽哀怨的埙声，都有对城市让物种退化的议论（如《废都》中的老牛，《白夜》中不会逮老鼠的猫），都有对魔幻现象（如牛老太的阴阳不分、再生人的故事等）的叙写，这些描写共同组成了作者对西京城的主观感知和生活体验。

《土门》中城市"像一个巨大的蜘蛛网"，城中村正在消亡，城市化浪潮袭来给城市边缘乡村带来的阵痛，被小说家捕捉并表现出来，具体而形象，这种感觉为城市的扩张和乡村的变迁留下了科学范围内无法存留的心灵史。城中村改造模式值得反思，承载着农业文明和世代相传的村社聚居形式，是特定的地理自然环境、生产生活方式、传统风俗习惯造就的文化形态，渗透着历史沉淀下来的集体智慧和文化偏好，反映着情感和心理的共同需要和共识的价值观，保存着社会日常生活的记忆和意境上的联想，具有维系历史传统和社会关系的稳定性和凝聚力，而现代城市在物质和技术上优越的同时所造成的归属感的悬空和人际关系的疏离，正是物质和技术上落后的乡村可以补偿的。采用单一的连根拔起式的城改模式，在拔除了乡村落后面的同时，也拔除了它可以补偿城市不足的优势，在建立起城市优越性的同时，也带来了乡村所不具有的城市病。因此，《土门》中作者所提出的新型城乡区的设想——神禾塬的模式是一个值得借鉴和进一步探索的有价值的议题。

《高兴》关注的主要是城市的社会空间。《高兴》和前面三部小说稍有不同，它对城市的建筑和物理空间的描写较少，它重点叙写人对城市的感知，即以刘高兴为代表的农民工在城市的生活状况以及他们的生活体验和城市梦想。

城市空间中的社会空间的主体是人及其关系。城市的社会空间在刘高兴进城前就已形成并稳定的存在，刘高兴作为来自与城市社会空间完全不同的农村，他是这个空间的陌生者，他用陌生人的视角观察、感知城市，用农村人的诚实、聪明、乐观、幽默和坚强，与城市磨合，他要在城市找到归属感。但是城市并没有接纳他，刘高兴与城市之间一直是彼此的陌生者。因此，人的城市化，并不是进入城市就是城里人，它比《土门》中的仁厚村的物质空间的城市化要难得多。不仅进城的农民自身存在着身份转变、生存空间和文化心理调适等问题，而且城市更面临着接纳异质群体的制度准备和管理方式修正等一系列问题。

通过以上对《废都》《白夜》《土门》《高兴》的梳理与分析，我们可以看出贾平凹对西京城的多角度描绘，并通过活动在其中的各色人物和情节的叙写，表现了对城市的不同体验，其中交织着历史与现实、物质与精神、城市与乡村、困惑与出路等多重矛盾的展示，为我们理解人们对城市的期待和探索城市的未来，提供了丰富翔实而又具体感性的文化样本和思考空间。

9.4 贾平凹都市小说的文化内涵及意义

贾平凹都市小说中蕴含着对城市病的警觉和城市未来的思考等文化内涵，这对确立我国城市的发展战略的理念和城市规划的思路具有启发和借鉴意义。

文化具有整体性、模糊性和玄空性的特征，建筑文化内化在城市和建筑的物质——社会空间和人的精神空间之中，贾平凹的小说用文学的形式（场景描写和情节叙述等）将它显现出来，但它不能直接对西安的城市规划或建筑设计产生现实的影响，他必须首先影响人——一切与西安的城市规划或建筑设计有关系的人——其中最重要的是决策者和规划设计者，通过他们的中介传导作用而产生影响现实的力量。

在全球化文化的冲击下，在中国快速城市化的进程中，城市个性的逐渐失落，人们对城市文化认同感日益降低，抽象地规划历史城市，推倒重来式的改造城市和乡村，这种脱离文化、不受约束的造城运动，摧毁了人的归属和家园感，城市的异化必然带来人的异化，快速城市化的阶段往往是各种"城市病"频繁发生的时期。贾平凹在小说中对城市病多有描述和警觉：如《废都》中老城基础设施落后造成低洼区的积水死人的现象，在二十年后的今天不但没有改善，反而越见普遍和严重，《土门》中的城中村强拆所引发的社会矛盾在今天的现实中表现得更加突出，《高兴》中农民工进城融入城市的难题依然严峻，《白夜》中市民拿着钥匙找不着家的漂泊感在今天或今后也许更为强烈……

城市的发展进步是人类生存环境和生活方式不断演变的过程，它离不开人的有意识的自觉规划和安排，近现代这种规划和安排对城市的走向越来越重要。要达成城市规划目标和效果的实现，需要社会各个阶层、各种利益群体的共同参与，最终权衡公众的各种诉求后作出决定。贾平凹四部都市小说在此方面的意义在于，它展示了西安城物质空间、精神空间与历史文化、社会、经济、政治等环境之间作用与反作用的复杂图景，从中可以看出各阶层人对西安城市发展的不同诉求，为城市个性特色的保持和未来的成长，建构城市的"完美意象"，创造有归属感的社区交往环境，提高市民对城市的整体文化认同度，建立起诗意栖居的生存空间等提供了有价值的思考和探索。如在《土门》和《高兴》中关于构建城市"完美意象"的探索和努力，《土门》中范景全的"都市田园"和"神禾塬"的意象正是作者对理想城市的一种愿望表达和具体描摹。再如《白夜》中关于"雅与俗"的描绘和思考：在现代建筑中，雅俗的互动现象表现为"土与洋""中与西"的纠结。早就有学者指出："一方面，我们今天符号式地对传统文化的'回收再利用'已使当代文化变得庸俗不堪，另一方面，仅仅形式上的嫁接西方文化，使得我们今天的文化景观变得不伦不类，失去了中心地位。"虽然在全球化的大趋势中，我们不一定抱着狭隘的民粹主义思想，非去争得所谓的"中心地位"，非要一律的"大屋顶"，因为文化很难一概用高尚来衡量，文化是生活的堆积和反映，更需要多样性和包容性，但文化也反映出居民的生活方式和价值取向，潜移默化地影响着人的艺术修养和审美趣味，不论中、西、土、洋，都存在相对的雅与俗的分野。中国现当代建筑中的"迷古"和"崇洋"之风，表面上看是两大水火不容的对立倾向，实际上骨子里都有"媚俗"的迎合心理和做表面文章吸引眼球的共同弱点。他们过多地注重形式上的标新立异，而忽略了建筑的功能性和人与建筑、建筑与环境的统一协调性。雅，从来都是属于人的感觉上的美学范畴，一味地单调和不伦不类的复杂，都与人的美感相背，都与雅相去甚远。因此，在建筑设计中，与其纠结于"土与洋""中与西"的争吵，不如将其简化到"雅与俗"的考量中。这便是小说给建筑文化带来的一个有价值的启发和借鉴意义。

随着中国城市发展战略重点从外延扩张到内涵提升的转换，城市规划关注的核心内容也必将迎来新的升级转化，对城市空间的使用主体（居民）心理、精神上的认可和归依，以及城市精神、制度、风俗及社会文化背景的关注，必将越来越多，贾平凹都市小说所蕴含的建筑文化方面的内涵正切合了这种转变的现实需要，其文化价值和现实意义将愈见重要，其蕴含的丰富的文化内涵还有待继续研究和深入挖掘。

参考文献

[1] 武廷海，方可．万变不离其宗"有机疏散"论和"功能混合"论之共性分析[J]．新建筑，1998（01）：70．

[2] 朱铁臻．认识城市本质 建设魅力城市[N] 经济日报，2005-02-27（5）．

[3] 唐恢一．城市学[M]．哈尔滨：哈尔滨工业大学出版社，2004：23．

[4] 芒福德．城市发展史：起源、演变和前景[M]．宋俊岭，倪文彦，译．北京：中国建筑工业出版社，2005：23-24．

[5]Yi-Fu Tuan.Space and Place（London：Edward Arnold, 1977），P161.Kent C Bloomer and Charles W.Moore.Body, Memory, and Architecture. New Haven and London: Yale University press, 1977：36.

[6] 舒尔茨．存在·空间·建筑[M]．尹培桐，译．北京：中国建筑工业出版社，1990：1．

[7] 关洪．空间——从相对论到M理论的历史[M]．北京：清华大学出版社，2004：7．

[8] 庞蒂．知觉现象学[M]．姜志辉，译．北京：商务印书馆，2001：311．

[9][10]赫茨伯格．建筑学教程2：空间与建筑师[M]．刘大馨，古红缨，译．天津：天津大学出版社，2003：15．

[11] A. Colquhoun.Moderlity and Classical Tradition: Architectuaal Essays 1980—1987[M].Cambrige: MIT Press, 1989: 223.

[12] R.Dahrendorf.Whither Social Science [Z].Economic and Social Research Council, the 6th ESRC Annual Lecture, 1995: 5—7

[13] H.Lefebvre.The Productionof Space [M].Malden: Wiley Blackwell, 1991: 39—39.

[14] 苏贾. 后现代地理学：重申批判社会理论中的空间[M].北京：商务印书馆，2004.

[15] 弗洛伊德. 精神分析引论[M].北京：商务印书馆，1984：9.

[16] 戈布尔. 第三思潮：马斯洛心理学[M].吕明，陈红雯，译. 上海：上海译文出版社，1987：61—63.

[17] 罗西. 城市建筑[M].施植明，译. 台湾：博远出版社，1992：155.

[18] 章俊华. 日本景观设计师户田芳树[M].北京：中国建筑工业出版社，2012：1.

[19] Thomas Wolfe.The Web and the Rock .New York: Grosset &Dunlap.Inc, 1938: 626.

[20] 黄亚平. 城市空间理论与空间分析[M].南京：东南大学出版社，2002：12—23.

[21] 王一川. 意义的瞬间生成[M].山东文艺出版社，1988：第四章、第五章.

[22] 蒋述卓，王斌. 城市与文学关系初探 [J].广东社会科学，2001（1）：149.

[23] 陈平原. 文学的都市与都市的文学——中国文学史有待彰显的另一面相[J].社会科学论坛，2009（3上）：32、35.

[24]利罕.文学中的城市：知识与文化的历史[M].吴子枫,黄福海,译.上海：上海人民出版社,2009：289.

[25]陈思和.城市文化与文学功能[J].同济大学学报（社会科学版）2005（2）：44-45.

[26]许纪霖.城市空间视野中的知识分子研究[J].天津社会科学,2004（3）.

[27]贾平凹.丑石[M].北京：人民文学出版社,2008：555.

[28][29]刘宁,李继凯.文化名人与西安城市文化发展初探——以当代三位西安作家为中心[J].人文杂志,2009（6）：91-92.

[30][31]贾平凹.散文（贰）[M]//贾平凹.贾平凹文集.西安：陕西人民出版社,2008：288、289.

[32]贾平凹.高老庄·后记[M].武汉：长江文艺出版社,2003：357.

[33]贾平凹.废都[M].北京：作家出版社,2009：110.

[34]贾平凹.废都[M].北京：作家出版社,2009：124、125.

[35]贾平凹.废都[M].北京：作家出版社,2009：309.

[36]贾平凹.商州白夜[M]//贾平凹.贾平凹文集.西安：陕西人民出版社,2008：301.

[37]贾平凹.商州白夜[M]//贾平凹.贾平凹文集.西安：陕西人民出版社,2008：219.

[38][39]贾平凹.商州白夜[M]//贾平凹.贾平凹文集.西安：陕西人民出版社,2008：271.

[40]贾平凹.商州白夜[M]//贾平凹.贾平凹文集.西安：陕西人民出版社,2008：210.

[41]贾平凹.妊娠土门[M]//贾平凹.贾平凹文集.西安：陕西人民出版社,2008：342.

[42] 贾平凹. 高兴 [M]// 贾平凹. 贾平凹文集. 西安：陕西人民出版社，2008：31.

[43][44] 庞蒂. 知觉现象学 [M]. 姜志辉，译. 北京：商务印书馆，2001.

[45] 沈克宁. 建筑现象学 [M]. 北京：中国建筑工业出版社，2008.

[46] 王夫之. 姜斋诗话（下）[M]// 北京大学哲学系编. 中国美学史资料选编. 北京：中华书局，1981：278-279.

[47] 王夫之. 姜斋诗话（下）[M]// 北京大学哲学系编. 中国美学史资料选编. 北京：中华书局，1981：452.

[48] 贾平凹. 废都 [M]. 北京：作家出版社，2009：147-148.

[49] 骆天骧撰. 类编长安志 [M]. 黄永年，点校. 西安：三秦出版社，2006：274.

[50] 贾平凹. 废都 [M]. 北京：作家出版社，2009年：281-283.

[51] 贾平凹. 废都 [M]. 北京：作家出版社，2009：197.

[52] 贾平凹. 废都 [M]. 北京：作家出版社，2009：307.

[53] 贾平凹. 废都 [M]. 北京：作家出版社，2009：152-154.

[54] 贾平凹. 废都 [M]. 北京：作家出版社，2009：209-213.

[55] 贾平凹. 废都 [M]. 北京：作家出版社，2009：260-261.

[56] 贾平凹. 废都 [M]. 北京：作家出版社，2009：80-82.

[57] 贾平凹. 废都 [M]. 北京：作家出版社，2009：32-33.

[58] 贾平凹. 废都 [M]. 北京：作家出版社，2009：262.

[59] 贾平凹. 废都 [M]. 北京：作家出版社，2009：360.

[60] 贾平凹. 废都 [M]. 北京：作家出版社，2009：29-30.

[61] 贾平凹. 废都 [M]. 北京：作家出版社，2009：7、9、88、184-187、310-311、337、352、428-431.

[62] 贾平凹.废都后记[M].北京：北京出版社，1993：519.

[63] 苏贾.后现代地理学——重申批判社会理论中的空间[M].北京：商务印书馆，2004：194.

[64] 贾平凹.废都[M].北京：北京出版社，1993：124.

[65] 贾平凹.废都[M].北京：北京出版社，1993：140-142.

[66] 贾平凹.废都[M].北京：北京出版社，1993：511.

[67] 贾平凹.废都[M].北京：北京出版社，1993：517-518.

[68] 贾平凹.废都[M].北京：北京出版社，1993：2-3.

[69] 桑内特.肉体与石头——西方文明中的身体与石头[M].上海：上海译文出版社，2006：11.

[70] 贾平凹.废都[M].北京：北京出版社，1993：26.

[71] 刘学锴，余恕诚.李商隐诗选·有感[M].北京：人民文学出版社，1986：272.

[72] 贾平凹.废都[M].北京：北京出版社，1993：295.

[73] 贾平凹.废都[M].北京：北京出版社，1993：17.

[74] 弗兰母普敦.现代建筑：一部批判的历史[M].北京：三联书店，2004：12.

[75] 雅各布斯.美国大城市的死与生[M].北京：译林出版社，2005：502.

[76] 贾平凹.商州白夜[M]//贾平凹.贾平凹文集.西安：陕西人民出版社，2008：271.

[77] 贾平凹.商州白夜[M]//贾平凹.贾平凹文集.西安：陕西人民出版社，2008：221.

[78] 贾平凹.商州白夜[M]//贾平凹.贾平凹文集.西安：陕西人民出版社，2008：207.

[79] 陆邵明.建筑体验——空间中的情节[M].北京：中国建筑工

业出版社.2007：21.

[80] 苏轼.全宋词：临江仙——别都门三改火[M].唐圭璋编.郑州：中州古籍出版社，1996：201.

[81] 贾平凹.商州白夜[M]//贾平凹.贾平凹文集.西安：陕西人民出版社，2008：210.

[82] 贾平凹.商州白夜[M]//贾平凹.贾平凹文集.西安：陕西人民出版社，2008：243.

[83] 贾平凹.商州白夜[M]//贾平凹.贾平凹文集.西安：陕西人民出版社，2008：245-246.

[84] 贾平凹.商州白夜[M]//贾平凹.贾平凹文集.西安：陕西人民出版社，2008：222.

[85] 李晓东.媚俗与文化——对当代中国文化景观的反思[J].世界建筑.2008（4）.

[86][87] 贾平凹.妊娠土门[M]//贾平凹.贾平凹文集.西安：陕西人民出版社，2008：152.

[88] 贾平凹.妊娠土门[M]//贾平凹.贾平凹文集.西安：陕西人民出版社，2008：184.

[89] 贾平凹.妊娠土门[M]//贾平凹.贾平凹文集.西安：陕西人民出版社，2008：177.

[90] 贾平凹.妊娠土门[M]//贾平凹.贾平凹文集.西安：陕西人民出版社，2008：162.

[91] 贾平凹.妊娠土门[M]//贾平凹.贾平凹文集.西安：陕西人民出版社，2008：274.

[92] 贾平凹.妊娠土门[M]//贾平凹.贾平凹文集.西安：陕西人民出版社，2008：268-269.

[93] 贾平凹.妊娠土门[M]//贾平凹.贾平凹文集.西安：陕西人

民出版社，2008：266.

[94] 迈达尼普尔. 城市空间设计：社会——空间发展进程的调查研究 [M]. 欧阳文，梁海燕，宋树旭，译. 北京：中国建筑工业出版社，2009.

[95] 迈达尼普尔. 城市空间设计：社会——空间发展进程的调查研究 [M]. 欧阳文，梁海燕，宋树旭，译. 北京：中国建筑工业出版社：2009：87.

[96] 贾平凹. 高兴 [M]// 贾平凹. 贾平凹文集. 西安：陕西人民出版社，2008：301.

[97] 贾平凹. 高兴 [M]// 贾平凹. 贾平凹文集. 西安：陕西人民出版社，2008：152、182、98.

[98] 贾平凹. 高兴 [M]// 贾平凹. 贾平凹文集. 西安：陕西人民出版社，2008：177.

[99] 贾平凹. 高兴 [M]// 贾平凹. 贾平凹文集. 西安：陕西人民出版社，2008：23.

[100] 贾平凹. 高兴 [M]// 贾平凹. 贾平凹文集. 西安：陕西人民出版社，2008：73、74页。

[101] 贾平凹. 高兴 [M]// 贾平凹. 贾平凹文集. 西安：陕西人民出版社，2008：74.

[102] 贾平凹. 高兴 [M]// 贾平凹. 贾平凹文集. 西安：陕西人民出版社，2008：29.

[103] 贾平凹. 高兴 [M]// 贾平凹. 贾平凹文集. 西安：陕西人民出版社，2008：153.

[104] 迈达尼普尔. 城市空间设计：社会——空间发展进程的调查研究 [M]. 欧阳文，梁海燕，宋树旭，译. 北京：中国建筑工业出版社，2009：64-65.

[105] 贾平凹. 高兴[M]// 贾平凹. 贾平凹文集. 西安：陕西人民出版社，2008：91.

[106] 贾平凹. 高兴[M]// 贾平凹. 贾平凹文集. 西安：陕西人民出版社，2008：16.

[107] 贾平凹. 高兴[M]// 贾平凹. 贾平凹文集. 西安：陕西人民出版社，2008：131.

[108] 贾平凹. 高兴[M]// 贾平凹. 贾平凹文集. 西安：陕西人民出版社，2008：23.

[109] 贾平凹. 高兴[M]// 贾平凹. 贾平凹文集. 西安：陕西人民出版社，2008：131.

[110] 贾平凹. 高兴[M]// 贾平凹. 贾平凹文集. 西安：陕西人民出版社，2008：137.

[111] 贾平凹. 高兴[M]// 贾平凹. 贾平凹文集. 西安：陕西人民出版社，2008：19-20.

[112] 贾平凹. 高兴[M]// 贾平凹. 贾平凹文集. 西安：陕西人民出版社，2008：89-90.

[113] 贾平凹. 高兴[M]// 贾平凹. 贾平凹文集. 西安：陕西人民出版社，2008：91、92.

[114] 贾平凹. 高兴[M]// 贾平凹. 贾平凹文集. 西安：陕西人民出版社，2008：260.

[115] 贾平凹. 高兴[M]// 贾平凹. 贾平凹文集. 西安：陕西人民出版社，2008：81.

[116] 贾平凹. 高兴[M]// 贾平凹. 贾平凹文集. 西安：陕西人民出版社，2008：85.

[117] 贾平凹. 高兴[M]// 贾平凹. 贾平凹文集. 西安：陕西人民出版社，2008：45.

[118] 贾平凹.高兴[M]//贾平凹.贾平凹文集.西安：陕西人民出版社，2008：57.

[119] 贾平凹.高兴[M]//贾平凹.贾平凹文集.西安：陕西人民出版社，2008：57.

[120] 贾平凹.高兴[M]//贾平凹.贾平凹文集.西安：陕西人民出版社，2008：164.

[121] 贾平凹.高兴[M]//贾平凹.贾平凹文集.西安：陕西人民出版社，2008：85.

[122] 贾平凹.高兴[M]//贾平凹.贾平凹文集.西安：陕西人民出版社，2008：85.

[123] 贾平凹.高兴[M]//贾平凹.贾平凹文集.西安：陕西人民出版社，2008：145.

[124] 贾平凹.妊娠土门[M]//贾平凹.贾平凹文集.西安：陕西人民出版社，2008：338.

[125] 贾平凹.高兴[M]//贾平凹.贾平凹文集.西安：陕西人民出版社，2008：77-78.

[126] 贾平凹.废都[M].北京：作家出版社，2009：124.

[127] 贾平凹.废都[M].北京：作家出版社，2009：225.

[128] 贾平凹.废都[M].北京：作家出版社，2009：124-125.

[129] 贾平凹.废都[M].北京：作家出版社，2009：125.

[130] 贾平凹.废都[M].北京：作家出版社，2009：452.

[131] 贾平凹.妊娠土门[M]//贾平凹.贾平凹文集.西安：陕西人民出版社，2008：207.

[132] 贾平凹.废都[M].北京：作家出版社，2009：321.

[133] 贾平凹.商州白夜[M]//贾平凹.贾平凹文集.西安：陕西人民出版社，2008：315.

[134] 贾平凹.商州白夜[M]//贾平凹.贾平凹文集.西安：陕西人民出版社，2008：298.

[135] 贾平凹.商州白夜[M]//贾平凹.贾平凹文集.西安：陕西人民出版社，2008：227.

[136] [124] 贾平凹.高兴[M]//贾平凹.贾平凹文集.西安：陕西人民出版社，2008：77.

[137] 贾平凹.高兴[M]//贾平凹.贾平凹文集.西安：陕西人民出版社，2008：89.

[138] 贾平凹.高兴[M]//贾平凹.贾平凹文集.西安：陕西人民出版社，2008：85.

[139] 贾平凹.高兴[M]//贾平凹.贾平凹文集.西安：陕西人民出版社，2008：78.

[140] 贾平凹.妊娠土门[M]//贾平凹.贾平凹文集.西安：陕西人民出版社，2008：338.

[141] 贾平凹.妊娠土门[M]//贾平凹.贾平凹文集.西安：陕西人民出版社，2008：181-182.

[142] 贾平凹.妊娠土门[M]//贾平凹.贾平凹文集.西安：陕西人民出版社，2008：182.

[143] 贾平凹.妊娠土门[M]//贾平凹.贾平凹文集.西安：陕西人民出版社，2008：265.

[144] 贾平凹.妊娠土门[M]//贾平凹.贾平凹文集.西安：陕西人民出版社，2008：267.

[145] 屠启宇主编.国际城市蓝皮书：国际城市发展报告（2012）[M].北京：社会科学文献出版社，2012.

[146] 贾丽萍.转型与变化——谈20世纪90年代城市小说兴起之原因[J].云南社会科学，2004（4）：129.

[147] 张卫中. 他者视野中的城市：作家的经历与城市意识 [J]. 湖南城市学院学报, 2004（4）：73.

[148] 刘士林. 大都市框架下的社会思潮与学术生产 [J]. 学术界, 2008（1）：74.

[149] 贾平凹. 高兴 [M]// 贾平凹. 贾平凹文集. 西安：陕西人民出版社, 2008：300-301.

[150] 龚清宇. 全球化背景下城市个性的存在形式与中国城市规划的抉择 [J]. 现代城市研究, 2001（1）：59.

[151] 张兵. 城市规划实效论 [M]. 北京：中国人民大学出版社, 1998.

[152] 迈达尼普尔. 城市空间设计：社会—空间发展进程的调查研究 [M]. 欧阳文, 梁海燕, 宋树旭, 译北京：中国建筑工业出版社, 2009：184.

[153] Le.Corbusier.The City of Tomorrow, and Its Planning. London: The Architectural Press, 1971: 280-281.

[154] 迈达尼普尔. 城市空间设计：社会—空间发展进程的调查研究 [M]. 欧阳文, 梁海燕, 宋树旭, 译. 京：中国建筑工业出版社, 2009：201.

[155] Howard.E.Garden City of To-morrow.London: Faber & Faber, 1960: 55, 142.

[156] 顾朝林等. 概念规划：理论、方法、实例 [M]. 北京：中国建筑工业出版社, 2003.